Kommissar Philip Goldberg hat sich inzwischen an der Elbe eingelebt und verdonnert seine beide Kollegen Hauke Thomsen und Peter Brandt zu einem Yoga-Kurs im neu gegründeten Ayurveda-Zentrum Namasté.
Die gewünschte Entspannung stellt sich allerdings nicht ein, denn als eine Patientin spurlos verschwindet, befinden sich die drei unversehens mitten in ihrem nächsten Fall. Bei ihren Ermittlungen stoßen sie auf eine rätselhafte Nachricht: eine Krähe aus Schnee.
Spätestens als auch das Ehepaar Huber unauffindbar ist, glaubt Goldberg nicht mehr an eine harmlose Erklärung. Nach und nach geraten die Beamten in eine Geschichte, die weit bis in die Vergangenheit zurückreicht und unaufhaltsam auf ihr tragisches Ende zusteuert.

ELBSCHMERZ ist der zweite Teil der ELB-Krimireihe um den Kommissar Philip Goldberg.

Nicole Wollschlaeger, 1974 in Pinneberg geboren, absolvierte zunächst eine Ausbildung zur Buchhändlerin. 2004 schloss sie ihr Schauspiel-Studium in Hamburg ab. Bis 2016 lieh sie ihre Stimme der Kinderbuchreihe „Das magische Baumhaus" und tourte mit ihren Lesungen durch ganz Deutschland. Bereits 2013 erschien „Schatten über Nargon" im Carlsen Verlag.
Mit ELBSCHULD startete 2016 die Krimireihe um das Ermittler-Trio aus Kophusen.

Nicole Wollschlaeger

ELBSCHMERZ

Kriminalroman

Der zweite Fall für
Kommissar Philip Goldberg

Ausführliche Informationen finden Sie unter:
www.nicolewollschlaeger.de

Weitere Titel der Autorin:

ELBSCHULD
ELBSPIEL
ELBGIFT

Eine Fantasy-Geschichte ab 10 Jahren:
SCHATTEN ÜBER NARGON
Die Kugel des Kummers

3. Auflage 2019
© 2017 Nicole Wollschlaeger

Herstellung und Verlag:
BoD – Books on Demand, Norderstedt
ISBN: 9783744874229
Lektorat: Stefan Wendel, Lübeck
Korrektorat: Sonja Hartl & Rita Nandy
Umschlaggestaltung: Maurizio Marotta,
Eva Cichon & Svenja Sund

Für Ina Holst

»Veränderung ist die Scheißmusik
nach der wir tanzen.«

Al Swearengen
Deadwood

1

Seine Arme schmerzten. Der Schweiß rann ihm von der Stirn, tropfte auf den Boden. Er schloss die Augen und konzentrierte sich auf seinen Atem. Ein und aus. Ein und aus. Nur nicht aus dem Rhythmus kommen, dachte er. Die Arme begannen zu zittern. Nicht aufgeben.

Wie lange er bereits in dieser Position verharrte, wusste er nicht mehr. Es konnte eine Minute sein oder eine Stunde. In seinem Kopf schrie nur der Schmerz. Seine Handgelenke knackten. Wenn er nicht gleich kapitulierte, würden sie in tausend Einzelteile zerspringen. Lange hielt er es nicht mehr aus. Sein Kopf wurde schwer. Offenbar sammelte sich das gesamte Blut jetzt in seinem Gehirn. Das Zittern wurde schlimmer. Ihm wurde schwarz vor Augen. Gleich würde er das Bewusstsein verlieren. Wenn dieser Mann nicht sofort …

Dann geschah es. Der erlösende Klang breitete sich in ihm aus. Er musste sich endlich aus dieser Position befreien. So behutsam, wie es ihm unter diesen menschenunwürdigen Umständen möglich war, ließ er seine

Füße wieder auf den Boden sinken. Mit einem lauten Knacken wehrten sich die wackligen Beine, sein Körpergewicht wieder vollständig zu übernehmen, aber er zwang sie dazu. Dann prallte sein Hintern unsanft auf den Boden. Der Schmerz in den Armen ließ langsam nach. Sie fühlten sich schlaff und stark zugleich an. Ein seltsames Gefühl. Das T-Shirt klebte an seinem Oberkörper. Hatte er schon jemals so geschwitzt? Bestimmt, es fiel ihm nur im Moment nicht ein. Der Schmerz in seinem Kopf ebbte ab, und er konnte endlich wieder einen klaren Gedanken fassen. Sobald das hier vorbei war, würde er sich von einem seiner beiden Kollegen einiges anhören müssen. So viel stand fest.

Erbarmungslos erklang der nächste Ton. Dieses Mal höher und länger. Resigniert hob er den Kopf. Peter Brandt, der vor ihm saß, oder besser gesagt, vor ihm auf dem Bauch lag, begann bereits mit der Metamorphose. Anmutig hob er seinen Oberkörper und ließ nacheinander seine kräftigen Arme nach hinten wandern. Gleichzeitig winkelte er die Beine an und drückte die Fersen Richtung Gesäß, wobei seine Hände die Fußspitzen berührten und den Druck sanft erhöhten. Sein Atem ging gleichmäßig und ruhig. Die Verwandlung war abgeschlossen. Selbst der neonfarbene Trainingsanzug konnte seiner Grazie nichts anhaben.

Verblüfft blieb Goldberg hocken. Sein krummer Rücken tat weh. Schon vorher waren ihm die körperlichen Fähigkeiten seines Kollegen aufgefallen, aber er hatte sie nicht weiter beachtet. Jetzt schien es ihm, als hätte Peter zeitlebens nichts anderes getan, als sich der Kunst des Yogas zu widmen. Ein Schnauben riss ihn aus seiner Bewunderung, aber Goldberg hütete sich davor, sich umzudrehen. Er wusste auch so, dass Hauke Thomsen, der Dritte in ihrem Bunde nicht gerade vor Begeisterung überschäumte. Egal ob Zustimmung oder Missbilligung, nahezu alles wurde schnaubend von ihm kommentiert. Inzwischen war Goldberg fast so gut wie Peter, wenn es darum ging, Haukes Ansichtsbekundungen zu interpretieren. Das, was er eben gehört hatte, bedeutete Missbilligung in seiner reinsten Form.

Natürlich hatte Goldberg ein mulmiges Gefühl gehabt, als er seinen beiden Mitarbeitern vorgeschlagen hatte, eine teambildende Maßnahme durchzuführen. Wie erwartet war die Reaktion sehr unterschiedlich ausgefallen. Während Peter neugierig auf seinem Schreibtischsessel auf und ab wippte, war Hauke mürrisch in die Küche gegangen und hatte sich Kaffee nachgeschenkt. Dabei wusste er noch gar nicht, was Goldberg im Sinn hatte.

Der Klang der goldenen Schale wurde tiefer, aber Goldberg hatte keine Kraft mehr weiterzumachen. Stattdessen richtete er seinen Blick auf denjenigen, der ihn bei seinem Vorhaben unterstützen sollte. Die Bewegungen ihres weiß gewandeten Yoga-Lehrers waren nicht nur geschmeidig und fließend wie bei seinem Kollegen Peter, nein, dieser Mann schien weder Knochen noch Gelenke zu haben. Die Wirbelsäule musste aus einem mysteriösen, bisher unbekannten Material bestehen. Goldberg betrachtete ihn, wie er seinen Rücken zu einem Buckel wölbte und anschließend in die Gegenbewegung überging. Jede Katze wäre vor Neid erblasst. Er sah verstohlen zu Peter. Wie machte der

Mann das bloß, fragte er sich, und ein Hauch von Ehrgeiz breitete sich in dem Kommissar aus. Angespornt durch seinen Kollegen, der ihrem Vortänzer in fast nichts nachstand, begab sich Goldberg mühsam in den sogenannten Vierfüßlerstand und versuchte, wenigstens ansatzweise so katzenhaft auszusehen wie Peter, der ganz in dieser Bewegung aufzugehen schien. Immerhin gab es in diesem Raum keine Spiegel. Zusätzlich zu diesen Schmerzen hätte er den eigenen Anblick wohl kaum ertragen. Der tiefe Klang ertönte erneut. Die Schallwellen beruhigten seinen Puls.

Zum Abschluss wechselten sie von der liegenden Position in den sogenannten Lotussitz. Eine Art Schneidersitz, nur dass die Füße über Kreuz auf den Oberschenkeln lagen. Natürlich war das für seine ohnehin schon schmerzenden Knie unmöglich, weshalb er den klassischen Schneidersitz bevorzugte.

Nun begann der schwierigste Teil. Nicht nur für Hauke, der ihn wahrscheinlich in Gedanken bereits in der Luft zerriss, sondern auch für ihn. Die Stunde endete immer mit einer Meditation. In seiner dunklen Phase hatte Goldberg sich schon einmal daran versucht, war allerdings kläglich gescheitert und hatte es schnell wieder aufgegeben. Dieses Mal war es nicht anders. Seine Gedanken kamen einfach nicht zur Ruhe. Im Gegenteil, es schien, als führten sie ein Eigenleben. Je mehr er versuchte, sie abzuschalten, desto heftiger tanzten sie gegen ihn an. Es ging sogar so weit, dass Goldberg das Gefühl nicht loswurde, seine Gedanken würden sich mit Händen und Füßen dagegen wehren, als verteidigten sie ihre Existenz. Offensichtlich hatten sie Angst, dass selbst eine kurze Pause das Ende ihres Daseins bedeutete oder zumindest ihren zeitweisen Überfluss bewies. Goldberg seufzte innerlich. Er war kurz davor, wieder aufzugeben. Heimlich öffnete er die Augen. Peter saß kerzengerade, als wäre sein Rücken an einer unsichtbaren Schnur aufgehängt. Genauso ihr Yogi Sohanraj, der versuchte, mittels dieser Asanas einen besseren Menschen aus ihnen zu machen. Goldbergs Rücken dagegen schmerzte und knackte, dabei war er gut fünfzehn Jahre jünger als die beiden. Das konnte er nicht auf sich sitzen lassen. Sein Ehrgeiz meldete sich zurück. Er musste an Jens Steirer denken. Sein bester Freund und damaliger Therapeut hatte ihn seinerzeit ermutigt weiterzumachen. Der Mann schwor auf Yoga und Meditation und war ein treuer Anhänger der Hatha-Lehre.

Entschlossen lenkte Goldberg die Konzentration erneut auf seinen Atem. Ein und aus. Ein und aus. Sohanraj hatte ihnen erklärt, sie sollten sich auf den Atemfluss konzentrieren. Am besten dort, wo sie ihn auch physisch spüren konnten. Also entweder im Bauch oder in der Nase. Sie sollten ihn sich bewusst machen, achtsam dafür sein, wie er sie durchdrang. Seine geschlossenen Augenlider begannen zu zucken, als wollten auch sie sich gegen die Ruhe und den Frieden wehren, nach dem Goldberg sich so sehnte. Und schon war er gedanklich wieder woanders. Erst bei Steirer, der ihn morgen besuchen kommen wollte, dann bei Judith, seiner Exfreundin, die noch immer in Glückstadt in der Klinik war, und zum Schluss wanderten seine Gedanken zu Magda. Er wollte sich gerade wieder zur Konzentration zwingen, da traf der Filzklöppel die Schale ein letztes

Mal, tiefer und länger als die vorherigen. Damit hatten sie das Ende der Stunde erreicht. Das Schnauben hinter ihm war eine Mischung aus Erleichterung und einer unmissverständlichen Drohung. Goldberg ahnte, wie es in seinem Kollegen brodelte. Peter hingegen kam ganz yogamäßig zum Stehen, indem er seinen Rücken Wirbel um Wirbel aufrollte, bis sein Kopf auf seinem Hals zu schweben schien. Um das Lächeln beneidete Goldberg ihn. So sah jemand aus, der mit sich und seiner Umwelt im Reinen war. Gegensätzlicher konnte Goldberg sich nicht fühlen.

Sohanraj beendete die Stunde mit seinem obligatorischen »Namasté« und erhob sich.

Goldberg selbst, unsportlich wie eh und je, rappelte sich nur mühsam aus dem Schneidersitz in die Senkrechte.

»Ihr macht alle drei gute Fortschritte«, sagte Sohanraj.

Die Sanftheit seiner Stimme passte zu seinem Lächeln, das Gelassenheit und Freude ausdrückte. Er war ein Mann, dessen Alter man nur schwer schätzen konnte. Irgendetwas zwischen Mitte fünfzig und siebzig, tippte Goldberg. Sein Gesicht wurde von den blauen Augen dominiert, deren tiefes Strahlen fast künstlich wirkte. Das gegelte Haar trug er stets zurückgekämmt, was ihm einen strengen Anstrich verlieh, dem er aber mit seiner beständigen Freundlichkeit diametral entgegenwirkte. Kurzum, Sohanraj war ein weiser und zugleich charismatischer Mann. Eigentlich war er nur nach Kophusen gekommen, um den Nachlass seiner Eltern zu regeln. Aber dann hatte er beschlossen zu bleiben und das Elternhaus in einen Ort des Friedens und der inneren Einkehr zu verwandeln. Und nun gab es in Kophusen das Yoga- und Ayurveda-Zentrum Namasté. Hier konnte man nicht nur Yoga-Kurse belegen, sondern, wenn man wollte, auch ayurvedische Anwendungen wie Massagen oder Reinigungskuren buchen.

Goldberg war überrascht, dass dieser »indische Firlefanz«, wie Hauke es zu nennen pflegte, sich ausgerechnet hier solchen Zuspruchs erfreute. Aber das Namasté war dabei, sich zu einer Institution zu entwickeln, und das weit über die Ortsgrenzen von Kophusen hinaus. Die Leute liebten Sohanraj. Alle außer einem. Jedenfalls behauptete dieser eine das und wurde nicht müde, es ständig und überall zu betonen. Aber Goldberg war sich sicher, dass diese Ablehnung eher einer Art Trott entsprang. Hauke Thomsen war Ablehner aus Gewohnheit.

»Können wir jetzt gehen?« Aufs Stichwort drang seine Stimme wie ein tiefer Bass durch den Raum.

»Hauke, ich empfehle dir eine Panchakarma-Kur. Wir könnten deinen Körper und deinen Geist reinigen. Ich habe schon viele erlebt, die sich danach wie ein neuer Mensch gefühlt haben.«

Goldberg drehte sich um. Hauke starrte den Yoga-Meister entgeistert an.

»Ich sehe, du hast Vorbehalte. Aber mit der richtigen Medizin und der regelmäßigen Praxis der Asanas wird es dir besser gehen.«

»Panscha was?« Eigentlich war Hauke Thomsen nie um eine schlagfertige Antwort verlegen, besonders nicht, wenn es darum ging, seinen Unmut auszudrücken, aber Sohanraj gegenüber war es anders. Die Ausstrahlung des Yogis machte auch vor Hauke nicht halt.

Sohanraj war in Horst geboren und aufgewachsen. Er hatte ihnen zu Beginn ein wenig aus seiner Lebensgeschichte erzählt. Ein schwieriges Elternhaus und sein unbestimmtes Fernweh hatten ihn veranlasst, so früh wie möglich wegzugehen. Er war um die halbe Welt gereist und hatte die meiste Zeit in Indien verbracht. Dort hatte er sich nicht nur mit buddhistischen Lehren beschäftigt, er hatte sich sogar zum Ayurveda-Arzt ausbilden lassen. Das Gebaren eines Hauke Thomsen ließ ihn völlig unbeeindruckt. Weder das Schnauben noch die Wutausbrüche irritierten diesen Mann, vielleicht war es genau das, was Hauke so ungewohnt still werden ließ.

»Panchakarma-Kur«, wiederholte Sohanraj geduldig und gab ihm einen Prospekt. »Überleg es dir, Hauke. Hier findest du einige Informationen, und wenn du Fragen hast, du weißt ja, wo du mich findest.«

Hauke räusperte sich und nahm das Heftchen an sich.

»Peter, dir fallen die Übungen sehr leicht, das freut mich zu sehen. Weiter so.« Sohanraj war zu Peter getreten und klopfte ihm behutsam auf die Schulter. »Du bist ein gelehriger Schüler.«

Peter lächelte verlegen, doch seinen Stolz konnte er nicht verbergen. »Vielen Dank, Sohanraj. Es macht mir auch großen Spaß. Besonders die Krähe. Da spüre ich immer so ein angenehmes Ziehen im Rücken.«

Der Yogi nickte lächelnd und drehte sich dann zu Goldberg um. »Und du, Philip, bist mit deinen Gedanken immer woanders. Du musst Geduld haben, dann wird sich die Ruhe von alleine einstellen.«

Goldberg hatte bereits bemerkt, dass dieser Mann ein außergewöhnliches Gespür für seine Mitmenschen hatte. Sicher war das auch ein Grund, warum er so beliebt war. Allerdings bezweifelte der Kommissar, dass irgendwann Ruhe in seinem Kopf einkehren würde, erst recht nicht nach dem, was in den letzten Jahren alles in seinem Leben geschehen war.

»Geduld und tägliches Praktizieren eurer Übungen«, sagte Sohanraj, legte die Handflächen vor der blütenweißen Brust aneinander und verbeugte sich. »Namasté.«

Hauke stapfte quer über die Straße. »Panschakamma«, fluchte er leise vor sich hin, als er geradewegs auf die Kophusener Wirtschaft Bei Rosi zusteuerte. Seit drei Wochen gingen Peter, Philip und seine Wenigkeit nun schon zu diesem Yogafritzen, wie Hauke ihn mit wachsender Begeisterung nannte. Philip, sein Chef, hatte es ihnen als sogenannte teambildende Maßnahme verkauft. Hauke hatte sich mit allen ihm zur Verfügung stehenden Mitteln gegen diesen Firlefanz gewehrt, aber auf dem Revier stand es zwei zu eins gegen ihn.

Nun schleppte er sich jeden Sonntag in Eiseskälte um zehn Uhr morgens zu diesem nach Räucherstäbchen stinkenden Haus, in dem man keinen Schritt machen konnte, ohne auf eine sechsarmige Gottheit oder eine verfluchte Kerze zu stoßen. Ständig musste man sich verbeugen und sich mit »Namasté« begrüßen. Angeblich hieß das: Das Göttliche in mir grüßt das Göttliche in dir. Als ob er etwas Göttliches in sich tragen würde. Wenn es überhaupt so etwas wie einen Gott gab, sähe die Welt sicher ganz anders aus. Schnaubend stieß er die Tür auf.

»Guten Morgen, schon fertig?« Rosi stand wie gewohnt hinter ihrem Tresen und war gerade dabei, Gläser zu polieren. Die Häme tropfte förmlich aus ihren Worten und ihrem Lächeln.

Seine Schwester war jünger als er. Doch ihre achtunddreißig Jahre sah man ihrem Gesicht deutlich an, auch wenn er ihr das nie so direkt sagen würde, so viel Weisheit besaß auch er. Vor elf Jahren hatte sie die Kneipe samt Pension von Jasper übernommen, der sie aus Altersgründen aufgeben musste. Die drei Gästezimmer staubten allerdings unbenutzt ein. Es kamen nicht viele Leute, um in Kophusen ihren Urlaub zu verbringen. Auch wenn Rosi selbst nicht ihre beste Kundin war, konnte sie doch ganz schön was wegpicheln. Ihr Päckchen Prince Denmark, das sie täglich konsumierte, hatte ihr sicher die langen Falten um den ansonsten hübsch geschwungenen Mund beschert. Aber auch das behielt er wohlweislich für sich.

»Sehr witzig. Musst du mir auch noch in den Rücken fallen? Ich dachte, wenigstens auf die Familie könnte man sich verlassen.«

»Apropos Familie. Denke bitte daran, dass Mama Dienstag kommt. Sie will gegen elf Uhr hier sein.«

Hauke brummte etwas Unverständliches. Er wollte nicht zugeben, dass er es beinahe vergessen hätte. Seine Mutter war dieses Jahr früher dran als sonst. Und blieb entsprechend länger. Vielleicht hatte sie sich mit ihrem Holger gestritten? Holger begleitete sie nie, wenn Bärbel Thomsen aus Husum zu Besuch kam. Eigentlich seltsam, dachte Hauke, ließ den Gedanken jedoch gleich wieder fallen. Es war ihm egal.

»Sohanraj ist toll, oder?«

»Sag nicht, du gehst auch zu diesem Yogafritzen?«

Rosi lächelte breit. Das war Antwort genug.

»Ich brauche ein Bier.«

Hauke setzte sich an einen der freien Tische am Fenster. War Kophusen jetzt völlig verrückt geworden? Was fanden die bloß alle an dem Kerl, fehlte nur noch, dass auch seine Mutter diesem Guru in die Hände fiel. Zum Glück hielt seine Mutter nicht viel von Männern in wallenden Gewändern. Sie bevorzugte klassische Anzüge und würde dem Guru höchstens erzählen, wie dämlich seine langen Kutten aussahen. Unwillkürlich musste Hauke an seine Hawaii-Hemden-Kollektion denken. Zugegeben, die war ebenso eigenwillig, aber das war so oder so vorbei. Diskret hatte er sie im Altkleidercontainer auf dem Parkplatz in Kollmar entsorgt. Nach dem Fiasko in Georgs Bank wollte er sich diese Blöße nicht noch einmal geben. Rosi trat zu ihm und servierte das frisch gezapfte Bier.

»Prost«, sagte sie und streichelte ihrem Bruder zärtlich über den Kopf, was Hauke mit einem versöhnlichen Schnauben quittierte.

»Guten Morgen, ihr beiden«, rief Rosi plötzlich und nahm die warme Hand von seiner Schulter. »Euer Querulant sitzt hier.«

So viel zum Thema Familienbande, dachte Hauke und nahm einen großen Schluck.

»Wie immer?«, fragte sie und machte sich wieder auf den Weg hinter den Tresen.

Haukes Kollegen nickten und setzten sich wortlos zu ihm an den Tisch.

»Wow, dieser Sohanraj ist großartig. Er hätte schon viel eher zurück nach Kophusen kommen sollen«, bemerkte Peter mit einer einrenkenden Bewegung seines Halses.

Verflucht noch mal, hatte denn jeder in diesem Kaff Verspannungen?

»Ja, er hat wirklich goldene Hände«, stimmte Rosi zu.

Hauke fuhr mit einem Satz herum. »Fasst der Kerl dich etwa an?«

Sie grinste. »Wie sollte er mir sonst eine Abhyanga-Massage geben?«

»Abba-was?«

»Abhyanga. Das ist eine ayurvedische Ganzkörpermassage.«

Hauke riss die Augen auf. »Ganzkörper? Etwa nackt?«

»Was glaubst du? Solltest du auch mal probieren. Das würde dir sicher guttun.«

Hauke konnte gar nicht sagen, welche Vorstellung ihn mehr entsetzte: die Hände von Sohanraj auf dem nackten Körper seiner Schwester oder auf seinem eigenen.

»Beruhige dich, Hauke«, kam es von der Seite. Peter tätschelte ihm den Arm. »Der Mann ist Profi. Da passiert schon nichts.«

Hauke zog seinen Arm weg. »Das will ich dem Kerl auch geraten haben. Wenn der meine kleine Schwester anfasst, kann er was erleben.«

Argwöhnisch verfolgte Hauke Rosis Bewegungen. Sie hantierte an der neuen Espressomaschine herum, die Philip ihr günstig aus Hamburg besorgt hatte. Dieser italienische Quatsch hielt damit offiziell Einzug in

Kophusen. Wenigstens gab es auf der Wache noch eine richtige Kaffeemaschine.

»So, einen Espresso für Philip und eine Apfelschorle für Peter«, sagte Rosi und servierte ihren Gästen die Bestellung. »Und nun beruhige dich mal wieder, ja? Ist ja nicht zum Aushalten. Ich dachte, Yoga würde dich mal etwas entspannen.«

»Alle Welt soll sich immerzu entspannen. Ach ja, und loslassen. Vielleicht will ich aber gar nicht entspannen! Und erst recht nicht loslassen. Was ist so schlecht am Festhalten? Nur weil sich alles verändert, muss es nicht automatisch gut sein.«

»Du wärst aber um einiges genießbarer«, meinte Rosi.

»Ich bin ein Ausbund an guter Laune und Frohsinn, was wollt ihr noch mehr?«

»Ich finde, deine Schwester hat recht«, schaltete sich Philip ein, »du bist auffallend handzahm, wenn wir bei Sohanraj sind. Sollte der Kurs ein Lichtblick in deinem ansonsten so düsteren Dasein sein?«

Hauke strafte seinen Chef mit dem düstersten Blick, den er so schnell aufsetzen konnte. Aber er verkniff sich eine Bemerkung. In dieser Phase konnte er nur verlieren. Die Kräfteverhältnisse auf dem Revier hatten sich zu seinen Ungunsten verändert. Wenn sein Chef sich mit Peter verbündete, hielt er besser die Klappe, das hatte sich eindeutig herauskristallisiert. In den letzten Monaten war er etwas diplomatischer geworden. Außerdem musste Hauke widerwillig zugeben, dass da tatsächlich etwas Wahres dran war. Sohanraj hatte eine sonderbare Wirkung auf ihn. Dieser Yogafritze war permanent so freundlich und ausgeglichen, dass es ihm förmlich die

Sprache verschlug. Natürlich ging ihm das gehörig auf den Senkel, und trotzdem spürte er jedes Mal die unsägliche Unruhe, wenn dieser Kerl ihn ansah. Fast so, als könnte er in seine verfluchte Seele gucken und all die Trümmer sehen, die sich in den letzten Jahren dort angesammelt hatten. Das gefiel ihm ganz und gar nicht. Also musste er sich bedeckt halten und dem Affen lieber keinen unnötigen Zucker geben. Deshalb würde er auch unter keinen Umständen so eine Panschakur machen. Da müssten sie ihn schon tot, mit den Füßen zuerst reinschleifen. Und Hauke hatte nicht vor, in absehbarer Zeit zu sterben.

2

Am Altonaer Bahnhof wehte ein eisiger Wind. Goldberg wartete auf die Ankunft seines Freundes Jens Steirer. Er hatte in einem der Unterstände Zuflucht gefunden, nachdem eine Gruppe von betrunkenen Fußballfans den Zeitungsladen lautstark erobert hatte. Den Mantelkragen aufgestellt, tippelte er von einem Fuß auf den anderen. Er dachte an den Zeitungsartikel, den er eben gelesen hatte. Darin war von der Entstehung eines neuen Stadtteils die Rede gewesen: Altona-Mitte. Diesen Bahnhof würde es in der Form bald nicht mehr geben. Obwohl der Kopfbahnhof wahrlich nicht zu den schönsten gehörte, fand Goldberg es sehr schade, dass man ihn seiner Anbindung an die Fernbahnen berauben wollte. Wenn seine Mutter ihn besuchte, konnte er sie zum Glück noch hier abholen. Zu Weihnachten würde sie nicht kommen. Es ging ihr nicht gut. Ihr Herz machte ihr wieder einmal Probleme. Stattdessen wollte Goldberg zu ihr fahren. Ihm graute davor, nach Berlin zurückzukehren, auch wenn es nur für ein paar Tage war. Eigentlich hatte er vorgehabt, Magda mitzunehmen, aber das hatte sich wohl erledigt.

Eine Durchsage ließ ihn aufhorchen. Der Zug aus Berlin hatte fünf Minuten Verspätung. Goldberg seufzte. Sollte er die Zeit nutzen und Magda anrufen? Es war kurz nach neun Uhr. Unmerklich schüttelte er den Kopf und verwarf den Gedanken. Seine Beziehung zu ihr war im Moment leider sehr kompliziert. Die Scheidung von Georg Deterding war in vollem Gange, und das schien einiges in ihr aufzuwühlen.

Bisher war es sehr gut zwischen ihnen gelaufen. Sie trafen sich regelmäßig, gingen zusammen ins Kino, tranken hervorragenden Espresso und hatten gerade damit begonnen, kleinere Alltagsutensilien bei dem jeweils anderen zu deponieren. Es hatte ihm gutgetan. Nach der Katastrophe hatte sie ihm geholfen, wieder auf die Beine zu kommen. Und ausgerechnet jetzt, wo er sie wegen der nervenaufreibenden Scheidung unterstützen wollte, zog sie sich von ihm zurück. Sie brauche Freiraum, hatte sie gesagt. Goldberg war mehr als bereit, ihr alles zu geben, was sie verlangte. Schließlich wusste niemand besser als er, wie sehr man Zeit für sich benötigte. Aber er hatte Angst. Angst, sie könnte sich so weit entfernen, dass sie den Weg zu ihm nicht zurückfand. Und das wollte er nicht. Auch wenn die drei magischen Worte bisher nicht zwischen ihnen gefallen waren, sie bedeutete ihm viel.

Als sein Telefon brummte, war er erleichtert. Sicher war es Jens, der ihm mitteilen wollte, dass sein Zug Verspätung hatte. Doch als er auf das Display sah, zeigte es die Nummer des Reviers.

»Was gibt es?«

»Seid ihr schon unterwegs?«, fragte Peter.

Goldberg begriff sofort, dass etwas nicht stimmte. »Nein. Der Zug hat Verspätung. Warum?«

»Sohanraj hat gerade angerufen. Im Namasté gibt es Schwierigkeiten.«

»Was für Schwierigkeiten?«

»Also«, begann Peter zögerlich, »Sohanraj sagt, dass eine Teilnehmerin der Panchakarma-Kur verschwunden ist. Ihr Name ist Annette Prinz.«

Goldberg hielt die Luft an. Zum Glück hatte Jens noch nicht im Yoga-Zentrum eingecheckt. Wenn es seinen Freund getroffen hätte, hätte er sich das selbst nie verziehen. Der Mann, der ihn aus dem seelischen Morast gezogen und wieder aufgepäppelt hatte. Nicht auszudenken, wenn Jens seinetwegen etwas zustoßen würde.

»Sohanraj sagt, sie ist weder zum morgendlichen Yoga noch zum Frühstück erschienen«, erklärte Peter.

»Vielleicht ist sie draußen im Garten und geht spazieren?«

Peters Räuspern war eindeutig als Nein zu werten. »Sohanraj hat Blutspuren auf dem Boden gefunden.«

Goldbergs Erleichterung verwandelte sich in Sorge. »Blut?«

»Ja. Die Spurensicherung habe ich schon benachrichtigt, die schaffen es aber erst in ein bis zwei Stunden, dort zu sein.«

Goldberg nickte. Das war ein deutlicher Nachteil des Landlebens. Es dauerte alles so unendlich lange. Vor allem, wenn sie zusätzlich noch mit den Auswirkungen eines ungewöhnlich schneereichen Winters zu kämpfen hatten.

»Okay, wir kommen gleich dorthin.«

Als Goldberg das Gespräch beendet hatte, fuhr der Zug ein. Wie sollte er Jens das beibringen? Er kam doch extra nach Kophusen, um eine Panchakarma-Kur zu machen. Sein Freund sprach seit Wochen von nichts anderem, wenn sie miteinander telefonierten. Es half nichts, er würde Jens erst einmal bei sich zu Hause unterbringen. Unter diesen Umständen konnte er sich unmöglich im Namasté einquartieren. Der ICE kam quietschend zum Stehen, und Goldberg wappnete sich gegen den drohenden Protest. Jens war ein sturer Hund, der sich nichts verbieten ließ. Die Türen glitten auf. Hektisch verließen die Menschen den Zug. Sie eilten den Bahnsteig entlang. Goldberg suchte nach dem Gesicht, das er so gut kannte. Erst nach einer halben Ewigkeit sah er Jens aus dem letzten Waggon aussteigen. Goldberg musste lächeln. Trotz seiner etwas trüben Stimmung freute er sich, und als sie einander erreicht hatten, umarmten sie sich zur Begrüßung.

»Schön, dich zu sehen«, sagte Jens.

»Ja, das finde ich auch. Willkommen.«

»Du kannst dir gar nicht vorstellen, wie aufgeregt ich bin, wie ein kleiner Junge!«

Seine Wangen waren rosig, er sah glücklich aus, und Goldberg hasste sich dafür, ihm diese Freude kaputt zu machen.

»Leider keine guten Nachrichten«, begann er vorsichtig. »Ein Kurgast ist aus dem Namasté verschwunden.«

»Wie verschwunden?«

»Das wissen wir noch nicht«, erklärte Goldberg und ließ die letzten Leute vorbeiziehen. »Heute Morgen war sie weg, und offenbar gibt es Blutspuren. Das kann eine ganz harmlose Erklärung haben, aber vorerst würde ich dich gern bei mir unterbringen, jedenfalls so lange, bis wir Genaueres wissen.«

»Bei dir? Du machst Witze. Versteh mich nicht falsch, Philip, aber ich freue mich schon seit Wochen auf meine Kur. Da ziehe ich doch nicht bei dir ein.«

»Es ist nur zu deiner eigenen Sicherheit«, versuchte Goldberg zu beschwichtigen.

»Philip, du weißt, ich schätze dich und deine Arbeit sehr, aber solange ihr nicht wisst, ob überhaupt ein Verbrechen vorliegt, quartiere ich mich natürlich wie geplant dort ein.«

Goldberg hob zu einer Erwiderung an, aber sein Freund schnitt ihm mit einer entschiedenen Geste das Wort ab.

»Keine Diskussionen. Ich kann mindestens so stur sein wie du. Also spar dir deinen Atem.«

Die beiden Männer sahen sich an. Inzwischen waren sie fast allein auf dem Bahnsteig. Das Getümmel hatte sich zerstreut. Goldberg hielt dem Blick seines Freundes noch einige Sekunden lang stand, bevor er seufzend die Augen niederschlug. Jens war ein erwachsener Mann. Er konnte ihn ja schlecht unter Arrest stellen. Außerdem hegte er den Verdacht, dass Steirers Weigerung auch eine therapeutische Maßnahme war, und das ärgerte ihn. Aber vielleicht bildete er sich das auch nur ein.

»Komm schon, Philip, nicht böse sein. Zeig mir lieber deinen neuen Wagen.« Steirer lachte und klopfte seinem Freund versöhnlich auf die Schulter.

Goldberg rang sich ein Lächeln ab. Man konnte Jens Steirer nur schwer widerstehen. Er war ein außergewöhnlicher Mann, gut aussehend, nicht eben schlank, aber sein Körpergewicht verteilte sich vorteilhaft. Er hatte ein freundliches Gesicht, und sein Blick war stets wach und interessiert. Er hatte einen Schlag bei Frauen. Allerdings hielt er es nie lange mit einer aus. Goldberg zog ihn manches Mal damit auf, indem er ihn einen »bindungsunfähigen Paartherapeuten« nannte. Steirer parierte die Bemerkung stets lächelnd und erwiderte, dass er wenigstens aus Erfahrung sprechen könne.

»Das nächste Mal musst du im Sommer kommen, dann können wir mit offenem Verdeck fahren.«

Goldberg hatte im Parkhaus vom Mercado, einem Einkaufszentrum, geparkt. Wenig später saßen sie in seinem schwarzen Saab 900i Cabrio und quälten sich durch den dichten Berufsverkehr. Steirer teilte Goldbergs Vorliebe für diese alten Autos. Erst als sie auf die A23 Richtung Husum fuhren, wechselte Jens das Thema. »Und wie läuft es? Kam meine Idee mit dem Yoga-Kurs gut an?«

»Dreimal darfst du raten.«

Steirer lachte. »Ich bin so gespannt, die beiden Herren endlich persönlich kennenzulernen. Übrigens habe ich euren Sohanraj mal durch diverse Suchmaschinen laufen lassen. Der Mann ist wirklich bemerkenswert. Er war in einigen Ashrams und behandelte an zwei renommierten Ayurveda-Kliniken in Indien.«

»Du wirst ihn lieben. Gestern hat er mir ans Herz gelegt, mich in Geduld zu üben.«

»Apropos, wie sieht es mit deinen Albträumen aus?«

Goldberg spürte regelrecht, wie Steirer sein Therapeutengesicht aufgesetzt hatte und sich zu ihm wandte. Die Augen seines Freundes fixierten ihn. »Albtraumfrei, seit zwei Monaten.«

»Gratuliere.«

Es entstand eine kurze Pause. Aber der Kommissar wusste, was jetzt kommen würde. Manche Fragen waren unausweichlich und folgten schneller, als einem lieb war.

»Und? Hast du sie mal besucht?«

Goldberg schüttelte den Kopf. »Nein. Aber ich habe mit dem zuständigen Arzt gesprochen, und er sagt, es geht ihr den Umständen entsprechend gut.«

»Wie sieht es mit ihrer Mutter aus?«

»Hilde Deterding hat sie anfänglich tatsächlich besucht. Aber ich habe keine Ahnung, wie die Beziehung zwischen den beiden ist.«

Steirer seufzte. »Tja, die liebenden Eltern.«

Während Goldberg die Ausfahrt Hohenfelde nahm, um die Autobahn zu verlassen, schwiegen die beiden. Der Saab pflügte durch die Schneemassen, die sich auf den Straßen angesammelt hatten. Die Räumdienste waren fast Tag und Nacht im Einsatz. So einen Winter hatte es schon lange nicht mehr gegeben. Schnee bereits im Dezember war ungewöhnlich für die letzten Jahre, hatte ihm Peter versichert, der über alles ein Dossier anzulegen schien.

Dass man für die Wege viel mehr Zeit einplanen musste und manchmal nur im Schneckentempo vorankam, störte Goldberg nicht im Geringsten. Er liebte diese winterliche Landschaft. Die Felder eingeschneit, die Bäume in einen dicken weißen Mantel gehüllt, alles sah aus, als hätte jemand die Natur zugedeckt. Als wäre es Zeit für einen stillen, unschuldigen Schlaf. Natürlich war das ein wenig naiv, aber wann konnte man sich diese Naivität erlauben, wenn nicht kurz vor Weihnachten? Sie brauchten noch gut dreißig Minuten, bis der Saab vor dem Yoga-Zentrum anhielt.

»Bist du sicher?«, fragte Goldberg, bevor er den Gurt zurückschnellen ließ.

»Klar. Warten wir doch erst mal ab, was eure Ermittlungen ergeben. Wenn es gefährlich wird, komme ich zu dir versprochen«, erwiderte der Therapeut.

Goldberg nickte. Bevor sie nichts Genaueres wussten, konnte er ohnehin nicht viel tun. Auch wenn er kein gutes Gefühl dabei hatte, seinen Freund hierzulassen, aber das Leben an sich war nun mal gefährlich. Auf die eine oder andere Art.

»Das ist es also«, sagte Steirer.

Seine Stimme war um eine Oktave nach oben gewandert. Fast ehrfürchtig blieb er an der Beifahrertür stehen, so als wolle er das Haus mit gebührendem Respekt betrachten. Das Dach war vom Schnee verdeckt, den Giebel zierten Eiszapfen. Die Mauern hatte Sohanraj isolieren lassen, sodass das Gebäude nicht mehr den Charme der Fünfzigerjahre hatte. Die weißen Steine machten es freundlicher und erweckten den Eindruck eines Ferienhauses. Der Yogi hatte keine Kosten und Mühen gescheut, um sein Elternhaus in einen Wohlfühltempel zu verwandeln. Woher das Geld stammte, wusste selbst Peter nicht. Sicher nicht aus einem üppigen Erbe, die Mommsens waren keine reichen Leute gewesen. Sohanraj hatte nicht nur das Haus saniert und den Dachboden in einen riesigen Yoga-Raum verwandelt, sondern auch fünf bungalowartige einfache Häuschen im weitläufigen Garten bauen lassen, wo er seine Gäste unterbringen konnte. Alles in allem sehr kostspielig.

»Schön. Wirklich schön«, bemerkte Steirer.

»Warte ab, bis du es von innen siehst.«

Goldberg hatte das Gepäck von Steirer an sich genommen, als die Haustür sich öffnete und Sohanraj erschien.

»Namasté«, begrüßte er die beiden Männer, die Hände an die Handflächen gelegt, und verbeugte sich.

»Namasté.« Steirer erwiderte den Gruß.

Eilig stapfte der Therapeut die Auffahrt entlang. Goldberg folgte ihm, und gemeinsam betraten sie das Ayurveda-Zentrum.

Das Haus war komplett entkernt worden, sodass es keinen Flur mehr gab. Man befand sich sofort in einem hellen Raum, der sowohl Küche als auch Esszimmer war. Der riesige Holztisch, das Herzstück dieses Zimmers, stand vor der bodentiefen Fensterfront, die sich samt Terrassentür einmal quer über die ganze Seite erstreckte. Von hier aus sah man in den parkähnlichen Garten. Goldberg stellte den Koffer seines Freundes ab.

»Sind meine Kollegen schon hier?«

»Ja, sie sind im Shiva«, sagte Sohanraj und meinte damit das Häuschen, in dem Annette Prinz gewohnt hatte. Jeder der kleinen Bungalows trug einen eigenen Namen.

»Sehr gut, dann gehe ich mal und lass dich zu treuen Händen bei Sohanraj.« Goldberg ignorierte sein mulmiges Gefühl in der Magengegend.

Steirer beachtete ihn gar nicht, er hatte nur Augen für Sohanraj. »Ja, geh nur.«

»Ich zeige dir dein Refugium, Jens, dann kannst du dich erst einmal zurückziehen. Um dreizehn Uhr gibt es Mittagessen, und um siebzehn Uhr ist die zweite Yoga-Einheit des Tages. Vor dem Abendessen werde ich dich gründlich untersuchen und eine Puls- und Zungendiagnose vornehmen, damit wir dann deinen Kurverlauf darauf abstimmen und besprechen können«, erklärte der Yogi.

Goldberg hatte Jens schon oft strahlen gesehen, er war ein positiver, fröhlicher Mensch, aber dieses Gesicht war ihm neu. Das Strahlen hatte eine Dimension erreicht, die Goldberg spontan beschließen ließ, in seinem nächsten Urlaub auch eine Panchakarma-Kur zu machen. Wenn es das Namasté, dann noch gab. Als er den Bungalow Shiva betrat, herrschte dort geschäftiges Treiben. Wider Erwarten waren die Kollegen der Spurensicherung schon bei der Arbeit. Frank machte sich im Bad zu schaffen, und Simon war dabei, die Kommode auf Fingerabdrücke zu untersuchen. Sie begrüßten ihn mit einem kurzen Nicken.

»Und, habt ihr schon was?«, fragte Goldberg.

Hauke schnaubte verächtlich und sah vom Kleiderschrank auf, den er gerade inspizierte. »Sogar Papa Schlumpf hat in seinem Pilz mehr Platz, als die Insassen dieser Panschkakur.«

Goldberg ignorierte die Bemerkung seines Kollegen, ihm war nicht nach Scherzen zumute. »Was ist passiert?«, fragte er stattdessen.

»Annette Prinz ist heute Morgen nicht zum Yoga erschienen«, begann Hauke, »und als sie auch nicht zum Frühstück kam, hat Sohanraj in ihrer Unterkunft nachgesehen. Doch sie war nicht da. Er hat das Gelände abgesucht, sie aber nicht gefunden. Auch keine Nachricht oder irgendetwas, das ihr Verschwinden erklärt.«

Goldberg sah sich in dem Zimmer um. Es war wirklich nicht sehr groß, schätzungsweise fünfzehn Quadratmeter. Das Mobiliar bestand aus einem niedrigen Bett, einem Mini-Kleiderschrank, einem Stuhl und einer alten Kommode. Rechts ging eine Tür ab, die ins Badezimmer führte. Alles schien in bester Ordnung zu sein. Ihr Gepäck war noch da, als hätte sie das Haus nur kurz verlassen. Kein Chaos, keine umgestürzten Möbel. Einen Kampf konnten sie wohl ausschließen. Wenn es denn überhaupt ein Verbrechen war.

»Was ist das?«, fragte Goldberg und deutete auf einen Gegenstand links vom Bett.

»Sieht aus wie ein Kleiderständer, oder?«

Er bedachte Hauke mit einem kurzen Blick, der ihn kapieren ließ, dass seine Bemerkungen heute nicht angebracht waren.

»Hab verstanden. Also, Sohanratsch hat mir erklärt, dass das eine Öllampe ist. Da gibt's so eine Art Begrüßungsritual. Jeder Neuankömmling zündet einen der sieben Dochte an, die in den komischen Ausbuchtungen der obersten Schale sind. Dabei soll man dann an seine Wünsche und Hoffnungen denken, die einen hierher geführt haben. Der Hahn da oben symbolisiert den Neuanfang, den neuen Morgen, an dem man sein ganzes Leben verändern kann. Wat'n Aufriss.«

Goldberg trat neben die Lampe und inspizierte den Boden.

»Das da ist eindeutig Blut. Einige Tropfen nur, aber wir haben bereits Proben genommen. Und an der Kommode«, erklärte Hauke auf die Stelle deutend, wo das Blut bereits begann einzutrocknen.

»Sonst noch was?«, fragte der Kommissar und wandte sich dabei an die beiden Kollegen von der Spurensicherung.

»Jedenfalls kein Haken in der Decke«, sagte Simon grinsend, während aus dem Bad ein unterdrücktes Kichern zu hören war.

»Ha, ha, sehr witzig, Jungs«, konterte Hauke und warf seinem Chef einen düsteren Blick zu, der die Anspielung auf ihren letzten Fall geflissentlich überhörte.

»Irgendwelche Anhaltspunkte?«

Simon schüttelte den Kopf. »Das Blut könnte genauso gut von einer harmlosen Verletzung stammen. Jedenfalls gibt es keine auffälligen Spritzer oder markante Spuren. Sie könnte sich verletzt und dann in der Kommode nach einem Pflaster gesucht haben.«

Das mulmige Gefühl verstärkte sich und machte sich in Goldbergs Magen breit. Das hier war nicht harmlos, so viel wusste er schon jetzt.

3

»Wann hast du Annette Prinz das letzte Mal gesehen?«, fragte Hauke den Guru, als sie zurück im Haupthaus waren.

Sie saßen am Tisch. Philip lehnte am Tresen, der die Küche vom Esszimmer trennte.

»Gestern Abend beim Essen.«

Sohanraj war die Ruhe selbst, aber Hauke hatte nichts anderes von diesem Mann erwartet. Sein Chef dagegen war für seine Verhältnisse etwas aus dem Häuschen, und nach der Geschichte mit seiner Ex-Freundin und der Stieftochter konnte er das nur zu gut verstehen. Für ihn selbst bedeutete das, Ruhe zu bewahren und ein Auge auf Philip zu haben.

»Ist dir etwas Ungewöhnliches an ihr aufgefallen?«

»Nein, sie war wie immer.«

Sohanraj sah auf, und gegen seinen Willen wurde Hauke von diesen Augen in den Bann gezogen. Es war ihm unheimlich. Selbst bei diesem rein dienstlichen Gespräch zwischen ihnen beschlich Hauke ein unsicheres

Gefühl. Wenn er es nicht tausendprozentig besser wüsste, könnte man glatt meinen, er hätte sich in diesen Guru verknallt. Was natürlich vollkommener Unsinn war. Er war so hetero, wie es ein Mann nur sein konnte. Nach seinen nächtlichen Abenteuern hatte sich jedenfalls noch keine Frau bei ihm beschwert. Andererseits hatte sich auch keine der Frauen je wieder bei ihm gemeldet, und das schien keine der Damen je gestört zu haben. Sollte er sich darüber Gedanken machen?

»Was kannst du uns über sie erzählen«, unterbrach Goldberg Haukes Gedankengänge. So viel zum Thema Professionalität, dachte dieser und versuchte sich wieder auf den Fall zu konzentrieren.

»Annette Prinz kam vor zwei Wochen zu mir«, begann Sohanraj. »Sie war sehr aufgelöst und suchte Schutz. Sie hatte von meinem Zentrum gehört und wollte sich von Grund auf reinigen, wie sie sich ausdrückte. Ich riet ihr zu einer sechswöchigen Panchakarma-Kur und sie stimmte sofort zu.«

»Hat sie dir erzählt, warum sie so aufgelöst war?«, fragte Goldberg.

Hauke bedachte ihn mit einem sorgenvollen Blick. Seine Stimme klang nervös, so kannte er seinen Chef gar nicht.

»Nicht direkt. Wir haben nach der Meditation oft zusammengesessen. Sie hatte viele Fragen, und wie bei fast allen Anwendern der Kur wollten die Gedanken nicht ruhen.«

»Wir brauchen ihre Handy-Nummer.«

»Ich hab's schon mehrfach versucht, aber da springt jedes Mal nur der Anrufbeantworter an.«

»Die Mailbox«, berichtigte Hauke ihn und schob ihm seinen Notizblock samt Stift rüber.

Sohanraj nickte.

»Hatte sie engere Kontakte zu anderen Hausgästen?«, fragte Hauke, während der Guru die Nummer auswendig auf eine freie Seite notierte.

»Nein, ich denke nicht. Sie ist sehr verschlossen gewesen.«

Lächelnd gab er Hauke den Kugelschreiber zurück. Selbst während der völlig überflüssigen Verrenkungsstunden war immer dieses Lächeln auf seinem Gesicht. Als hätte ihm ein Schönheitschirurg die Mundwinkel festgetackert. Er würde gleich Peter auf dem Revier anrufen. Der sollte diesen Kesuke Miyagi für Arme mal gründlich durchleuchten.

»Ich weiß nicht, ob das von Bedeutung ist«, sagte der Guru unvermittelt. »Aber sie hatte eine Tätowierung auf der rechten Schulter. Es sah aus wie eine Krähe. Man sagt, wer einer Krähe ins Auge blickt, der kann die Pforte in die Welt alles Übernatürlichen sehen.«

O Gott, nicht schon wieder, dachte Hauke, ein Schnauben unterdrückend.

»Eine Krähe«, murmelte Philip.

»Hast du eine Ahnung, wo Annette Prinz sein könnte?«, fragte Hauke.

Sohanraj schüttelte den Kopf.

»Na toll, dann suchen wir jetzt die Feder im Heuhaufen.«

»Vorsorglich brauchen wir eine Liste aller Personen, die im Moment bei dir wohnen«, entgegnete Philip.

»Ja, natürlich.«

»Wir würden jetzt gerne mit den anderen Gästen sprechen. Wo hast du Jens untergebracht?«

»Es ist das erste Haus gleich links, wenn ihr auf die Terrasse tretet. Lakshmi.«

Sohanraj legte die Handflächen aneinander. Dann setzte er zu einer kleinen Verbeugung an. Philip erwiderte den Gruß. Als Miyagi die Geste an Hauke gewandt wiederholte, wollte der sich eigentlich diesem Namasté-Quatsch entziehen, aber irgendetwas war an diesem Kerl, dass er sich das einfach nicht traute. Zähneknirschend führte auch er die Handflächen vor der Brust zusammen und neigte den Kopf. Wenn der keine dunklen Kräfte besaß, wer dann?

Philip zog den Reißverschluss seines Mantels zu. Hübsches Teil, das war Hauke heute Morgen sofort aufgefallen. Vielleicht konnte er sich das Ding ja mal ausleihen, so etwas machte immer gleich viel her in der Damenwelt.

»Komm«, unterbrach Philip seine Vision.

Mist, er wollte sich doch konzentrieren. Hastig schob er das Bild von sich in Philips Mantel beiseite.

»Die meisten werden in ihren Häusern sein«, sagte Sohanraj.

»Gut.« Hauke wandte sich zum Gehen. »Die Spurensicherung braucht noch ein bisschen. Danach wird die Hütte versiegelt. Da darf keiner rein. Ist das klar?«

»Ich gebe es weiter«, sagte Sohanraj und sah Hauke an.

Vielleicht trug der Kerl ja auch verflucht blaue Kontaktlinsen, überlegte Hauke. Diese Gurus taten doch alles, um ihre Jünger zu beeindrucken. Er wandte sich ab und folgte seinem Chef ins Freie. Als sie auf der Terrasse standen, schickte Hauke Annettes Nummer an Peter. Dann hob er den Kopf. Die beiden Polizisten sahen sich um. Von hier aus hatte man einen guten Überblick über das gesamte Grundstück, eingerahmt von einem Koppelzaun, der die Grenze zu den Nachbarwiesen markierte. Um sie herum war freies Feld. Kein einziger Baum weit und breit.

»Unwahrscheinlich, dass ein möglicher Täter von der Koppel gekommen ist. Da hätte man ihn viel zu leicht entdecken können«, überlegte Philip laut.

»Außerdem darf der keine Angst vor Pferden haben.«

Zwei prächtige Exemplare standen auf der Koppel neben den Häuschen. In dicke Decken gehüllt, trotzten sie der winterlichen Kälte.

»Wenn jemand hierher gekommen ist, dann sicher vom Haus«, mutmaßte Philip.

»Fünf Hütten sind es insgesamt. Sehr überschaubar.«

Die kleinen Gebäude waren wie die Punkte auf einem Würfel angeordnet.

»Ich würde gerne zuerst bei Jens vorbeischauen.«

Hauke nickte. Er verstand Philips Sorge. Außerdem war er schon ein wenig neugierig auf den besten Freund seines Chefs.

Jens Steirer hatte den Bungalow links von ihnen, direkt gegenüber von Annette Prinz, wo Simon inzwischen an der Tür zugange war. Hauke folgte Philip den schmalen Weg entlang, den vermutlich Sohanraj freigeschaufelt hatte. Die kachelförmigen Steine am Boden ließen sich aufgrund des Schnees nur erahnen. Hauke musste zugeben, dass Miyagi sich wirklich Mühe gegeben hatte. Auch wenn das kleine Schlumpfdorf nicht seinem Geschmack entsprach, konnte er durchaus das Konzept und die Liebe zum Detail darin erkennen.

»Jens?«, rief Philip, als er an die Tür klopfte.

Sie hörten schnelle Schritte, und dann stand er auch schon vor ihnen. Hauke Thomsen mochte diesen Mann auf Anhieb. Was einem Wunder glich, denn das kam selten vor. Eigentlich nie. Vor allem nicht, wenn die Männer besser aussahen als er selbst. Und Jens Steirer sah verdammt gut aus. Groß, wohlproportioniert, und seine Haare trug er kurz rasiert. Sein Lächeln wirkte auf Hauke geradezu entwaffnend, und dessen düstere Laune schlug ins Gegenteil um. Ein Umstand, der ihn beeindruckte und gleichzeitig besorgte. Niemand entwaffnete ihn mit einem Lächeln. Höchstens eine Frau. Und auch das kam äußerst selten vor. Hilke, seine Ex-Frau, die hatte das gekonnt. Und wie sie das gekonnt hatte.

»Kommt rein.« Der Therapeut strahlte übers ganze Gesicht. Bei dem würde sogar er sich auf die Couch legen, dachte Hauke und folgte Philip ins Haus. »Sie müssen Hauke Thomsen sein.«

Hauke runzelte die Stirn. Woher wusste der Mann das? Sie reichten sich die Hand.

»Philip hat mir viel von Ihnen erzählt. Es freut mich, Sie kennenzulernen.«

»Ach, hat er das? Ich hätte Sie nicht erkannt. Bei uns redet der gute Mann nicht so viel.«

»Das hat nichts mit Ihnen zu tun, Herr Thomsen. Was glauben Sie, was ich alles unternehmen musste, um ihn zum Reden zu bringen.«

Hauke grinste. Der Mann war ganz nach seinem Geschmack.

»Gibt es etwas Neues?«, fragte Jens.

»Nein. Keine weiteren Hinweise«, entgegnete Philip, der die Unterhaltung stoisch über sich hatte ergehen lassen. »Aber mir wäre es wirklich lieber, wenn du vorerst bei mir wohnst. Es ist nur zu deiner eigenen Sicherheit. Sobald wir Entwarnung geben können, bringe ich dich sofort zurück.«

»Philip, das hatten wir doch schon. Sieh es mal von der Seite: Ich könnte für euch als eine Art Spion arbeiten. Ich halte einfach meine Augen und Ohren offen. Schließlich bin ich Psychologe.«

»Ich dachte, du wolltest dich erholen, und jetzt willst du den Leuten hinterherschnüffeln?«

»Wieso nicht, wenn es dich beruhigt.«

»Ich finde das gar keine schlechte Idee«, warf Hauke ein, was ihm einen überraschend finsteren Blick von seinem Chef einbrachte.

»Dass ihr zwei euch so gut versteht, gefällt mir ganz und gar nicht«, sagte Philip.

»Komm schon. Sei kein Spielverderber. Du kannst mich nicht zwingen, hier wegzugehen.«

Philip schwieg für einen Moment. Dann gab er sich geschlagen. »Wenn ich den leisesten Verdacht hege, dass du in Gefahr bist, dann bringe ich dich hier weg. Falls nötig, auch in Handschellen.«

»Abgemacht.«

»Pass gefälligst auf dich auf«, betonte Philip. »Und ruf uns an, wenn du etwas hörst oder siehst. Verstanden?«

»Aye, aye mój Kapitan.«

Hauke reichte Jens eine Visitenkarte, auf der sowohl seine Handy-Nummer als auch die vom Revier stand.

»Danke.«

»Und noch etwas«, sagte Hauke, »Sie schulden uns ein Bier bei Rosi.«

»Warum?«

»Weil Sie diesen Mann gehörig auf die Probe stellen«, erklärte er und zeigte dabei auf seinen Chef.

»Abgemacht. Aber erst am Ende meiner Kur.«

»Wenn Sie meinen, dass das hilft, mir ist das egal.«

»Jens, dein Bungalow ist genau gegenüber von dem, in dem Annette Prinz gewohnt hat, die Frau, die verschwunden ist. Sei wachsam.«

»Du kannst dich auf mich verlassen.«

Die Männer verabschiedeten sich, und die beiden Polizisten machten sich auf den Weg zum nächsten Haus.

»Wer ist da bitte?« Die Stimme klang zaghaft.

»Goldberg. Philip Goldberg, Polizeirevier Kophusen. Und mein Kollege Hauke Thomsen. Wir würden gerne mit Ihnen sprechen.«

Es dauerte einen Moment, bis sich die Tür öffnete. »Um was geht es?«

Die Frau, die im Türrahmen stand, war schätzungsweise Mitte dreißig. Sie hatte kurze Haare und ungewöhnlich lange Wimpern, fand Goldberg. Das war das Erste, was ihm an ihr auffiel. Trotz der Kälte trug sie ein kurzärmeliges ausgeblichenes T-Shirt und diese typischen Yoga-Pumphosen mit wildem Blumenmuster. Ihr etwas ängstlicher Blick huschte zwischen Hauke und ihm hin und her.

»Hauke Thomsen, und das hier ist mein Kollege Philip Goldberg.«

Sie nickte nur.

»Und Sie sind?«, fragte Hauke.

Goldberg kam nicht umhin, den Unterton in Haukes noch tiefer klingenden Stimme zu bemerken. Er warf ihm einen Seitenblick zu. Hauke hatte sich zur vollen Größe aufgerichtet, seine Mundwinkel zuckten verdächtig. Ist das zu fassen, dachte Goldberg, selbst in einer Zeugenbefragung hatte sein Kollege nichts Besseres zu tun, als seinen machohaften Romeo-Charme auszupacken! Das musste eine Art Pawlow'scher Reflex sein. Und das, obwohl die Frau vor ihnen nun wirklich nicht seinem gängigen Beuteschema entsprach. In den letzten Monaten hatte Goldberg einige von Haukes Eroberungen kennenlernen dürfen. Ungewollt wohlgemerkt. Und das stand keinesfalls auf seiner Prioritätenliste ganz oben. Aber wenn Haukes Auto mal wieder bei Sören in der Werkstatt war, musste ihn schließlich jemand zu Hause abholen und zur Arbeit fahren. Hier fuhren keine Busse und Radfahren kam für Hauke natürlich nicht infrage. Diese morgendlichen Begegnungen waren kein Vergnügen gewesen. Weder für die Frauen noch für ihn. Goldberg schüttelte die unliebsamen Bilder ab, die sich zu seinem Leidwesen fest in sein Gehirn gebrannt hatten, und ließ ihn eiskalt auflaufen.

»Hauke, ich glaube, ich habe einen Wagen gehört. Sei doch so lieb und sieh nach, ob die Kollegen schon fertig sind.«

Haukes Miene gefror. Aber nach einem kurzen Zögern trottete er gehorsam durch den Garten davon.

»Darf ich reinkommen?«

Die Frau schob die Tür auf. Goldberg registrierte ihren enttäuschten Blick in Richtung des davonstapfenden Kollegen und entschied sich, das zu ignorieren. Wenn das Schicksal es gut mit ihr meinte, würde es dafür sorgen, dass sich die beiden nicht noch einmal über den Weg liefen. Goldberg schätzte seinen Kollegen nicht nur, er mochte ihn sogar richtig gern, aber sein Verhältnis zu Frauen war gelinde gesagt: haarsträubend.

Der Bungalow ähnelte dem von Steirer und dem der Vermissten. Besonders kreativ war Sohanraj nicht bei der Einrichtung gewesen. Aber vielleicht war das auch gar nicht seine Absicht. »Würden Sie mir Ihren Namen verraten?«, fragte Goldberg und drehte sich zu ihr um.

»Miriam Schneider.«

»Kennen Sie Annette Prinz, Frau Schneider?«

Sie hatte die Tür geschlossen und war dort stehen geblieben. Ihr Kopfschütteln war ebenso zaghaft wie ihre Stimme. Der zierliche Körper wirkte in der voluminösen Hose ein wenig verloren.

»Na ja, kennen ist vielleicht etwas zu viel gesagt. Sie ist seit zwei Wochen hier, genau wie ich. Ist etwas passiert?« Sie war sichtlich irritiert. Entweder war sie von Natur aus ängstlich, oder es gab hier etwas, das ihr Angst machte.

»Wie gut haben Sie sich kennengelernt?«

»Na ja, wir haben uns ein paarmal unterhalten. Aber sie war nicht gerade sehr offen.«

»Ist Ihnen etwas Besonderes aufgefallen?«

Miriam überlegte und schüttelte dann den Kopf. »Nein, eigentlich nicht.«

»Und uneigentlich?«

Miriam sah ihn an, als würde sie seine Frage nicht ganz verstehen.

»War etwas besonders auffällig oder eigenartig an ihr und ihrem Verhalten? Gab es besondere Merkmale?«

»Nur die Tätowierung am linken Oberarm. Ein kleiner Vogel.«

»Sonst etwas, was Ihnen aufgefallen ist?«

Sie schüttelte den Kopf.

»Haben Sie vielleicht heute Morgen jemanden gesehen oder gehört?«

»Nur die Heide von gegenüber. Wir haben vor dem Frühstück zusammen den Sonnenaufgang beobachtet.«

Goldberg fragte sich, wann er das letzte Mal einen Sonnenaufgang gesehen hatte. Als es ihm einfiel, schob er den Gedanken an Magda sofort beiseite.

»Ist denn etwas mit Annette passiert?«

Jetzt war es Goldberg, der zögerte. Die Kurgäste würden ohnehin bald erfahren, dass Annette Prinz verschwunden war, trotzdem wollte er ihr nicht noch mehr Angst einjagen, als sie bereits zu haben schien.

»Nein, sie hat heute Morgen nicht wie gewohnt am Yoga und am Frühstück teilgenommen, und in ihrem Bungalow war sie auch nicht. Deshalb hat Sohanraj uns Bescheid gegeben. Nun sehen wir uns ein wenig um. Es gibt sicher eine völlig harmlose Erklärung dafür«, log er.

»Sie ist verschwunden? Ach, gestern erwähnte sie noch, sie würde sich so auf morgen freuen, weil sie etwas ganz Besonderes vorhabe.«

Goldberg horchte auf. »Hat sie vielleicht gesagt, was das war?«

»Nein. Aber sie war sehr euphorisch. Sonst war sie immer eher gedrückter Stimmung. Ich glaube ja, dass sie unter Depressionen leidet.« Miriam senkte den Blick, als kenne sie diesen Gefühlszustand aus eigener Erfahrung.

»Ist alles in Ordnung mit Ihnen?«

Als Miriam Schneider den Kopf hob, hatte sie Tränen in den Augen. »Ich …« Ihre Stimme zitterte. »Ich habe sie gestern noch gesehen, wie sie runter zum Deich spaziert ist.«

Für einen kurzen Moment dachte Goldberg an einen möglichen Selbstmord. Aber er verwarf den Gedanken daran. Dieses Zentrum war kein Ort, um seinem Leben ein Ende zu setzen. Sie hätte sicher zuerst mit Sohanraj gesprochen, statt sich wortlos umzubringen.

»Wann war das genau?«, fragte er.

»Gegen sieben Uhr. Sie machte das jeden Abend. Erst wollte ich sie fragen, ob ich ihr Gesellschaft leisten dürfe, aber ich habe mich nicht getraut.« Sie sprach langsam, fast so, als wolle sie jedes Wort sicher platzieren. Ihre Lippen bewegten sich kaum. Einer Karriere als Bauchrednerin stand nichts im Wege.

»Haben Sie sie auch wieder zurückkommen sehen?«

Sie nickte. »Ja, gegen acht.«

»Hatte sie mit sonst jemandem Kontakt?«

»Ich weiß es nicht. Fragen Sie die Heide. Vielleicht hat sie etwas mitbekommen.«

»Danke, Frau Schneider. Fürs Erste war es das schon. Wie lange sind Sie noch hier?«

»Mein Treatment dauert noch eine Woche.«

»Wir werden sicher noch einmal vorbeischauen.

Wenn Ihnen noch etwas einfällt, rufen Sie mich bitte sofort an. Egal wie unwichtig es Ihnen erscheinen mag.« Er reichte ihr seine Visitenkarte und ging.

Vor der Tür ließ ihn ein plötzliches Schnauben zusammenzucken, und er drehte sich um. Hauke stand an die Wand des Bungalows gelehnt und feilte an seinen Nägeln. Eine Angewohnheit, die Goldberg schon einige Nerven gekostet hatte.

»Sehr witzig, Chef.«

Goldberg trat zu ihm und flüsterte: »Hauke, deine Pawlow'schen Flirtversuche sind deine Sache, da mische ich mich nicht ein. Aber bitte nicht ausgerechnet während einer Zeugenbefragung.« Seine Stimme klang barscher, als er beabsichtigt hatte.

Hauke nickte. »Verstanden. Und jetzt?« Er versetzte seinem rechten Daumennagel den letzten Schliff und verstaute seine neue Errungenschaft wieder in dem Maniküre-Etui, das er neuerdings wirklich immer und überall dabeihatte. Es hatte etwas Besessenes. Goldberg hoffte, dass diese Manie sich nicht irgendwann auf seine Fußnägel ausweiten würde.

»Frau Schneider hat nichts gesehen oder gehört. Wir sollen mit einer gewissen Heide sprechen.«

»Heide Sieg, achtundvierzig Jahre alt, geschieden, zwei Kinder. Ist schon seit einer Woche hier.«

Goldberg hob die rechte Augenbraue und sah Hauke überrascht an. Dann dämmerte es ihm. »Du solltest deinen Pawlow'schen Hund mal umpolen.«

Hauke schnaubte verächtlich. »Mach mal halblang, ja? Ich war bei Sohanratsch und habe mir die Gästeliste geben lassen, bevor er in seine geistige Tiefen abtaucht und wir Meister Miyagi nicht mehr stören dürfen.«

»Wer um Himmels willen ist Meister Miyagi?«

»Du kennst Kesuke Miyagi nicht? Den Karatemeister aus Karate Kid? Gott, Philip, warst du überhaupt schon mal im Kino?«

»Wahrscheinlich genauso oft, wie du ein Buch in der Hand gehabt hast.«

»Ein einziges Mal? Welcher Film?«

Goldberg seufzte. »Brügge sehen und sterben.«

»Klingt nach einem echt lustigen Streifen, Philip.«

»Tragikomisch.«

»So wie du?« Hauke schüttelte den Kopf und kramte aus der Innentasche seiner Uniform einen gefalteten DIN-A4-Zettel heraus. »Heide Sieg wohnt in der Hütte Vayu.« Bei dem letzten Wort rümpfte er die Nase. »Alles irgendwelche Götter. Lakshmi, Shiva, Soma, Vayu und Varuna.« Er las die Namen von dem Zettel ab, und Goldberg hatte das Gefühl, es handelte sich eher um todbringende Krankheiten als um altehrwürdige vedische Gottheiten. »Jens wohnt in Lakshmi.«

»Die Göttin des Glücks und der Schönheit.«

Hauke ließ sich nicht beirren und zählte die restlichen Bewohner auf. »Miriam Schneider wohnt in Soma, Annette Prinz in Shiva, in Vayu wohnt Heide Sieg, und dann haben wir noch ein Ehepaar Heinz und Marlies Huber in Varuna. Wer hat bloß diesen Quatsch erfunden?«

»Hauke, die vedische Religion ist eine der ältesten Religionen Indiens. Ich finde, sie hat auch von dir etwas mehr Respekt verdient.«

Hauke rollte mit den Augen. »Ja, ja, ist ja gut.«

»Wo sind die anderen Bewohner?«

»Das Ehepaar Huber wartet in seiner Hütte auf uns. Heide Sieg steckt in einer Anwendung.«

»Gut, dann mal los.«

Der Bungalow der Hubers lag am weitesten vom Haupthaus entfernt. Er war deutlich größer als die anderen. Zwar bestand er ebenfalls nur aus einem Raum und einem Badezimmer, aber das Zimmer hatte ein doppelt so großes Bett und war auch sonst wesentlich großzügiger geschnitten. Marlies Huber ließ sie hinein. Ihr Ehemann saß am Schreibtisch, auch ein Unterschied zu den anderen Unterkünften.

Marlies war hinter ihren Mann getreten und hatte ihre Hände schützend auf seinen Schultern abgelegt. Goldberg registrierte diese Geste, die ihn an seine Mutter erinnerte.

»Was ist passiert?«, fragte Heinz Huber.

Goldberg berichtete ihnen kurz von Annette Prinz' Verschwinden und fragte dann: »Kennen Sie sie?«

»Ja, natürlich. Wir begegnen uns ja ständig. Allerdings ist sie eine sehr schweigsame Person«, antwortete Marlies.

Ihr Mann nickte, als müsse er die Worte seiner Frau bekräftigen. Die beiden waren ein ungleiches Paar. Marlies Huber sah aus wie eine Schauspielerin in einem schlecht sitzenden Kostüm. Sie trug eine Art Sari in kräftigen Farben. Ihr Körper war unnatürlich gestreckt, und ihre Haare verdeckte ein Turban aus Stoff, der ebenfalls bunt leuchtete. Es hatte etwas Verkleidetes an sich. Heinz saß auf dem Stuhl, als würde es ihn Kraft kosten, sich aufrecht zu halten. Die Schultern hingen herab, die Hände lagen schlaff im Schoß gefaltet. Auch er trug einen bunten Rock und ein T-Shirt dazu, aber bei ihm wirkten die Farben weniger strahlend und gingen in seiner kraftlosen, blassen Erscheinung unter. Das schüttere Haar auf seinem Kopf war ergraut. Goldberg interessierte sich brennend für ihre Geschichte.

»Ist Ihnen etwas Ungewöhnliches an Frau Prinz aufgefallen?«, fragte Hauke.

Einträchtig schüttelten beide den Kopf.

»Ach doch, warten Sie«, sagte Heinz Huber plötzlich und sah zu seiner Frau auf. »Sie hatte doch diese kleine Tätowierung am Arm, erinnerst du dich, Schatz?«

Marlies überlegte kurz, dann fiel es ihr offenbar wieder ein. »Ja, natürlich, eine Krähe.« Sie blickte zu den beiden Polizisten. »Annette erzählte uns, es sei eine Krähe, das Wahrzeichen eines Vereins oder so. Die nennen sich Die Ungehorsamen, wenn ich das richtig verstanden habe. Keiner von uns beiden hat sich getraut, weiter nachzufragen.«

»Ja, sie war eine etwas eigenartige Person«, fügte ihr Mann hinzu.

»Können Sie uns das genauer beschreiben?« Hauke hielt seinen Notizblock bereit.

Sie zuckten mit den Schultern. »Wissen Sie, Annette tat immer sehr geheimnisvoll. Sie sprach nicht viel, schon gar nicht über sich selbst. Sie hat sich auch an den gemeinsamen Abenden nie wirklich beteiligt.«

Goldberg fiel auf, dass beide bereits in der Vergangenheit von ihr sprachen.

»Weißt du noch, was sie am ersten Abend gesagt hat?«, fragte Heinz.

Marlies strich ihrem Mann über die rechte Schulter. »Ja, stimmt.« Sie sah zu Hauke. »Wir saßen nach dem Essen zusammen, um einige Details der Kur zu besprechen. Sohanraj bat uns, einen Docht an der Öllampe zu entzünden und der Gruppe kurz zu berichten, warum wir hier waren. Eine Panchakarma-Kur macht man ja nicht aus Jux und Dollerei, wissen Sie. Die meisten sind krank oder haben andere Probleme. Na, jedenfalls, als Annette an der Reihe war, sagte sie, sie sei hier, um eine Mission zu erfüllen.«

»Eine Mission?«, fragte Hauke.

Goldberg konnte in seinem Gesicht lesen, wie sehr ihm das missfiel. Hauke war nicht gerade der undurchsichtige Typ.

»Erklärt hat sie das nicht«, sagte Heinz. »Wenn Sie mich fragen, sie schien das zu genießen, als alle sie daraufhin anstarrten und nicht wussten, was man von ihr zu halten hatte. Findest du nicht auch?« Er sah zu seiner Frau auf, und Marlies' zustimmendes Nicken schien ihn zu bestärken. »Wir haben uns gewundert, was so eine Person hier überhaupt zu finden hofft.«

Vor Goldbergs innerem Auge erschien Lara Teichmann. Ein Mädchen, das ihnen von seinem ersten Fall in Kophusen im Gedächtnis haften geblieben war. »Ist Ihnen sonst noch etwas aufgefallen?«, fragte er.

Das Ehepaar überlegte kurz.

»Schatz, erinnerst du dich noch an dieses Telefonat?«, fragte Heinz.

Marlies sah ihn irritiert an. »Welches Telefonat?«

»Davon habe ich dir doch erzählt, als ich auf der

Bank vor dem Haus saß.« In Marlies' Kopf arbeitete es sichtbar. Sie wirkte dabei eigenartig aufgedreht.

»Was war denn das für ein Telefonat?«, fragte Hauke ungeduldig.

Heinz Huber drehte sich wieder zu den beiden Beamten. »Ich weiß nicht, ob das wichtig ist, aber zufällig habe ich mitgehört, was Annette am Telefon sagte. Und das war sehr merkwürdig.«

»Inwiefern merkwürdig?«

»Ach ja, jetzt erinnere ich mich!«, fiel Marlies ihrem Mann ins Wort. »Ja, das war komisch, das musst du dem Kommissar erzählen.«

»Es war am Donnerstag, glaube ich«, begann Heinz. »Ich saß auf der Bank vor dem Haus und habe ein wenig die Sonne genossen, da habe ich mitbekommen, wie sie telefonierte. Sie sprach sehr laut, das konnte man gar nicht überhören, ob man nun wollte oder nicht.« Er machte eine kurze Atempause, bevor er weiterredete: »Sie sprach mit einem Mann, auch er in einer Lautstärke, dass ich sogar seine Stimme hören konnte. Sie stritten sich. Der Mann wollte offenbar nicht, dass sie hier im Namasté blieb.«

»Haben Sie gehört, warum?«, fragte Hauke.

»Nein, er hat nur immer wiederholt: ›Wenn du nicht von selbst gehst, hole ich dich da raus.‹ «

»Hat sie einen Namen erwähnt?«, wollte Goldberg wissen.

»Ja, warten Sie, es war irgendetwas mit D. David? Nein.« Heinz dachte angestrengt nach. »Daniel, glaube ich. Ja, Daniel.«

»Hat dieser Daniel auch einen Nachnamen?«, fragte Hauke.

Der Mann schüttelte den Kopf.

»Können Sie sich an noch etwas erinnern?«, hakte Goldberg nach.

»Ja, Annette sprach von einem Vereinshaus oder so etwas, dass er dort besser nicht untertauchen solle. Doch der Mann war gar nicht begeistert und sagte, sie wisse nicht, was sie rede. Dann legte Annette einfach auf.«

»Hat Frau Prinz bemerkt, dass Sie sie gehört haben?«, fragte Goldberg.

»Nein, ich saß um die Ecke, da konnte sie mich nicht sehen.«

»Wissen Sie, woher Annette Prinz stammt?«

»Erwähnte sie nicht, sie käme aus einem Ort hier in der Nähe? Wie hieß der noch gleich … Er erinnerte mich an einen Film von Alfred Hitchcock«, sagte Marlies Huber eifrig.

»Ja, du hast recht. Wir haben uns noch über den Namen gewundert. Marnie hieß der Film, aber wie hieß noch der Ort?«

»War es vielleicht Marne?«, kam Hauke zu Hilfe, und das Ehepaar lachte.

»Ja, Marne. Ein seltsamer Name, fanden wir«, bemerkte Marlies.

Die Art, wie angeregt sich die beiden nun über den Film Marnie von Alfred Hitchcock unterhielten, ließ Goldberg aufhorchen. Irgendetwas war merkwürdig an diesem Paar. Er konnte nur nicht sagen, was es war. Er warf Hauke einen Blick zu, der kurz davor stand, in das

Gespräch mit einzusteigen, aber sichtlich bemüht war, eine professionelle Haltung zu bewahren.

»Ich hoffe, es ist nichts Schlimmes passiert«, sagte Marlies schließlich.

»Das finden wir heraus.« Goldberg wandte sich ihrem Mann zu und reichte ihm die Hand.

»Verzeihen Sie meinem Mann die Unhöflichkeit, dass er nicht aufsteht, aber seine Beine machen nicht mehr richtig mit.«

»Oh, das tut mir leid.«

»Ach, ich kann damit leben. Ein Autounfall, lange her«, erklärte Heinz Huber, der Goldbergs Hand ergriff.

Der Kommissar spürte einen Stich in seinem Herzen. Hörte das denn nie auf? Die Bilder wollten wieder aufsteigen, aber er unterdrückte sie. Er verabschiedete sich und trat nach draußen. Die kalte Luft blähte seine Lungen auf. Wann war das endlich vorbei?

4

»Schon wieder so ein verrückter Fall«, sagte Hauke und tippte die letzten Zeichen der SMS an Peter in sein Mobiltelefon.

Sie lehnten am Zaun und betrachteten die Pferde. Philip warf ihm einen kurzen Blick zu. Hauke wusste, was das hieß, aber er wollte sich nicht ständig den Mund verbieten lassen. Seit ihr neuer Chef aufgekreuzt war, schien es, als habe er das Dunkle nach Kophusen gebracht. Warum hatte er ausgerechnet hierher kommen müssen? Hätte es nicht Flensburg oder Kiel sein können? Hauke schnaubte.

»Vorsicht, ich weiß, was du denkst, Hauke. Seitdem ich hier bin, wimmelt es nur so von Verrückten.«

»Ja, da hast du verdammt recht.«

Hauke kannte Philip jetzt gut sechs Monate, und er fragte sich immer noch, ob dieser Mann telepathische Fähigkeiten besaß. Es war gespenstisch. Immer wieder sprach sein Chef Haukes Gedanken laut aus, ohne dass er sie auch nur ansatzweise geäußert hätte. Es konnte natürlich auch sein, dass er selbst so durchschaubar war und es niemandem besonders schwerfiel, seine Gedanken zu erraten. Aber Hauke weigerte sich, das zu glauben. Und obwohl er sich mit Philip angefreundet und ihn als Chef vollkommen akzeptiert hatte, haftete dennoch immer etwas Mysteriöses an ihm. Peter ging es nicht anders. Sie hatten schon oft darüber gesprochen. In diesem Punkt waren sie sich jedenfalls einig.

»Du weißt doch, gleich und gleich gesellt sich gern«, konterte Philip.

»Sehr witzig.«

»Jetzt mal im Ernst, was hältst du davon?«

»Keinen Dunst. Vielleicht ist die Frau einfach abgehauen, weil sie keinen Bock mehr auf diesen spirituosen Scheiß hatte.«

»Spirituell.«

»Ist doch egal, oder?«

»Fällt dir zu Marne etwas ein?«

»Nö. Ein ganz normaler Ort, halbe Stunde von hier entfernt. Gibt sogar den Marner Karneval. Lohnt sich. Wenn du mal Lust auf etwas Abwechslung hast?«

Philip bedachte ihn mit einem schiefen Seitenblick, und Hauke hob entschuldigend die Hände. Er hatte keine Ahnung, wie die Dinge zwischen seinem Vorgesetzten und dieser Bücherfrau standen, aber so wirklich rund schien die Sache nicht zu laufen. Sie waren ein paarmal zusammen bei Rosi gewesen. Zuletzt hatte er die beiden zusammen in Glückstadt im Restaurant Der Däne gesehen. Das war aber auch schon eine Weile her. Philip redete nicht viel über sie. Selbst Peter, das wandelnde Klatschweib, hatte nichts aus ihm herauspressen können. Schade eigentlich, dachte Hauke, er mochte sie, und die zwei gaben ein ganz hübsches Paar ab. Vielleicht sollte er Philip mal unter seine Fittiche nehmen und ihn in das hiesige Nachtleben einweihen, überlegte er. Sein Chef sah ganz passabel aus, da würde schon was gehen. Und mit ihm an seiner Seite allemal.

»Was hältst du von uns als Paar?«, fragte Philip.

Hauke hob den Kopf und sah ihn verdattert an. »Was?«

Goldberg erwiderte seinen Blick. »Von unserem Paar. Was hältst du von den Hubers?«

Haukes Gesichtszüge entspannten sich. Vielleicht musste er mal zum Ohrenarzt.

»Ich habe gar keinen Rollstuhl oder Krücken gesehen. Du etwa?«, fragte Philip.

Hauke schüttelte den Kopf.

»Wir sollten noch mal mit Sohanraj reden.« Mit diesen Worten stieß Philip sich von den Brettern ab und setzte sich in Richtung Haus in Bewegung.

Hauke verlangte nach einer Zigarette. Mühsam hatte er die letzten Wochen nichtrauchend hinter sich gebracht. Aber dieser verfluchte Vorfall brachte seine guten Vorsätze mächtig ins Schwanken.

Der Guru saß am Tresen seiner offenen Küche und schnippelte an unförmigen Wurzeln herum. Philip folgte Sohanrajs Aufforderung, sich an den Küchentisch zu setzen, aber Hauke hatte nicht vor, sich hier schon wieder häuslich einzurichten, und blieb demonstrativ stehen.

»Hatte Annette Selbstmordgedanken?«, fragte sein Chef.

»Nein, das hätte ich bemerkt«, versicherte Sohanraj.

»Was kannst du uns über deine anderen Gäste erzählen?«, fragte Philip weiter.

Ihr Yoga-Meister blickte nicht einmal auf. Versunken widmete er sich dem Gemüse, was Hauke fast an den Rand des Wahnsinns trieb. Kein Wunder, dass Philip an dieser Schlaftablette einen Narren gefressen hatte. Die beiden Männer passten wirklich wunderbar zusammen.

»Möchtet ihr einen Ingwertee?«, fragte Sohanraj.

Hauke schüttelte angewidert den Kopf. Auch Philip lehnte ab. Kaffee stand hier nicht zur Debatte. In so einer Gesundheitsbude war Koffein sicher Teufelszeug.

»Das würde euch beiden guttun. Habt ihr zwei heute schon praktiziert?«

Hauke entfuhr ein leises Stöhnen. Konnte er nicht einfach die Frage beantworten? Oder tat er das mit Absicht?

»Sohanraj«, begann Philip, »wir sind dienstlich hier und müssen leider etwas unangenehme Fragen stellen. Ich weiß, du nimmst dein Zentrum sehr ernst, aber ein Gast ist aus deinem Haus verschwunden, und wir würden gerne ein bisschen mehr über alle erfahren.«

Sein Chef hatte den Dreh raus, das musste Hauke ihm lassen. Er verstand es, mit den Leuten richtig umzugehen und den passenden Ton zu treffen.

Der Guru sah von seinem Gemüse auf und nickte. »Ich darf euch nicht allzu viel erzählen. Auch ich habe so etwas wie eine Schweigepflicht. Schließlich bin ich Arzt.«

Ja, in Indien vielleicht, dachte Hauke, aber hierzulande brauchte man dazu immer noch ein abgeschlossenes Studium.

»Fangen wir mit dem Ehepaar Huber an«, sagte Philip ungerührt. »Sie gab an, ihr Mann sei gelähmt. Stimmt das?«

»Ja, im Grunde schon. Er kann sich nur sehr eingeschränkt bewegen.«

»Hat er einen Rollstuhl?«

»Die Unterkunft Varuna hat eine kleine Abseite, dort haben sie den Rollstuhl untergestellt. Heinz kann ein paar Schritte laufen, bevor seine Beine nachgeben. Ich habe ihm geraten, den Rollstuhl im Bungalow nicht zu benutzen, damit sich seine Muskulatur stärkt.«

»Ist das nicht gefährlich?«, fragte Hauke skeptisch.

»Nein, nicht wenn er es nicht übertreibt.«

»Wo kommen die beiden her?«, wollte Philip wissen.

»Aus München.«

»Gibt's denn in ganz Bayern kein Yoga?« Hauke war ehrlich erstaunt.

»Natürlich, aber eine authentische Panchakarma-Kur kann man nur an sehr wenigen Orten in Deutschland zu einem annehmbaren Preis machen. Und ich genieße einen gewissen Ruf.«

»Wie sieht so eine Kur im Einzelnen aus? Warum kommen diese Menschen hierher?«, fragte Philip.

Sein Chef nahm sich ein Stück dieser unförmigen Wurzeldinger vom Brett und schob es sich in den Mund. Mutiger Mann, dachte Hauke.

»Die meisten Patienten sind auf der Suche nach Heilung. Einer ganzheitlichen Heilung, weit entfernt von der westlichen Medizin, die meistens nur symptomorientiert behandelt. Wir im Ayurveda betrachten den Menschen als Ganzes. Eine Panchakarma-Kur ist die Königin der Reinigung. Pancha bedeutet fünf, und Karma bedeutet Handlungen, was heißt, dass der Körper auf fünf verschiedene Arten gereinigt wird.«

»Jetzt mal Butter bei die Fische, ja? Was bedeutet das wirklich?«

Sohanraj legte das Küchenmesser beiseite und faltete die Hände. Ganz der Guru. »Durch Ölmassagen, Schwitzkuren und einer stoffwechselanregenden Diät werden die Giftstoffe im Körper gelöst und in Umlauf gebracht. Danach werden die freigesetzten Toxine aus dem Körper geleitet. Insgesamt sind es fünf verschiedene Reinigungstechniken, aber die zu erklären würde zu weit führen. Nur so viel, es geht dabei um Einläufe, Massagen und manchmal sogar um Erbrechen, mithilfe von Kräuter-Abkochungen und Ölen, die genau auf das Dosha des jeweiligen Patienten abgestimmt sind. Nach der sehr tiefwirkenden Ausleitung ist eine aufbauende Nachbehandlung unbedingt notwendig, um den Körper wieder zu stabilisieren und belastungsfähig zu machen. Die Nachbehandlung einer Panchakarma-Kur besteht aus den sogenannten Rasayanas, den verjüngenden und aufbauenden Kräuter-, Ernährungs- und Therapieempfehlungen.« Sohanraj verstummte und sah die beiden aufmunternd an.

»Aha.« Nach dieser Erklärung entschied Hauke endgültig, dass eine derartige Kur für ihn nicht in Frage kam.

»Du solltest es ausprobieren, Hauke.« Sohanraj lächelte nachsichtig.

»Vielen Dank. Kein Bedarf.«

»Was ist mit Miriam Schneider?«, fragte Philip.

»Miriam kommt aus Köln. Sie ist Sachbearbeiterin bei einer Versicherung. Dort wurde sie gemobbt und bekam die lapidare Diagnose Burn-out. Ihre Doshas sind völlig durcheinander.«

»Doschas?«, hakte Hauke wider besseren Wissens nach.

»Vereinfacht gesagt, gibt es im Ayurveda drei Grund-Konstitutionen: Vata, Pita und Kapha. Wir nennen sie Doshas. Die individuelle Konstitution ermitteln wir anhand einer Puls- und Zungendiagnose, der Körperbeschaffenheit, des Aussehens und vieler anderer Kleinigkeiten. Bei den meisten Patienten setzt sich die Konstitution aus zwei Doshas zusammen.«

Hätte er doch bloß nicht gefragt, dachte Hauke und versuchte, sich ausnahmsweise nichts anmerken zu lassen.

»Wie sind diese Leute auf dich aufmerksam geworden?«, fragte Philip.

»Ich habe Anzeigen geschaltet, in einschlägigen Yoga- und Ayurveda-Magazinen. Außerdem hat die örtliche Presse ausführlich über mich berichtet. Ich bin bis zum nächsten Jahr bereits ausgebucht.«

»Und die Fünfte im Bunde?«, fragte Hauke.

»Heide. Sie ist mitten im Sirodhara.« Mit einem Blick zu Hauke lächelte er und erklärte: »Einem Stirnölguss. Da könnt ihr nicht stören.«

Das klang in Haukes Ohren auch nicht viel anders, aber er musste das auch alles nicht verstehen. Vielleicht half es den Leuten ja wirklich. Wenn man unter einer Krankheit litt, konnte man schon recht verzweifelt werden. Er hatte mal einen Freund, der hatte Morbus Bechterew. Grauenhafte Schmerzen mussten das sein. Irgendwann lief er nur noch an Krücken.

»Wer macht diesen Stirodara?«, fragte Hauke.

»Sirodhara«, berichtigte ihn der Guru. »Sarah Klein. Eine sehr fähige Ayurveda-Therapeutin aus Elmshorn.«

»Dann reden wir eben später mit ihr. Gibt es sonst noch jemanden, der hier arbeitet?«, erkundigte sich Hauke.

»Nein.«

»Du schmeißt den ganzen Laden allein?«

»Selbst die Kräutermischungen stelle ich selbst her.«

»Und wann schläfst du?« Respekt machte sich in Hauke breit. Der Mann war konsequent, und das war etwas, das Hauke honorierte, egal wie abgedreht die Unternehmung auch war.

Philip war still geworden, er starrte vor sich hin. Es rumorte in ihm. Je schweigsamer er wurde, desto ungeheuerlicher fiel sein Plan aus. Es dauerte nicht lange, und er ließ den Gedanken frei. »Sohanraj, am liebsten würde ich dein Zentrum schließen. Aber ohne richterlichen Beschluss geht das nicht. Und von allein wirst du es nicht tun.«

Philip meinte es ernst. Aber der Guru lächelte nur, und Hauke fragte sich, ob er wenigstens nachts damit aufhörte.

»Daher bitte ich dich inständig aufzupassen. Du hast eine Verantwortung für deine Patienten«, setzte Philip nach.

»Das tue ich. Ich werde mit allen reden.«

»Heute noch«, mahnte Philip. »Sag ihnen, dass wir uns Sorgen um ihre Sicherheit machen.«

Er warf Hauke einen Blick zu. Mehr konnten sie zum jetzigen Zeitpunkt nicht tun. Es blieb nur zu hoffen, dass die Spurensicherung aufschlussreiche Ergebnisse lieferte. Aber so, wie es aussah, hatten die nicht viel gefunden. Annette Prinz' Verschwinden blieb vorerst ein Rätsel.

5

Gleich nach dem Anruf ihres Yogis heute Morgen hatte Peter den Einbruch in Kollmar kurzzeitig zu den Akten gelegt und mit der Arbeit an den Dossiers zu ihrem Vermisstenfall begonnen. Während Hauke zum Namasté aufgebrochen war, hatte er sich der Recherche gewidmet. Er liebte es, allein auf der Wache zu sein und die Hintergründe eines Verbrechens zu erforschen, die Biografien aller Beteiligten und deren dunkle Geheimnisse aufzudecken. Peter konnte von Glück sagen, dass Philip nicht auf die Idee gekommen war, das Rad neu zu erfinden, und sie in ihren gewohnten Strukturen arbeiten ließ. Schließlich war er das Herz dieser Wache. Ihn interessierte alles, was in Kophusen geschah. Böse Zungen legten ihm seine Neugier als Klatschsucht aus. Aber Marion, seine verstorbene Frau, nannte es einen »ausgeprägten Sinn für Kultur«. Diese Frau hatte ihn verstanden wie niemand sonst.

Nun nahm Peter das Dossier von ihrer Vermissten zur Hand und schlug es auf. Philip saß auf dem Tresen und knabberte an einem Haferkeks, den er sich vom Teller auf Peters Schreibtisch stibitzt hatte. Hauke lümmelte in seinem Bürostuhl ihm gegenüber, wie immer einen Kaffeebecher in der Hand. Peter genoss es, wenn die beiden Kollegen seinen Worten andächtig lauschten.

»Annette Prinz ist fünfunddreißig Jahre alt und stammt ursprünglich aus Marne«, begann Peter. »Ihre Eltern sind bereits tot, und Geschwister hat sie nicht. Sie ist dort geboren und aufgewachsen. Mit sechzehn ist sie zu Hause ausgezogen. Nach Bielefeld. Dort hat sie eine Ausbildung zur Ergotherapeutin gemacht und blieb ungefähr zehn Jahre, bevor sie ihren Wohnort nach Hamburg verlegte. Nach weiteren vier Jahren kam sie zurück nach Marne.«

»Marn' hol fast«, murmelte Hauke mit einem diebischen Grinsen.

Peter hob den Kopf. »Ich weiß, der Karneval ist dein bevorzugtes Jagdrevier, aber könntest du dich bitte konzentrieren?«

Hauke verzog das Gesicht und setzte eine gespielt ernste Miene auf.

»Verheiratet war sie mit Andreas Menzel aus Bielefeld«, fuhr Peter unbeirrt fort. »Zwei Jahre lang. Keine Kinder. An dem offiziellen Lebensweg ist nichts Ungewöhnliches. Deshalb habe ich mir die Mühe gemacht, das Netz etwas zu durchforsten.«

»Agent Peter Brandt unterwegs in geheimer Mission.«

Peter warf Hauke einen ärgerlichen Blick zu. Der schnaubte, allerdings so, als wäre er nicht weit von einem Lachanfall entfernt. Seine Playboy-Attitüden nervten Peter ein wenig. Immer wenn sie zusammen bei Rosi saßen, fing er an, mit seinen Eroberungen zu prahlen. Peter musste jedes Mal ziemlich deutlich werden, bevor Hauke endlich den Mund hielt. Dabei versuchte er doch nur, Hilke zu vergessen. Seine Ex-Frau hatte ihn vor vier Jahren verlassen, was Hauke nicht gut bekommen war. Es wurde Zeit, dass er endlich jemanden kennenlernte und wieder solide wurde. Kein Mann hielt so einen Lebenswandel lange durch, ohne ernsthaft Schaden zu nehmen. Vielleicht sollte Peter mal die Augen nach einer geeigneten jungen Dame für Hauke offen halten? Was war eigentlich mit der Tochter von Friedrich, seinem Freund beim Einwohnermeldeamt? Darum würde er sich morgen mal kümmern.

»Können wir dann weitermachen?«, unterbrach Philip Peters Gedanken.

»Ach so, ja. Entschuldigt. Also, unsere Annette Prinz hat die sozialen Medien sehr aktiv genutzt. Unzählige Bilder, das aktuellste habe ich bereits ausgedruckt.«

»Bist du dabei auf einen Mann namens Daniel gestoßen?«, fragte Philip.

»Nee, leider nicht.« Er schüttelte den Kopf.

»Trotzdem, gute Arbeit«, sagte sein Chef und griff nach dem Ausdruck.

Peter nahm sich einen Haferkeks vom Teller. Diese Dinger waren inzwischen zu einem festen Bestandteil jeder Ermittlung geworden. »Nach deiner SMS, Hauke, habe ich tatsächlich einen Verein gefunden«, begann Peter kauend, »der sich Die Ungehorsamen nennt. Auf den ersten Blick scheint es eine Art Krähenschutzverein zu sein. Viel mehr habe ich noch nicht rausfinden können, aber da bin ich dran.«

»Eine Krähe hackt der anderen kein Auge aus«, murmelte Philip und starrte ins Leere.

Peter sah zu Hauke, dessen Gesicht finster dreinblickte. »Was ist denn los mit euch beiden?«

»Annette Prinz hat eine Tätowierung. Und jetzt rate mal, was?«, erklärte Hauke.

Peter überlegte kurz, gab dann aber schnell auf und zuckte mit den Schultern.

»Na, eine Krähe, was denn sonst?«

Prompt hellte sich das Gesicht von Peter auf. Dann waren sie doch auf der richtigen Spur. Jetzt musste er nur noch mehr über diese Gruppe herausfinden.

»Die Krähe hat viele Bedeutungen«, sagte Philip. »Früher war sie ein Zeichen für Weisheit. Der germanische Gott Odin hatte stets zwei Krähen bei sich, die ihn berieten. Später wendete sich das Bild und die Krähe wurde zum Totem. Sie bringt die Seelen ins Jenseits und wieder zurück. Es heißt, wer einer Krähe in die Augen blickt, sieht den Tod.«

Haukes Stöhnen war nicht zu überhören. »O Mann, nicht schon wieder Totenbeschwörung. Langsam glaube ich, Kophusen wird ein Nest für Spinner und Irre.«

»Krähen sind sehr intelligente Wesen«, belehrte Peter ihn. »Sie sind so intelligent wie Affen.«

Während Philip nickte, schüttelte Hauke ungläubig den Kopf. Seine beiden Kollegen waren wie Feuer und Wasser, und doch funktionierte ihre Zusammenarbeit erstaunlich gut. Nach einigen Anlaufschwierigkeiten wohlgemerkt.

»Peter, du versuchst, mehr über Annette Prinz und diese seltsame Verbindung herauszufinden. Beantrage eine Handy-Ortung. Danach knöpfst du dir die anderen Teilnehmer vor. Mach auch vor Sohanraj nicht halt. Je mehr wir wissen, desto besser.«

»Ja, das kann ich schon machen«, sagte Peter zögernd, »aber du meinst doch nicht, dass Sohanraj etwas mit dem Verschwinden zu tun hat, oder?« Immerhin hatte dieser Yogi sein Leben verändert. Eine solide Polizeiarbeit in allen Ehren, aber Sohanraj war für ihn über jeden Zweifel erhaben.

»Ich weiß, er hat es dir sehr angetan, aber wenn sich zum Beispiel herausstellen sollte, dass wir es hier mit einer Entführung zu tun haben, ist auch dein verehrter Sohanraj verdächtig. Wir sollten …« Weiter kam Philip nicht, Hauke schnitt ihm das Wort ab.

»Wir sollten jetzt erst mal was essen. Mit leerem Magen kann ich nicht denken.«

»Ich habe keinen Hunger«, bemerkte Philip.

»Nur weil du ein Problem mit dem Essen hast, heißt das nicht, dass du uns die von Gott gegebene Nahrungsaufnahme verbieten kannst.«

»Nachtigall, ick hör dir trapsen«, sagte Philip und fuhr sich mit der Hand übers Gesicht.

»Ja, und zwar ziemlich laut. Wann hast du das letzte Mal etwas Richtiges gegessen? Das Stück der Wunderwurzel ausgenommen. Vor einer Woche?«

»Übertreib nicht, Hauke. Gestern.«

»Der Schaum auf deinem Espresso zählt aber nicht als Mahlzeit.«

Philip schloss die Augen. Hauke hatte also ins Schwarze getroffen.

»Brauchst ja keinen halben Hahn zu essen. Rosi macht dir auch einen Salat.«

Philip nickte ergeben.

»Brav«, kommentierte Hauke und bestellte telefonisch bei seiner Schwester ein halbes Hähnchen, einen Salat und den Fischeintopf.

Es kam selten vor, dass Philip Goldberg sich geschlagen gab. Offensichtlich fehlte ihm die Kraft. Seit einigen Tagen sah er müde aus. Sicher machte das Verhältnis zu Magda ihm zu schaffen. Es war Peter nicht entgangen, dass ihr Chef in der letzten Zeit kaum noch telefonierte und auffallend wenige SMS schrieb. Er hatte keine Ahnung, was zwischen den beiden vorgefallen war, ob sie sich gar getrennt hatten. Man konnte Philip auf derartige Dinge nicht direkt ansprechen. Entweder erzählte er es von sich aus, oder man hielt besser den Mund. Peter hatte schon überlegt, im Buchladen in Glückstadt vorbeizuschauen und Magda zu besuchen, aber das hatte er bisher vermieden. Schließlich waren die beiden erwachsene Menschen.

»Aber nach dem Essen fahren wir zwei nach Marne und schauen uns bei Annette Prinz um.«

»Wir könnten auch die Kollegen vor Ort bitten, nach dem Rechten zu sehen«, schlug Peter vor, der es unnötig fand, extra vorbeizufahren.

»Schon, aber das würde ich gern selbst machen«, entgegnete Philip.

Eigensinnig war das einzige Wort, das ihn ausreichend beschrieb.

»Aye, aye, mój Kapitan«, sagte Hauke und stand auf.

»Fang du nicht auch noch so an«, mahnte Philip.

Peter nahm noch einen Keks vom Teller und sah seinem Kollegen nach, wie er sich auf den Weg zu seiner Schwester machte. Bei Rosi lag nicht weit von ihrer Wache entfernt. Die Glastür fiel hinter ihm ins Schloss, und Stille breitete sich im Raum aus.

Nach einer Weile drehte sich Philip zu seinem Kollegen. »Peter?«

»Ja.«

»Ich glaube, Hauke braucht eine Frau.«

»Keine Sorge, Philip, da bin ich schon dran.«

Der Weg nach Marne hatte sie eineinhalb Stunden gekostet. Aber die Fahrt war vergebens gewesen. Annette Prinz war, wie erwartet, nicht zu Hause. Sie hatten noch einige Zeit in Haukes ampelgrünem Jetta gehockt und gehofft, sie würde vielleicht auftauchen, doch auch das war vergeblich gewesen. Wie lange sie hier schon saßen, konnte Goldberg nicht sagen. Er trug nie eine Uhr, und sein altes Nokia-Handy hatte er wieder mal auf der Wache vergessen. Es lag wohlbehütet auf seinem Schreibtisch. Seine beiden Kollegen hatten versucht, ihm eines dieser Smartphones aufzuquatschen, aber Goldberg hatte der Diskussion ein jähes Ende gesetzt, indem er ihnen gedroht hatte, sie vom Dienst zu suspendieren, wenn sie nicht endlich damit aufhörten.

Plötzlich musste er wieder an Magda denken. Seine Gedanken verdüsterten sich. Es war inzwischen sechs Tage her, dass sie sich gesehen oder auch nur gesprochen hatten. Vermisste sie ihn nicht? Er für seinen Teil vermisste sie sehr. Je länger sie sich von ihm fernhielt, desto mehr zweifelte er daran, dass ihre Verwirrtheit ausschließlich mit der Beendigung ihrer Ehe zu tun hatte. Sie und Georg waren bereits seit Jahren getrennt, und auch wenn eine Scheidung alte Wunden aufriss, so würde sie sich davon doch nicht derart aus der Bahn werfen lassen. Irgendetwas verheimlichte sie ihm, da war er sich inzwischen sicher. Trotzdem wollte er sie nicht drängen. Er musste Geduld haben, irgendwann würde sie schon erzählen, was sie von ihm fernhielt. Vorerst hieß es für ihn: warten. Eines der wenigen Dinge, die ihm besonders schwerfielen.

»Wir sollten abbrechen, mir ist arschkalt.«

»Ja«, entgegnete Goldberg. »Wir sagen den Kollegen in Marne Bescheid, die sollen morgen noch einmal vorbeifahren.«

»Philip, manchmal glaube ich, du siehst zu viele von diesen Depri-Filmen. Brügge sehen und sterben, was soll das sein, ein Film über einen Massensuizid?«

»Ein bisschen mehr Substanz als Stirb langsam 1- bis 100, würde dir sicher guttun. Ich werde morgen mal mit deiner Mutter sprechen. Sie sollte ein Auge auf dich haben.«

Haukes Gesicht nahm einen undefinierbaren Ausdruck an. Dieses Thema war heikel, das wusste Goldberg. Peter hatte ein bisschen aus dem Nähkästchen geplaudert und erzählt, dass Bärbel eine sehr redselige Dame war, die ihre Kinder abgöttisch liebte, bis hin zu den Spitznamen, die sie ihnen gegeben hatte: Hauke-Maus und Rosi-Häschen. Kosenamen, vor denen sie auch in aller Öffentlichkeit nicht zurückschreckte. Jedes Mal, wenn sie die zwei besuchte und in Rosis Lokal lautstark alte Kindheitsgeschichten zum Besten gab, hatten alle Anwesenden einen Heidenspaß. Alle bis auf Hauke-Maus und Rosi-Häschen.

»Kein Wort zu meiner Mutter, hast du verstanden?«

Haukes Ton war unmissverständlich. Und angesichts der Drohgebärde, die sein Kollege einnahm, verkniff Goldberg sich eine weitere Bemerkung. Hauke startete den Wagen.

»Ins Revier?«, fragte er und setzte den Wagen mit quietschenden Reifen in Bewegung.

»Nein. Wir fahren noch einmal zum Namasté. Ich vermute, Heide ist inzwischen mit ihrem Sirodhara fertig.«

»Stirodara, Fatta, Pidda Kaffa und dieser ganze Krempel, das ist doch nicht normal. Was soll das bringen?«

»Gesundheit.«

»Ich bin gesund.«

»Noch. Aber Krankheiten entstehen aus einem Ungleichgewicht des Körpers und der Seele. Sie entwickeln sich langsam, und oft bemerken wir sie erst, wenn es schon zu spät ist.«

»Deswegen muss ich noch lange nicht mit verknoteten Beinen auf dem Boden hocken und undefinierbare Laute von mir geben.«

»Das sind Mantren. Die haben eine heilsame Wirkung.«

»Ich hoffe, dass wissen die auch.«

Goldberg gab es für den Augenblick auf, und die restlichen vierzig Kilometer legten sie schweigend zurück.

Als der Wagen in beängstigender Schlitterpartie direkt vor dem Namasté zum Stehen kam, fragte Goldberg sich, ob Hauke tatsächlich so ein virtuoser Autofahrer war, wie er immer behauptete, oder einfach nur unverschämtes Glück hatte. Besser, er dachte nicht weiter darüber nach, entschied er und stieg aus.

Sohanraj führte sie in die Küche. Dort saßen die Patienten gemeinsam um den großen Esstisch, der übersät war mit allerlei Lebensmitteln. Anscheinend gab es eine Lektion in gesunder Ernährung. Denn außer jeder Menge Gemüse lagen da Basmatireis, Linsen und verschiedene Kochbücher. Die wissbegierigen Blicke der Teilnehmer und deren vollgeschriebene Blöcke vervollständigten das Bild. Selbst Jens, der gestandene Psychotherapeut, saß da mit leuchtenden Augen und gezücktem Kugelschreiber.

»Gibt es etwas Neues von Annette?«, fragte Goldberg in die Runde und versuchte, sich nicht von seinem vor Freude strahlenden Freund ablenken zu lassen.

Alle schüttelten den Kopf. Es war schon eigenartig, dass jemand einfach so verschwand, ohne ein Wort zu sagen. Er selbst hatte sich im Namasté bisher sehr aufgehoben gefühlt. Sohanraj strahlte eine Ruhe aus, die einen zu beschützen schien. Warum sollte Annette ausgerechnet von diesem Ort flüchten? Einem Ort, der einem Sicherheit versprach? Nicht zuletzt von einem Menschen, dem man sich anvertrauen konnte, der spirituell genug war, um alle menschlichen Abgründe zu verstehen. Annette Prinz war nicht freiwillig gegangen, da war sich Goldberg plötzlich sicher. Er sah zu dem einzigen Gesicht in der Runde, das er nicht kannte.

»Kann ich Sie einen Augenblick sprechen?«

Die dunkelhaarige Frau nickte. Doch sie machte keinerlei Anstalten, sich zu erheben.

»Allein«, sagte Goldberg.

Zögernd stand sie auf, und unter den Blicken der anderen folgte sie den beiden Männern in einen kleinen Nebenraum, das Arbeitszimmer von Sohanraj. Nachdem Goldberg die üblichen Fragen gestellt hatte, war er nicht schlauer. Niemand schien diese Annette Prinz etwas besser gekannt zu haben. Seltsam, wo man sich hier doch zwangsläufig näherkam. Aber außer der markanten Tätowierung war auch ihr nichts Besonderes aufgefallen.

»Hatte Frau Prinz ein Handy oder einen Laptop bei sich?«, fragte Goldberg in einer plötzlichen Eingebung.

In ihrem Bungalow hatten sie nichts dergleichen gefunden.

»Ja, ein Telefon. So ein modernes Ding, mit dem man auch ins Internet konnte. Sie hatte es ständig in der Hand. Nicht gerade passend für einen Ort der Ruhe, finde ich.« Heide hatte einen ablehnenden Ton angeschlagen.

»Ich rufe mal Frank an, ob die was gefunden haben«, sagte Hauke und zückte sein Telefon aus der Hosentasche.

Während er ein paar Schritte zur Seite trat, um in Ruhe telefonieren zu können, versuchte Goldberg, die Frau vor sich einzuschätzen. Sie war um die fünfzig Jahre alt, etwas verhärmt, aber das machte sie auf eigentümliche Art und Weise attraktiv. Sie war nicht groß, hatte kurze Haare, die ihr in die Stirn fielen. Äußerlich hatte sie sich ganz dem Namasté angepasst. Trotz der Kälte trug sie eine weite, dünne Stoffhose, ihre Füße steckten barfuß in einem Paar Zehentrennern. Nur der rote Poncho war für die Jahreszeit passend aus dicker Wolle.

»Sind Mobiltelefone hier verboten?«

Sie schüttelte den Kopf. »Aber der gesunde Menschenverstand verbietet es einem, finden Sie nicht? So ein Ort ist heilig. Ganz abgesehen von dieser schrecklichen Strahlung, der man immerzu ausgesetzt ist. Fürchterlich.«

Goldberg nickte vage. »Sie war also nicht besonders gern gesehen bei Ihnen in der Gruppe?«

Nun wurde Heide etwas milder und erinnerte sich wohl ihrer Spiritualität. Sie lächelte. »So würde ich das nun auch nicht ausdrücken. Annette war auf der Suche nach Ruhe, aber sie konnte sie einfach nicht finden. Sie schien rastlos und ein wenig ängstlich zu sein.«

»Haben Sie eine Ahnung, wovor sie Angst hatte?«

»Nein, tut mir leid. Allerdings …« Heide stockte und schien zu überlegen.

»Ja?«, sagte Goldberg hoffnungsvoll.

»Gestern machte sie so eine komische Andeutung. Sie sagte, dass sie auserwählt worden sei.«

»Auserwählt wofür?«

»Das hat sie für sich behalten. Sie meinte nur, dass ihr eine ganz besondere Behandlung bevorstand, weil sie so außergewöhnlich sei.«

»Haben Sie sie denn nicht gefragt?«

»Doch, schon, aber sie erklärte, dies sei ein Geheimnis. Mehr verriet sie nicht.«

Goldberg nickte. »Vielen Dank, Frau Sieg, Sie haben uns sehr geholfen.«

»Was, glauben Sie, ist mit ihr passiert?«

»Das wissen wir noch nicht. Aber wir finden es heraus, das verspreche ich Ihnen.«

»Sind wir anderen denn in Gefahr?«

»Das ist nicht auszuschließen. Es steht Ihnen jederzeit frei, das Namasté zu verlassen. Sohanraj wird dies sicher noch mit Ihnen besprechen, falls er es nicht schon getan hat.«

Sie nickte und ging wieder zu den anderen. Goldberg blieb allein zurück und dachte über ihre Worte nach. Annette Prinz konnte eine verwirrte, labile Frau sein, die einfach abgehauen war. Um sich umzubringen? Nein, dachte Goldberg. Die Blutspuren sprachen seiner Meinung nach dagegen. Hier ging etwas vor sich, und er befürchtete, dass das Verschwinden von Annette Prinz erst der Anfang war. Als er die Schritte seines Kollegen hörte, blickte er auf. »Und?«

»Nichts. Kein Handy. Aber sie haben etwas anderes gefunden.« Hauke macht eine kurze Pause. »In ihrer Kulturtasche haben sie ein Geheimfach entdeckt. Dort drin lag ein Anhänger. Eine Krähe!«

»Wir suchen noch einmal den Bungalow und dessen nähere Umgebung ab, vielleicht hat sie das Handy unterwegs verloren.«

»Dann aber schnell, es wird schon dunkel.«

So hatte Peter seinen Arbeitsplatz am liebsten. Allein für sich. Nur sein Computer und eine aufgeschlagene Mappe vor sich. Und natürlich einen von diesen fabelhaften Haferkeksen zwischen den Zähnen. Er nahm noch einen Bissen und tippte die Web-Adresse der »Ungehorsamen« in die Zeile des Browsers. Er überflog die Frontpage und klickte sich dann durch einige Seiten. Der Verein war eigentlich völlig unspektakulär. Es ging tatsächlich um Krähenschutz. Hier in der Gegend sahen einige Menschen die Krähen als eine echte Bedrohung an. Gerade neulich stand ein Mann vor Gericht, weil er mehrere Exemplare abgeschossen und in seinem Imbiss serviert hatte.

Der Verein engagierte sich nicht nur für Saatkrähen, die ohnehin unter Naturschutz standen, sondern auch für die Nebel- und die Rabenkrähe. Auf den Seiten wurden drastische Strafen gefordert für Menschen, die den armen Krähen etwas zuleide taten. In Peters Augen waren das ein paar Umweltaktivisten, die ein bisschen über das Ziel hinausschossen. Mehr aber auch nicht. Bis er auf das Impressum stieß. Der Name, der dort angegeben war, irritierte ihn: Daniel Breitner. Es war nicht allein die Tatsache, dass er zu der mutmaßlichen Person passte, mit der Annette am Telefon gesprochen haben sollte. Nein, ihm kam der Name seltsam bekannt vor. Er hatte das Gefühl, ihn in einem anderen Zusammenhang schon einmal gehört zu haben. Peter öffnete die interne Datenbank der Polizei und tippte den Namen in das Suchfeld. Als er das Foto sah, verschluckte er sich beinahe an seinem Keks. Natürlich kannte er diesen Mann!

Daniel Breitner war in Krempe geboren und dort aufgewachsen. Schon früh fiel er wegen Jugendkriminalität auf. Kleine Diebstähle, Einbrüche und Drogen. Mit zwanzig musste er wegen unerlaubten Drogenbesitzes und Drogenhandels eine Haftstrafe antreten. Nach drei Jahren kam er wegen guter Führung frei. Danach war er nicht mehr straffällig geworden. Inzwischen war er achtunddreißig Jahre alt und lebte in Glückstadt. Peter spürte das Kribbeln in seinem Nacken und beschloss ein weiteres Dossier anzulegen. Mit einem Klick schickte er den Befehl an ihren betagten Drucker und ließ das Bild von dem pubertierenden Jungen vor seinem geistigen Auge wieder aufleben. Peter konnte sich gut an ihn erinnern. Seine Bewegungen waren linkisch, dafür war sein Mundwerk umso schlagfertiger gewesen. Daniel Breitner hatte einige Zeit in Kophusen verbracht. Er war in einer Pflegefamilie untergebracht worden. Wie hieß die noch gleich? Die Erinnerung traf ihn wie ein Schlag mit der Bratpfanne. Natürlich! Elfi und Hermann Mommsen. Dass er nicht gleich darauf gekommen war. Ihr leiblicher Sohn war niemand Geringeres als Ralf Mommsen alias Sohanraj. Peter fuhr aus dem Bürostuhl hoch und nahm den Ausdruck an sich. Er schaute sich das Bild genauer an. Damals war Daniel beim Klauen erwischt worden. Als es den kleinen Tante-Emma-Laden von Winfried noch gab. Ein verschlagener Junge, dachte Peter und ging zurück zu seinem Schreibtisch. Wenn ihn seine Erinnerung nicht täuschte, hatten die Mommsens den Jungen nicht lange bei sich behalten. Er wechselte die Pflegeeltern und kam später in eine Jugendeinrichtung für Schwererziehbare nach Itzehoe. Konnte es Zufall sein, dass die verschwundene Person ausgerechnet mit dem ehemaligen Pflegebruder Sohanrajs Kontakt hatte? Zugegeben, in dieser Gegend kannte man immer irgendwen in dem anderen Dorf. Aber nach über zwanzig Jahren? Peter blickte zurück auf die Website. Was hatte ein Ex-Drogist mit dem Schutz von Krähen am Hut? Peter hätte ihm eher zugetraut, dass er derjenige war, der sie vom Himmel schoss. Vom Saulus zum Paulus? Er rückte seinen Stuhl näher an den Tisch und begann das Dossier.

Ihre Suche war nicht gerade von Erfolg gekrönt. Außerdem hatte es wieder zu schneien angefangen, was Goldberg nicht sehr optimistisch stimmte.

»Dieser Drecksschnee. Kann mich nicht erinnern, jemals so einen Winter hier erlebt zu haben.« Haukes Stimme zitterte ein wenig, die Kälte machte ihm zu schaffen.

Goldberg ignorierte die Bemerkung und blieb nachdenklich vor dem Bungaloweingang stehen. Der Schnee, den Sohanraj von den Wegen geschaufelt hatte, türmte sich seitlich zu einem Wall auf. Irgendetwas hatten sie übersehen, dachte er, während seine Augen über die Fassade nach oben wanderten. Ihr Yogi hatte sogar an eine Regenrinne gedacht, von der jetzt winzige Eiszapfen hingen. Goldberg blinzelte. Sein Blick blieb an etwas Glänzendem hängen. Er reckte sich. Steckte da etwas in der Regenrinne fest? Um besser sehen zu können, vergrößerte er den Abstand um mehrere Schritte und reckte sich erneut. Jetzt erkannte er es deutlicher. Ein spitzer Gegenstand lugte aus der Neuschneedecke hervor. Goldberg ging zurück und stellte sich auf die Zehenspitzen. Behutsam wie ein Archäologe ertastete er den Fund.

»Hauke, kommst du bitte mal?«

Sein Kollege stapfte um die Ecke und blieb vor dem sich streckenden Goldberg stehen. »Was ist?«

»Ich hab's gleich«, ächzte Goldberg. Seine Arme schmerzten, als er sie mitsamt dem steinhart gefrorenen Etwas wieder sinken ließ.

Hauke kniff die Augen zusammen. »Scheiße«, flüsterte er. »Was soll das sein? Ein Vogel?«

Das, was Goldberg in den letzten Sonnenstrahlen des Tages hatte aufblitzen sehen, war der Schnabel aus Metall gewesen.

Hauke neigte den Kopf. »Tatsächlich.«

Der Körper des Vogels bestand aus gefrorenem Schnee und war vielleicht zwanzig Zentimeter groß. Der spitze Schnabel ragte weit aus einem kleinen Kopf. Hauke zückte sein Handy und machte ein paar Fotos von allen Seiten.

»Soll das eine Nachricht sein, oder hat sich hier jemand künstlerisch betätigt? Und wie lange mag das Ding schon auf dem Dach liegen?«

Goldberg zuckte mit den Schultern. Die beiden Männer starrten auf die vereiste Figur in Goldbergs Händen.

»Da hängt was raus«, sagte Hauke.

Goldberg drehte den Vogel auf die Seite. Es sah aus wie ein weiteres Stück Metall, das aus dem Bauch ragte. »Hast du deine Nagelfeile dabei?«

»Warte«, sagte Hauke und kramte bereits nach dem Necessaire in der Innentasche seiner Uniform.

Goldberg war das erste Mal froh über den Tick seines Kollegen, ständig und überall seine Fingernägel säubern zu müssen. »Gib her!«

»Sei vorsichtig, ja? Die ist noch von meiner Oma. Hab sie gerade erst bekommen«, mahnte Hauke.

»Keine Angst, der Schnee wird ihr schon nichts anhaben.«

Die Feile war gut fünfzehn Zentimeter lang. Vorsichtig durchstach Goldberg den vereisten Schnee an den Beinen des Vogels. Der Schöpfer hatte sich viel Mühe mit den Krallen gegeben. Die vierte, die in entgegengesetzte Richtung zeigte, war besonders ausgeprägt. Hauke schien dasselbe zu denken.

»Eine Krähe«, sagte er mehr zu sich selbst als zu seinem Chef.

Goldberg nickte. Fast zärtlich stemmte er dem Tier den unteren Bauch auf.

»Machst du bitte noch ein paar Fotos, bevor wir die Krähe ganz auseinandergenommen haben?«

Für alle Fälle behielt Hauke das Smartphone in der Hand. Wer konnte wissen, was sie da gleich herausholten? Goldberg zog den kleinen Bauch so weit auseinander, dass der Schneevogel in zwei Hälften zerbrach. Was dann zum Vorschein kam, überraschte sie beide gleichermaßen.

»Also kein verkappter Künstler«, kommentierte Hauke.

6

Alle drei starrten auf den Anhänger, der in Plastik gehüllt auf dem Schreibtisch lag.

»Das ist schon der zweite, was soll uns das sagen?«, fragte Peter.

»Ist doch klar, wir haben es mit einem Spinner zu tun, der auf Psychospielchen steht.«

»Sehr hilfreich, Hauke, so weit war ich auch schon.« Peter starrte auf die kleine Krähe aus Metall.

»Du hast gefragt.«

Goldberg ignorierte die Kappeleien seiner Kollegen. Das ging ständig so, und er hatte sich daran gewöhnt. Anscheinend war dies Ausdruck ihrer jahrelangen Zusammenarbeit und Freundschaft, und dieses Kunstwerk wollte Goldberg um keinen Preis zerstören. »Peter, was hast du rausfinden können?«, fragte er.

Der Körper seines Kollegen straffte sich. Ausführlich berichtete er von dem Verein Die Ungehorsamen, in dessen Website-Impressum ein gewisser Daniel Breitner stand. Es war sehr wahrscheinlich, dass er der Mann am Telefon war, mit dem Annette telefoniert hatte. Allerdings verflüchtigte sich die Spur danach. Weder hatte

Peter einen Zusammenhang zwischen den beiden finden können noch gab dieser Verein viel her.

»Hast du eine Adresse oder Telefonnummer von Daniel Breitner?«

»Ja, aber nur eine Festnetz-Nummer, und da geht keiner dran, nicht mal ein Anrufbeantworter. Eine Handy-Nummer habe ich nicht.«

»Dann sollten wir ihm einen Besuch abstatten«, sagte Hauke.

»Ich schlage vor, Peter und ich fahren zu ihm.«

»Meinetwegen«, antwortete Hauke. »Dann mache ich mal den nervenaufreibenden Job am Telefon. Aber dazu brauche ich Nachschub.«

Während Hauke sich von dem lauwarmen Kaffee bediente, der in der gläsernen Kanne auf ihn wartete, stand Peter auf.

»Na dann«, sagte er und nahm die Uniformjacke vom Haken.

»Wir nehmen besser meinen Wagen«, bemerkte Goldberg.

»Sehr gern.«

Es war bereits dunkel, als die beiden Männer auf der schmalen Anhöhe am Hafen parkten. Daniel Breitner wohnte in einem der weißen Blöcke, einige Meter hinter dem Deich.

»Es wäre besser, wenn wir den Kollegen vorher einen Besuch abstatten, die Wache ist nicht weit«, sagte Peter, als er die Wagentür zustieß.

»Wir wollen doch nur reden.«

»Wie du meinst.«

Nach dreimaligem Klingeln tat sich immer noch nichts.

»Dann eben inoffiziell«, sagte Goldberg und klingelte bereits bei einem Nachbarn.

Peter schaute ihn an. Offenbar quälte ihn die Erinnerung an ihren etwas ungesetzlichen Ausflug auf den Kophusener Friedhof. Mit dieser Aktion hatte Goldberg seinem Kollegen ein Date mit Greta Jansen, Peters Nachbarin, eingebracht. Der Abend war lang gewesen, lang und überraschend.

»Wir haben keinen ausreichenden Tatverdacht, das ist dir schon klar, oder?«, erinnerte Peter ihn, als sich eine Stimme aus dem Lautsprecher meldete.

»Paketdienst«, erwiderte Goldberg freundlich.

Ein alter, langbärtiger Trick, der offensichtlich immer noch funktionierte. Der Summer ertönte, und sie traten ins Treppenhaus. Die Wohnung lag im dritten Stockwerk. Eilig erklomm Peter die Treppe, während die Frequenz von Goldbergs Atem schon nach den ersten Stufen deutlich zunahm. Yoga war zwar gut für Muskeln und Sehnen, aber vielleicht musste er mal etwas für seine Ausdauer tun. Oben angekommen wartete Peter bereits. Seine Wangen glühten.

»Schau dir das an«, flüsterte er.

Die Haustür war zwar geschlossen, aber es steckte ein einzelner Schlüssel im Schloss. Er fiel kaum auf.

Goldberg bezwang seinen Atem. »Wenn das keine Einladung ist.«

Während Peter seine Waffe zog, drehte Goldberg mit behandschuhten Fingern den Schlüssel und öffnete die

Tür. Lautlos traten sie in den Flur und schlossen die Eingangstür hinter sich.

Innerhalb von wenigen Sekunden war klar, dass sie allein waren. Wer auch immer hier gewesen war, hatte die Wohnung wieder verlassen. Goldberg fragte sich allerdings, warum dieser Jemand den Schlüssel stecken gelassen hatte. Gerade so, als legte es jemand darauf an, ihnen ungehindert Zutritt zu verschaffen. Oder hatte Daniel Breitner auf jemanden gewartet?

Sie kamen in das ausgekühlte Wohnzimmer, offenbar wurde hier seit Tagen nicht mehr geheizt. Die Vorhänge waren lila, eine seltsame Farbe für einen Junggesellen, fand Goldberg. Der Couch-Tisch war übersät mit Zeitungsartikeln. Goldberg nahm den obersten vom Stapel und las die Überschrift des Artikels, den jemand sorgfältig ausgeschnitten hatte. Es ging um Krähen in Elmshorn. Ein öffentliches Ärgernis, einige Anwohner fürchteten sich vor den Tieren und verlangten, dass man sie endlich entfernte, wenn nötig auch mit Gewalt.

»Krähen«, bemerkte Peter mit einem Blick auf den restlichen Stapel.

Goldberg nickte und legte das Papier wieder zurück. Die Artikel waren schon einige Wochen alt. Auch wenn sie sorgfältig ausgeschnitten worden waren, lagen sie auf dem Tisch wie ein Haufen Müll, was für Goldberg nicht ganz zusammenpasste. Er blickte sich in dem Zimmer um. Alles hatte seinen Platz. Es war aufgeräumt und sauber. Noch etwas, das nicht so ganz in das Klischee eines allein lebenden Mannes passte.

Goldberg dachte an Haukes Putzfimmel. In der Wohnung seines Kollegen konnte man vom Boden essen. Es war an der Zeit, die veralteten Vorurteile abzustreifen, dachte er, auch wenn er selbst der lebende Beweis für das Gegenteil war. Seine Wohnung wurde einzig vom Chaos zusammengehalten. Peter war inzwischen in der Küche verschwunden. Goldberg folgte dem Klang von klapperndem Geschirr und betrat den winzigen Raum. Benutzte Teller türmten sich in der Spüle, und leere Pizzakartons stapelten sich daneben. Er betrachtete das Durcheinander. Mit spitzen Fingern öffnete er eine Pizzaschachtel. Der Geruch von Thunfisch schlug ihm entgegen. Jemand hatte den Rand des Teiges übrig gelassen, verwaist lag er auf der Pappe und gammelte vor sich hin. Goldberg nahm ein Stück in die Hand.

»Rosis Salat verschmähst du, aber diese halb verweste Pizza willst du essen?«, sagte Peter mit angewidertem Blick.

»Der Rest der Pizza ist hart. Die liegt sicher schon einige Tage hier. Wenn nicht länger.« Er legte das angebissene Stück zurück in den Karton. »Hier ist die Quittung«, sagte er und fischte den Ausdruck aus der Spüle. »Frag dort nach, ob sie sich vielleicht erinnern können, von wem die bestellt wurde.«

»Das kann ich dir auch sagen: von Breitner. Von wem sonst sollte die Pizza denn bestellt worden sein?«, fragte Peter.

»Hier war definitiv eine zweite Person. Eine, die entweder ordentlicher ist als unser Herr Breitner oder wesentlich schlampiger.«

Peter schaute ihn verdutzt an, dann nahm er sein Telefon zur Hand und wählte die Nummer, die auf der

Rechnung angegeben war. Das Telefonat dauerte nur wenige Minuten.

»Eine Frau«, sagte Peter beeindruckt. »Sie hat wohl schon öfters an diese Adresse bestellt.«

»Hast du einen Namen?«

Peter schüttelte den Kopf. Goldberg nickte und ging hinüber zu der anderen Tür. Es war das Schlafzimmer. Das Bett war zerwühlt, doch er konnte keine Spuren auf dem Laken finden. Nichts, was auf Sperma oder Ähnliches hinwies. Links vom Bett gab es noch eine Tür. Goldberg öffnete sie und stand im Bad. Penibel war das Wort, das ihm in den Sinn kam. Alle Badutensilien waren ordentlich aufgereiht. Das Waschbecken und die Badewanne schienen gerade erst auf Hochglanz poliert worden zu sein. Auf der schmalen Glasablage standen ausschließlich Kosmetikartikel für Männer. Goldberg öffnete den Badezimmerschrank über dem Waschbecken, und auch dort war kein Hinweis auf eine Frau zu finden.

»Philip?«

»Ja?«

»Sieh dir das an.«

Peters Stimme kam aus dem Wohnzimmer. Als Goldberg zu ihm an den niedrigen Tisch trat, fiel sein Blick auf das Buch, das Peter in den Händen hielt.

»Yoga für Anfänger«, las Goldberg laut.

»Das ist doch kein Zufall.«

»Nein. Nichts im Leben ist Zufall.«

7

Um diese Uhrzeit herrschte gähnende Leere in Rosis Lokal. Geöffnet wurde erst mittags, und jetzt war es gerade einmal halb neun Uhr. Rosi hatte den Tisch am Fenster mit ihrem schönsten Geschirr eingedeckt. Sogar eine Kerze brannte mitten am Tag. Die frischen Brötchen lagen bereits im Korb und verströmten einen herrlichen Duft. Ebenso der Kaffee, den Rosi ihm zuliebe mit ihrer bereits ausrangierten Filterkaffeemaschine gekocht und in die rote Thermoskanne gefüllt hatte. Sie drehte den Deckel zu und stellte die Kanne auf den Tisch.

»Ein wunderschöner Morgen, findest du nicht?« Ihre Laune war blendend und für Hauke somit nur schwer zu ertragen.

»Ich brauche erst mal einen Kaffee.«

Rosi ignorierte die morgendliche Übellaunigkeit ihres Bruders. Leise vor sich hin summend, füllte sie eine Tasse mit der dampfenden Flüssigkeit und reichte sie ihm. Hauke nippte vorsichtig daran und atmete tief ein.

»Lange Nacht gehabt?«, fragte sie.

Bevor Hauke antworten konnte, nahm er noch einen großen Schluck. »Nein. Nur schlecht geträumt.«

»Von Mama?« Sie lachte.

Er schüttelte den Kopf. »Von Krähen.«

Rosi sah ihn verwirrt an und wartete auf eine Erklärung, doch Hauke machte keine Anstalten, näher auf dieses Thema einzugehen. Rosi kannte ihren Bruder gut genug, um ihn morgens vor seiner dritten Tasse Kaffee nicht unnötig zu nerven, und ließ die Antwort so stehen.

»Mama muss gleich hier sein«, sagte sie stattdessen.

Hauke schaute auf die Uhr über der Tür. Eine alte, etwas in die Jahre gekommene Bahnhofsuhr. Rosi hatte sie günstig im Internet ersteigert. Wie so viele Dinge, die den Gastraum füllten, alte Stühle und Tische. Alles sah zwar ein wenig zusammengewürfelt aus, aber die Gäste fanden, genau das mache den Charme des Lokals aus. Die maroden Eckbänke und Schränke der Marke Eiche rustikal hatte sie entsorgt, und kein Gast hatte sie je vermisst. Im Gegenteil. Rosi hatte aus dieser alten, verrauchten Kneipe ein ansehnliches Wirtshaus gemacht. Ab zwölf Uhr öffnete sie und umsorgte alle Gäste persönlich. Zu den Stoßzeiten beschäftigte sie eine Hilfskraft, die Tochter einer Freundin. Die verdiente sich ein paar Euro dazu. Es lief gut. Für ihre legendären halben Hähnchen kam so manch einer extra aus Kollmar angefahren. Hauke war stolz auf seine Schwester. Sie hatte es geschafft, sich in Kophusen eine Existenz aufzubauen. Das war nicht leicht, wer wusste das besser als er. Bei Rosi war der Mittelpunkt dieses Ortes geworden, und das musste ihr erst einmal einer nachmachen.

Der dritte Schluck hüllte ihn in Gedanken an früher ein. Eigentlich waren die beiden Geschwister sich nie besonders nah gewesen. Erst mit dem Tod ihres Vaters hatten sie sich auf wundersame Weise neu entdeckt. Hauke konnte nicht sagen, wie das passiert war. Aber er war froh darüber. Als er sich nach der Scheidung von Hilke hängen ließ, hatte Rosi ihm gehörig in den Hintern getreten. Diese Frau hatte das Talent, einem genau zum richtigen Zeitpunkt die Meinung zu sagen. Sie drängte sie einem nie auf, aber wenn es an der Zeit war, stieß sie sie hervor wie ein Fechtmeister sein Florett. Außerdem konnte sie mit Haukes Launen umgehen, und das vermochten nicht viele. Als sie das Auto vorfahren hörten, ließ Rosi vor Schreck beinah das Glas fallen.

»Da ist sie.«

Seine Schwester war immer sehr nervös, wenn ihre Mutter zu Besuch kam. Kaum auszuhalten, was Frauen alles so anstellten, um jemandem zu gefallen. Er selbst freute sich, seine Mutter zu sehen, jedenfalls ein wenig. Rosi marschierte an ihm vorbei, wobei sie die Schürze eilig auf den Tresen warf. »Nun komm, beweg dich!«

Ein Grinsen wanderte über sein Gesicht. Den letzten Schluck hinunterstürzend, stand er auf. Das Empfangskomitee sollte schließlich parat am Eingang stehen. Die weiblichen Mitglieder seiner Familie hatten da sehr strikte Vorstellungen. Mit einem energischen Ruck stieß Rosi die Tür auf und setzte ihr strahlendstes Lächeln auf. Hauke brachte sich mit einem leisen Schnauben ebenfalls in Stellung.

»Juhu«, rief Bärbel Thomsen ihnen schon durch die geöffnete Wagentür zur Begrüßung zu.

Ihre Mutter war für ihr Alter erstaunlich fit. Mit einer geschmeidigen Bewegung, die Hauke an den unsäglichen neuen Fall erinnerte, stieg sie aus dem Wagen. Eigentlich hatte er sich extra den ganzen Vormittag freigenommen. Aber jetzt, mit der Aussicht auf einen redeschwallartigen Monolog, zog es ihn massiv in die Wache zurück.

Seine Mutter und Rosi lagen sich bereits in den Armen. Man konnte sehen, dass sie beide aus dem gleichen Stall kamen. Auch wenn die Haare ihrer Mutter inzwischen ergraut waren, hatte sie wie Rosi eine moderne Kurzhaarfrisur. Überhaupt sah seine Mutter bemerkenswert gut aus. Sie trug einen engen Rock und todschicke Lederstiefel. Dazu eine helle Bluse. Aber irgendetwas war anders an ihr. Hatte sie abgenommen? Haukes Polizisteninstinkt aktivierte sich automatisch. Er witterte eine Veränderung. Seine Stirn runzelte sich misstrauisch, als Bärbel Thomsen jetzt mit ausgebreiteten Armen auf ihn zukam. Sie hatte definitiv abgenommen, und es stand ihr ausgezeichnet. Wer sagte das schon von seiner eigenen Mutter?

»Nun stell dich nicht immer so an, Hauke-Maus. Ich weiß, du bist ein gestandener Mann, aber ich werde meinen einzigen Sohn ja wohl noch umarmen dürfen.«

Hauke gab einen undefinierbaren Laut von sich und überließ sich den schlangenartigen Armen seiner Mutter.

»Wie war die Fahrt?«, fragte Rosi.

»Grauenhaft.« Sie gab Hauke wieder frei.

»Wie geht es Holger?«, fragte Rosi weiter.

»Er lässt euch grüßen«, antwortete sie knapp und trat an ihren Kindern vorbei ins Innere.

Hauke horchte auf. Holger Schachtner, der dritte

Mann ihrer Mutter. Ein liebenswerter Kerl, der keiner Fliege etwas zuleide tun konnte. Bärbel Thomsen zu heiraten war sicher das Gefährlichste, was er je getan hatte. Hauke war der Meinung, dass jedem, der seine Mutter länger als sechs Stunden am Stück ertrug, das Bundesverdienstkreuz zustand. Gab es da etwa Ärger zwischen den beiden?

»Rosi-Häschen, hier wird es immer schöner! Sind diese Tischdecken neu?«

Rosi war ihr gefolgt und lachte. »Du siehst aber auch alles, Mama. Ja, ich habe sie von Alinas Mutter nähen lassen.«

Sicherheitshalber blieb Hauke im Türrahmen stehen und warf einen kurzen Blick auf den rot-weiß karierten Stoff. Waren die nicht schon immer hier gewesen? Aber er behielt die Frage lieber für sich. Dann bemerkte er, wie sich seine Mutter mit energischem Schwung zu ihm drehte. Nachtigall, ick hör dir trapsen, dachte er.

»Und du? Wie steht es mit der Liebe, Hauke-Maus?«

Wut konnte man es nicht nennen, was diese obligatorische Frage in ihm auslöste. Eher Widerwillen. Es war jedes Mal das Gleiche. Diese Frage wurde immer in den ersten Minuten ihres Besuchs abgehakt. Im Übrigen eine Frage, die sie seiner Schwester nie stellte. Obwohl die noch nie verheiratet gewesen war und mit Männern offensichtlich nicht allzu viel am Hut hatte. Hauke empfand die Frage als Demütigung, schüttelte nur stumm den Kopf.

»Du bist so ein schmucker junger Mann, was ist da bloß los?«

Diese Frage richtete sie an seine Schwester, was er als

noch demütigender empfand. Rosi begriff und zog ihre Mutter auf einen der freien Stühle. »Setz dich erst mal. Hast du Hunger?«

»Machst du Witze? Ich sterbe vor Hunger. Die Fahrt hierher war ein einziger Albtraum. Überall diese unsäglichen Baustellen. Grausig. Wie früh soll ich denn bitte noch losfahren? Husum-Kophusen ist doch keine Strecke. Meint man jedenfalls. Aber wie ihr seht, bin ich gerade eben so pünktlich hier. Nicht zu fassen, in was für einer autofixierten Welt wir leben. Neulich …«

»Ich kümmere mich mal um dein Gepäck«, unterbrach Hauke den Monolog und flüchtete nach draußen.

Dieser Rededrang war so früh am Morgen einfach nicht zu ertragen. Vielleicht sollte er gleich zur Wache fahren. Schließlich hatten sie einen Vermisstenfall aufzuklären. Scheiß auf den freien Vormittag! Er würde sich am Abend Zeit für seine Mutter nehmen. Da konnte er ein, zwei Bier trinken, und bis dahin hatte Rosi vielleicht auch schon herausgefunden, aus welchem Grund Mutter so verändert war. Hauke stapfte durch den Schnee und öffnete den Kofferraum. Als er die drei riesigen Gepäckstücke sah, stutzte er. Seines Wissens wollte sie doch nur über die Feiertage bleiben. Was zum Teufel hatte seine Mutter vor? Hatte sie für jedes Weihnachtssingen ein neues Outfit eingepackt?

»Nachtigall ick hör dir trapsen.« Hauke war sich sicher, dass es besser war, die beiden Frauen erst mal eine Weile allein zu lassen.

Goldberg war auf dem Weg zum Namasté. Die Nacht hatte er größtenteils schlecht geschlafen. Er hatte sich hin und her gewälzt, bis er schließlich gegen fünf Uhr morgens aufgestanden war. Es war nicht nur die Sache mit Magda, die ihm im Kopf herumgeisterte, auch der neue Fall ließ ihm keine Ruhe. Er machte sich Sorgen um Jens. Am liebsten wäre er mitten in der Nacht aufgebrochen und hätte ihn da rausgeholt, aber das war natürlich Unsinn. Bisher hatten sie keinen einzigen Anhaltspunkt, dass Annette Prinz überhaupt etwas zugestoßen war. Aber sie war noch immer verschwunden. Und die vierundzwanzig Stunden waren fast um, sodass jegliche Spuren immer kälter wurden. Als er seinen Wagen am Straßenrand abstellte, blickte er auf die Uhr im Display des Autoradios. Halb neun. Wenn er Glück hatte, waren sie mit dem gemeinsamen Frühstück bereits fertig, denn nach den Regeln des Ayurvedas wurden die Mahlzeiten schweigend eingenommen, und er wollte den Patienten ihre Kur nicht vollends ruinieren. Er blieb noch einige Minuten im Wagen sitzen, bevor er ausstieg.

Sohanraj sah müde aus. Ein seltsamer Anblick, fand Goldberg. Der sonst so ausgeglichen wirkende Mann hatte anscheinend auch eine schlaflose Nacht gehabt.

»Alles in Ordnung?«, fragte Goldberg.

Sie nahmen am Esstisch Platz, der noch nicht abgeräumt war. Die zum Teil nur halb geleerten Schalen standen noch an ihren Plätzen, gefüllt mit einer lila schimmernden Reissuppe, die sehr penetrant nach Knoblauch roch. Kein Wunder bei den vielen, nur grob geschnittenen Zehen, die in dem Gebräu trieben. Goldbergs Magen rebellierte. Er würde sich das mit der Panchakarma-Kur noch einmal gründlich überlegen.

»Ich habe nur ein wenig unruhig geschlafen«, erklärte der Yogi. »Gibt es etwas Neues?«

»Ja. Deshalb bin ich hier. Sagt dir der Name Daniel Breitner etwas?«

Das Gesicht seines Gegenübers veränderte sich. »Ja. Natürlich. Was ist mit ihm?«

»Das erkläre ich dir später. Was kannst du mir über ihn erzählen?«

Sohanraj sah aus dem Küchenfenster. Sein Blick schien die Schneeflocken zu zählen, die lautlos vom Himmel fielen. »Daniel war fünfzehn, als er zu uns kam«, begann er, »meine Eltern hatten sich entschlossen, ihn als Pflegekind aufzunehmen. Sie hatten sich immer viele Kinder gewünscht, aber es blieb ihnen verwehrt.«

Goldberg registrierte den neutralen Tonfall, in dem er sprach, aber sein Gesicht verriet die Sorge, die die Erinnerung in ihm auslöste. Sein friedvolles Lächeln war verschwunden.

»Ich weiß nicht, was ihr über ihn wisst, aber er war damals ein schwieriger Jugendlicher. Unzählige Male kam er mit dem Gesetz in Konflikt. Meine Eltern waren heillos überfordert. Ich glaube, sie hatten es sich einfacher vorgestellt. Ein elternloser Junge, der ein bisschen Liebe und Fürsorge brauchte. Aber so einfach war es nicht.« Er machte eine kurze Pause, als würden die Bilder von damals auf ihn einströmen. Dann atmete er tief durch und sprach weiter. »Daniel war wütend, zornig auf sich und die ganze Welt. Er ließ niemanden an sich heran. Ständig hatte er Wutausbrüche, prügelte sich mit den Nachbarskindern und Schulkameraden. Schließlich sahen meine Eltern ein, dass es nicht in ihrer Macht stand, diesen Jungen zu bändigen. Einem derart traumatisierten Menschen Vertrauen zu geben, ist schwer.«

Sohanraj verstummte und kratzte sich am Bart. Zum ersten Mal fielen Goldberg die einzelnen grauen Haare auf. »Weißt du, Philip …« Die müden Augen blickten Goldberg an. »Das alles ist lange her. Aber diese Erinnerungen sind noch so lebendig in mir, dass ich sie wohl nie vergessen werde.« Er tätschelte Goldbergs Arm und stand auf. »Ich glaube, das ist etwas, was wir gemeinsam haben. Manche Dinge bleiben ein Leben lang. Und andere kommen wieder zu uns zurück. Erst nach vielen Jahren der Meditation und inneren Einkehr lernen wir, sie zu verstehen. Aber nicht jedem von uns ist das gegeben.«

Er war zur Arbeitsplatte hinübergegangen und bereitete zwei Becher Tee zu. Goldberg spürte die Ungeduld in sich wachsen. Trotzdem zwang er sich, Sohanraj die Zeit zu lassen, die er brauchte. Als er sich wieder zu ihm an den Tisch gesetzt hatte, sprach er weiter. »Daniel und ich waren so etwas wie ein Paar. Damals. Für kurze Zeit.«

Jetzt ließ Sohanraj Goldberg die Zeit, die er brauchte, um diese Neuigkeit zu verdauen. Ein Paar? Der Junge war damals doch erst fünfzehn Jahre alt! Der Yogi erriet seine Gedanken, was nicht sonderlich schwer war, denn Goldbergs Augenbrauen hatten sich tief in die Stirn nach oben geschoben.

»Ich weiß, er war jung. Doch die Initiative ging von ihm aus, nicht von mir. Er war frühreif, ein Kind und ein Erwachsener zugleich. Das schwierige Verhältnis zu seinen Eltern hatte seine Kindheit abrupt beendet. Aber auch wenn er aufhörte, ein Kind zu sein, war er nicht automatisch erwachsen. Er steckte irgendwo dazwischen fest. Wir waren bereits die zweite Pflegefamilie für ihn. Er verliebte sich in mich. Ich war der Einzige, der ihn verstand, der ihm zuhörte, ohne ihn dafür zu verurteilen, was er getan hatte. Seine Provokationen beeindruckten mich nicht, und das wiederum beeindruckte ihn.«

»Wie ging es aus?«, fragte Goldberg.

»Ich begriff, dass seine Gefühle für mich nicht angemessen waren. Er war besessen von mir und unserer Beziehung. Ich war damals Anfang zwanzig, nicht reif genug, dieses Ungleichgewicht aufzufangen. Um ehrlich zu sein, tat ich das Dümmste, was man in dieser Situation hätte tun können: Ich ging fort. Ohne mich von ihm zu verabschieden, stieg ich in das nächste Flugzeug und flog nach Indien.«

»Hat er nie versucht, mit dir Kontakt aufzunehmen?«

»Nein.«

»Und du?«

»Ich auch nicht. Es ist keine rühmliche Geschichte, nicht wahr?«

Goldberg schüttelte den Kopf.

»Ja, aber nur so lernen wir«, sagte der Yogi. »Weshalb fragst du nach ihm?« Sohanraj blickte ihn aufmerksam an.

»Wir haben Grund zu der Annahme, dass Daniel Breitner mit Annette Prinz telefonierte, bevor sie verschwand. Außerdem gibt es noch einen weiteren Zusammenhang: die Krähen. Wusste sie über dich und Daniel Breitner Bescheid?«

»Wir haben nicht über meine Vergangenheit gesprochen, falls du das meinst.«

»Hat sie deine Nähe gesucht? Mehr als es vielleicht üblich ist?«

»Nein, das ist mir nicht aufgefallen.«

»Hatte Daniel damals irgendetwas mit Krähen zu tun?«

»Er liebte Tiere mehr als Menschen. Vögel hatten es ihm besonders angetan, sie waren für ihn der Inbegriff von Freiheit. Er trug sogar einen kleinen Anhänger. Eine Krähe. Sein Totem, der ihn beschütze.«

Goldberg horchte auf. »Kannst du dich daran erinnern, wie dieser Anhänger aussah?«

Der Yogi schüttelte den Kopf. »Nein. Das ist dann doch zu lange her.«

Auch wenn Sohanraj ihn nicht identifizieren konnte, Goldberg war sich sicher, dass es derselbe war, den sie im Kulturbeutel von Annette Prinz gefunden hatten.

»Ziemlich düster für einen Fünfzehnjährigen.«

»Ja, da hast du wohl recht.«

»Weißt du, wo Daniel Breitner heute ist?«

»Nein«, erwiderte der Yogi knapp.

Goldberg glaubte ihm nicht. Es war offenbar in jüngster Vergangenheit etwas zwischen den beiden Männern vorgefallen, das Sohanraj nicht preisgeben wollte. »Sohanraj, ich möchte, dass du die Kuren abbrichst und die Leute nach Hause schickst.«

»Aber warum?«

»Weil ich befürchte, dass du hier nicht sicher bist und mit dir deine Patienten.«

»Meinst du, Daniel will mir etwas antun?«

»Das ist gut möglich.«

Sohanraj sah ihn an. Sein Lächeln kehrte zurück. »Mein lieber Philip«, begann er, »oft begegnet man seinem Schicksal auf eben jener Straße, die man einschlägt, um es zu vermeiden. Ich gehe hier nicht weg. Nicht noch einmal. Was meine Patienten tun, das müssen sie selbst entscheiden. Ich habe gestern Abend mit allen gesprochen.«

»Ich kann dich nicht zwingen, aber ich rate es dir. Dringend. Wir haben gestern zwei Anhänger in Form einer Krähe gefunden. Einen in der Regenrinne des Bungalows Shiva, versteckt in einer weiteren Krähe aus Schnee, und einen in der Kulturtasche von Annette Prinz.«

»Ihr denkt, dass Daniel …?«

»Das ist eine Möglichkeit.«

»Aber warum sollte er das tun?«

»Rache?«

»Unsere Geschichte ist mehr als zwanzig Jahre her, Philip.«

»Du hast selbst gesagt, deine Erinnerungen sind immer noch sehr präsent. Vielleicht geht es ihm nicht anders.«

»Nein. Das würde er nicht tun.«

»Wie kannst du das so genau wissen, nach der langen Zeit?« Sohanraj sah Goldberg an. Es hatte etwas Eindringliches. Liebte er Daniel Breitner immer noch? Oder fühlte er sich für ihn verantwortlich? Auf jeden Fall verheimlichte er Goldberg etwas.

»Ich kenne ihn besser als er sich selbst«, sagte der Yogi.

Eine gewagte These, dachte Goldberg. Gewagt und auch ein wenig überheblich. Das passte so gar nicht in das Bild, das er sich von diesem Mann mit dem immerwährenden Lächeln gemacht hatte.

»Ich werde deinen Rat nicht befolgen, Philip. Auf eigene Verantwortung.«

Beunruhigt schlug Goldberg den Weg zu Steirers Häuschen ein. Er musste seinen Freund unbedingt davon überzeugen, wenigstens übergangsweise zu ihm oder auch zu Rosi in die Pension zu ziehen. Er konnte die Kurse und die Anwendungen ja weiterhin besuchen. Sohanraj und Daniel Breitner, irgendetwas stimmte da nicht. Es war also möglich, dass Annette Prinz erst der Anfang war. Vielleicht ging es Daniel Breitner gar nicht um Sohanraj, sondern um seine Schützlinge. Ein Schützling, wie er selbst vor Jahren gewesen war. In der Obhut einer Pflegefamilie. Apropos, dachte Goldberg und holte das Telefon aus der Tasche.

»Philip hier«, meldete er sich, als Peter abgenommen hatte. »Könntest du dir bitte die Eltern von Sohanraj genauer ansehen? Und frag beim Amtsgericht nach, ob die irgendetwas zu diesem Krähenverein vorliegen haben.«

Peter versicherte ihm, bereits an dem Thema dran zu sein, und sie beendeten das Gespräch. An Steirers Tür angekommen, hielt Goldberg einer plötzlichen Eingebung wegen inne. Er sah hinauf zu der Regenrinne, aber es war nichts zu erkennen. Dann kehrte er auf dem Absatz um und eilte zum nächsten Bungalow. Bei Miriam Schneider fand er ebenfalls nichts. Auch bei Heide

Sieg Fehlanzeige. Doch am Bungalow von Heinz und Marlies Huber wurde er fündig. Der lange metallene Schnabel lugte wie gehabt aus dem Schnee. Goldberg reckte seine Arme, so weit er konnte, und hob den Vogel herunter. Es war die gleiche Krähe. Hastig klopfte er an die Tür. Doch niemand öffnete ihm.

Goldberg hatte sofort Peter, Hauke und die Spurensicherung benachrichtigt. Innerhalb von einer Stunde waren sie alle da gewesen. Simon und Frank hatten ihr hämisches Grinsen verloren, als sie in dem Bungalow erneut Blutspuren fanden. Außerdem war der Täter dieses Mal etwas weniger subtil vorgegangen. Auf dem Spiegel im Badezimmer prangte eine Krähe. Zum Glück aus Lippenstift und nicht aus Blut. Sie standen im Bad und schauten auf die Zeichnung.

Hauke nahm ein gebogenes, schmales Stück Metall von der Ablage und hielt es mit spitzen Fingern vor Goldbergs Gesicht. »Was ist das denn?«

»Ich glaube, das möchtest du nicht wissen.«

Hauke sah ihn misstrauisch an. »Ist das ein indisches Sexspielzeug?« Er drehte es zwischen Daumen und Zeigefinger. Die Enden waren verstärkt.

»Nein. Ein Zungenschaber.«

»Ein was?«

»Ein Zungenschaber, um die Zunge von Belägen und Giftstoffen zu reinigen.«

Hauke warf das Ding augenblicklich in den Ausguss. Simon fischte es wieder heraus und tütete es ein.

»DNA-Spuren«, sagte er grinsend, während Hauke sich die Hände gründlich an seiner Hose abwischte.

»Igitt. Wer macht denn so was?«

Goldberg ließ ihn stehen und verließ das Bad. Das Zimmer schien wie immer. Offensichtlich fehlte nichts. Was hatte dieser Mensch vor? Wohin brachte er seine Opfer? Er ahnte, dass es auch dieses Mal keine verwertbaren Spuren geben würde, und schlug den Weg in Richtung Lakshmi ein.

Jens Steirer saß auf seinem Bett. Auf dem Fußboden vor ihm lag der aufgeklappte Koffer. Als Goldberg eintrat, sah er auf. »Ich weiß, weshalb du kommst. Und ich glaube, unter diesen Umständen ist das keine so schlechte Idee mehr«, sagte er leise.

»Es tut mir ehrlich leid, dass ich dich nach Kophusen eingeladen habe.«

»Nun hör aber mit dem Unsinn auf, Philip. Dafür kannst du doch nichts!«

Steirer hatte natürlich recht. Aber besser fühlte Goldberg sich dadurch nicht. Er wollte seinen besten Freund nicht in Gefahr bringen. Wenigstens ließ er sich jetzt darauf ein umzuziehen. Auch die beiden anderen, Heide Sieg und Miriam Schneider, hatten eingewilligt, noch heute in die Pension zu wechseln. Rosi wusste bereits Bescheid und war dabei, mit Bärbels Hilfe die eingestaubten Zimmer herzurichten. Goldberg war erleichtert.

»Habt ihr schon eine Spur?«

»Ja, aber es ist alles noch sehr vage.« Goldberg verzog das Gesicht, und Steirer verstand.

»Ist dir irgendetwas aufgefallen? An den anderen Patienten oder auch an Sohanraj?«

»Nach dem Verschwinden von Annette waren sie alle nervös. Aber das ist eine ganz natürliche Reaktion. Es wurde allerdings gar nicht so viel darüber gesprochen, wie man es vermuten würde. Irgendwie schien jeder davon auszugehen, dass sie aus freien Stücken gegangen war.«

»Kannst du mir etwas über die beiden Frauen sagen?«

»Sie sind sehr dicke miteinander. Die zwei sind ja auch schon länger hier. Sie reden viel. Meistens über Männer«.

»Und das Ehepaar Huber?«

»Ein ungleiches Paar. Sie schienen sehr eng verbunden.« Steirer hielt inne. »O Gott, jetzt benutze ich schon die Vergangenheitsform.« Er sah auf. »Meinst du, sie sind tot?«

Goldberg schüttelte zaghaft den Kopf. »Mein Bauch sagt mir, dass sie noch am Leben sind. Hier geht es nicht um Mord.«

Steirer stand auf und ging zum Schrank. »Dann werde ich wohl mal packen. Es ist wirklich ein Jammer. Dabei hatte ich mich so darauf gefreut.« Er blieb vor der Öllampe stehen und betrachtete sie. »Ein schönes Exemplar. Am liebsten würde ich sie mitnehmen.« Sein Kopf schob sich zu der oberen Schale vor. Seine Nase berührte schon fast das Metall. »Ich werde Sohanraj fragen, wo er sie herhat. Die würde sich in meiner Praxis sehr gut machen.«

Er schnupperte genüsslich an dem Kokosöl und sog den Duft mit einem tiefen Atemzug ein. Danach stippte er den Finger in das Öl und rieb es sich über das Zahnfleisch. Goldberg sah ihn irritiert an.

»Ist gut für die Mundflora«, sagte Steirer und wiederholte die Prozedur mehrmals. »Hab eben schon damit gegurgelt und mich daran verschluckt. Aber das macht nichts.« Er zeigte auf das kleine Fläschchen, das auf dem Tisch stand.

»Jens, ich glaube nicht, dass es gut ist ...«

Weiter kam Goldberg nicht. Stattdessen sah er, wie sein Freund zu schwanken begann. Mit einem schnellen Schritt trat er zu ihm. Gerade noch rechtzeitig, um ihn aufzufangen. Steirer sackte in sich zusammen.

»Jens?«

Doch sein Freund hatte das Bewusstsein verloren. Das Gewicht des Körpers drückte auf Goldbergs Arme. Behutsam ließ er ihn auf den Boden sinken. Dann nahm er das Handy aus der Tasche und rief den Notarzt. Als er das Gespräch beendet hatte, verständigte er Hauke.

»Was ist passiert?«, fragte Hauke, als er mit den Kollegen eingetroffen war.

»Er ist ohnmächtig geworden. Irgendetwas muss in diesem Öl sein.«

Mit einem Kopfnicken bedeutete Goldberg den Männern, sich die Sache genauer anzusehen. »In der Lampe ist auch Öl«, erklärte Goldberg.

»Welche Lampe?«, fragte Frank.

»Das ist eine Öllampe, du Banause«, erklärte Hauke, der neben Jens kniete.

Die beiden Männer der Spurensicherung warfen sich einen skeptischen Blick zu. Dennoch kramte Frank ein Wattestäbchen aus seiner Tasche und nahm eine

Probe. Inzwischen verstaute Simon das Fläschchen in einem Plastikbeutel.

Goldberg überprüfte den Puls seines Freundes. Schwach, aber er war zu spüren. Sanft schlug er ihm ins Gesicht, doch Steirer reagierte nicht.

»Jens. Komm schon«, rief er laut. Panik hatte ihn erfasst. Er musste etwas tun.

»Warte, ich hole Wasser«, sagte Hauke und eilte ins Bad.

»Jens, wach auf!« Goldberg drehte seinen Freund auf die Seite. Das obere Bein winkelte er an. Er war gerade dabei, sich um die Arme zu kümmern, als Hauke mit einem tropfnassen Handtuch zurückkam. Er wrang den Stoff über Steirers Kopf aus, sodass das kühle Nass auf das Gesicht des Ohnmächtigen niederprasselte.

»Sehr einfühlsam, Hauke.«

»Hätte ich einen Eimer nehmen sollen?«

Goldberg starrte auf das Gesicht seines Freundes. Die Schuldgefühle stiegen mit aller Wucht in ihm auf. Erneut gab er ihm ein paar behutsame Ohrfeigen. Endlich regte Steirer sich. Er blinzelte.

»Jens. Gott sei Dank!«

Langsam kam der Psychologe wieder zu sich. »Was ist passiert?«

»Ganz ruhig. Du hast das Bewusstsein verloren.«

»Wieso?«

»Ich vermute, etwas stimmt mit diesem Öl nicht. Woher hast du das Fläschchen?«

»Sohanraj hat mir erlaubt, etwas von seiner Reserve zu nehmen.«

»Wo ist die?«

»Im Schuppen neben dem Carport.«

Goldberg warf den Spusi-Kollegen einen auffordernden Blick zu. Simon verstand und machte sich sofort auf den Weg. Als der Krankenwagen endlich eintraf, war Steirer schon fast wieder auf den Beinen, aber sie nahmen ihn zur Sicherheit mit in die Klinik. Goldberg ließ ihn nur sehr ungern allein, aber sein Freund versicherte, dass es ihm gut ginge. Widerwillig ließ er den Krankenwagen abfahren.

»Der wird schon wieder«, sagte Hauke und klopfte seinem Chef etwas unbeholfen auf die Schulter.

»Dein Wort in Gottes Ohr.«

»Du warst ja bei ihm, also mach dir keine Vorwürfe.«

Goldberg wollte sich gar nicht ausmalen, was passiert wäre, wenn er nicht hier gewesen wäre. Entschlossen schob er die Vorstellung beiseite und gewann seine Konzentration zurück.

»Frank, bitte nehmt euch alle Öllampen vor. Fragt Sohanraj, wo er das Öl herhat, das er in die Lampen füllt. Ich will wissen, was das für ein Zeug ist.«

Frank nickte. »Machen wir.«

»Danke.«

»Rosi holt die beiden Frauen ab. Was ist mit Sohanratsch?«, fragte Hauke.

»Er will hierbleiben. Wir können ihn nicht zwingen. Aber vielleicht ist er auch gar nicht in Gefahr.«

»Nicht in Gefahr? Hier läuft ein Irrer herum und verschleppt seine Gäste, und der werte Herr Guru ist nicht in Gefahr?«

»Wenn der Täter es auf Sohanraj abgesehen hätte, warum hat er ihn dann bisher verschont?«

»Das Beste kommt immer zum Schluss.«

Goldberg dachte über den Satz nach. Es gab allerdings noch eine andere Möglichkeit, aber die hielt er für die unwahrscheinlichste von allen. Kein Yogi wäre so blöd und würde das betäubende Öl in seinem eigenen Schuppen lagern. Oder doch?

8

Eine Stunde später waren die Polizisten zurück auf der Wache. Mittlerweile war es fast Mittag, und Goldberg berichtete seinen Kollegen von Sohanrajs früherem Verhältnis zu Daniel Breitner. Wie erwartet waren sie einigermaßen empört.

»Das ist strafbar! Daniel Breitner war zu dem Zeitpunkt minderjährig!«, rief Hauke, als habe er die beiden soeben in flagranti erwischt.

Peter schwieg. Er saß da wie paralysiert und kaute auf einem Keks herum.

»Kein Wunder, dass der saubere Meister Miyagi sich verdünnisiert hat. Der wäre hundertpro in den Knast gewandert.«

»Das Leben ist nicht immer so einfach«, wandte Goldberg ein, was Hauke nur noch mehr in Rage brachte.

»Wie bitte? Verteidigst du diesen Kerl jetzt auch noch?«

»Daniel war fast noch ein Kind«, sagte Peter fast tonlos. »Wie konnte er ihm das antun? Der arme Junge ist in die Obhut einer Pflegefamilie gekommen, und dann vergreift sich der ältere Sohn an ihm.«

Diese Geschichte ließ Sohanraj gefährlich auf dem Sockel schwanken, den Peter ihm errichtet hatte.

»Ich glaube nicht, dass dieser arme Junge wirklich so arm war«, widersprach Goldberg ungewohnt heftig. »Zu dem Zeitpunkt hatte er bereits eine beachtliche Karriere als Kleinkrimineller hinter sich.«

Die beiden Männer sahen ihren Chef erstaunt an. Goldberg war ein ruhiger Mensch, besonnen und eher unaufgeregt. Dieser Ausbruch zeigte jedoch, dass er durchaus einen anderen Ton anschlagen konnte. Und zwar sehr überzeugend, ohne wirklich laut zu werden.

»Ich behaupte nicht, dass das in Ordnung war, was Sohanraj getan hat. Natürlich war das alles andere als verantwortungsvoll. Und ja, es ist strafbar. Aber jede Geschichte hat zwei Seiten, und das solltet ihr als Polizisten am besten wissen. Eure Emotionalität ist hier also völlig unangebracht.« Goldberg machte eine kurze Pause, um das Gesagte sacken zu lassen. »Außerdem, meine Herren, wissen wir noch gar nicht, ob es sich bei dem Täter überhaupt um Daniel Breitner handelt. Und selbst wenn, werden wir Sohanraj mit allen uns zur Verfügung stehenden Mitteln beschützen. Habe ich mich klar ausgedrückt?«

Sie nickten.

»Gut. Dann können wir jetzt weitermachen.« Er setzte sich wieder an den Tisch. »Peter, was hast du herausgefunden?«

Der schluckte seine anklingende Enttäuschung über den Yogi hinunter und versuchte, wie ein Polizist zu klingen. »Kommen wir also zu Elfi und Hermann Mommsen, den Eltern von Sohanraj. Eine sehr durchschnittliche Familie.« Peters Augen huschten zu Goldberg und wieder zurück. »Er war Industriemechaniker und sie Buchhalterin. Bis zu ihrer Rente haben beide in Elmshorn gearbeitet. In ein und demselben Unternehmen. Beide sind hier geboren und bis zu ihrem Tod wohnhaft geblieben. Ihr Sohn besuchte die Grundschule und im Anschluss die weiterführende Schule in Glückstadt. Eine Sache ist allerdings sehr interessant.« Er machte eine Pause. »Als die beiden sich entschlossen, Daniel bei sich aufzunehmen, kam es zu mehreren Besuchen seitens des Jugendamtes. Was natürlich nichts Ungewöhnliches ist. Aber ich habe mir die Protokolle dieser Besuche besorgt und etwas entdeckt.«

»Wie bist du denn an die Protokolle rangekommen?«, fragte Hauke.

Peter musste trotz der angespannten Situation lächeln. »Netter Versuch, Hauke.« Er blätterte kurz in seiner Akte und fuhr dann fort: »Es war immer dieselbe Person, die das Ehepaar Mommsen aufgesucht hat. Und jetzt ratet mal, wer das war.«

»Keinen Dunst.«

»Sarah Klein!«

»Sarah Klein«, wiederholte Goldberg leise, den Namen kannte er. »Moment, das ist doch die Ayurveda-Therapeutin im Namasté.«

»Genau die.« Peter nickte triumphierend.

»Ach, nee«, sagte Hauke. »Und wie ich dich kenne, hast du auch ein Dossier über sie angelegt.«

Wieder nickte ihr Kollege und schlug eine neue

Mappe auf. »Sarah Klein«, begann er, »geboren 1955 in Pinneberg. Kindheit und Jugend unauffällig. Eltern sind ein Lehrerehepaar. Nach dem Fachabitur machte sie ein duales Studium zur Sozialarbeiterin und fing beim Jugendamt Itzehoe an. Dort blieb sie elf Jahre, bevor sie kündigte. Danach sattelte sie zur Yoga-Lehrerin um. Dann zur Ayurveda-Therapeutin. Die Ausbildung absolvierte sie in Bierstein, einer renommierten Ayurveda-Klinik in Hessen. Seit 2008 ist sie selbstständig, mit eigener Praxis in Neuendorf. Sie wohnt aber in Horst. Steht alles fein säuberlich auf ihrer Internetseite.« Peter ließ die Akte sinken. Einen Augenblick lang herrschte Stille. Die Spuren verdichteten sich, und alles schien sich um Daniel Breitner zu drehen.

»Das ist schon ein verdammter Zufall«, sagte Hauke.

»Wir sollten uns mal mit ihr unterhalten«, schlug Peter vor und reichte Hauke einen weißen Zettel, auf dem er die beiden Adressen notiert hatte. »Laut ihrer Internet-Seite ist die Praxis heute geschlossen. Im Namasté ist sie auch nicht, da habe ich schon angerufen. Wenn ihr Glück habt, ist sie zu Hause.«

Hauke warf einen Blick auf das Papier und steckte es in seine Hosentasche. »Dann mal los.«

Sie überquerten das Kopfsteinpflaster der schmalen Straße, um zu dem modernen Haus aus rotem Backstein zu kommen.

»Muss ja gut laufen, die Praxis«, bemerkte Hauke.
»Neidisch?«, fragte Goldberg.
»Auf was soll ich denn da bitte neidisch sein? Etwa

das schmierige Öl an den Händen oder die Aussicht, damit auch noch fremde Körper einzureiben?«

Goldberg trat an die Haustür und begutachtete das Namensschild.

»Oder meinst du vielleicht, ich bin neidisch darauf, anderen Leuten einen dünnen Schlauch in den Arsch zu schieben?« Hauke schien Fahrt aufzunehmen. Hatte er sich etwa doch den Prospekt von Sohanraj angesehen?

»Wenn du nicht aufpasst, wirst du noch zum Ayurveda-Profi.«

»Ich bin Polizist. Da gehört es zu meinem Berufsbild, gründlich zu recherchieren.«

»So, so«, sagte Goldberg und drückte auf den Klingelknopf, auf dem »S. Klein« stand.

Ein leises Summen ertönte. Ganz unaufdringlich, fast zaghaft. Offensichtlich bevorzugte man in Horst zurückhaltendere Töne als in den umliegenden Dörfern, wo man den Eindruck gewinnen konnte, mit der Klingel einen Alarm auszulösen, der alle Anwohner in einem Umkreis von hundert Kilometern warnen sollte. Goldberg musste an Magda denken. Es war jetzt der siebte Tag ohne ein Zeichen von ihr. Gerade als er überlegte, sie heute Abend einfach anzurufen, klickte es, und die Tür sprang auf. Den Gedanken, dass er sich wünschte, es wäre Magdas Tür, verscheuchte er sofort.

Auf dem Treppenabsatz im ersten Stock wartete eine Frau auf sie. Ihre blonden Haare fielen auf die Schultern. Einige Locken kringelten sich auf dem gelben Pullover. Freundlich begrüßte sie die beiden Polizisten und bat sie herein. Sie traten in ein großes Wohnzimmer mit bodentiefen Fenstern, von dem eine offene Küche abging, die offenbar der Mittelpunkt der Wohnung war. Goldberg sah sich um. Überall Kerzen. In allen erdenklichen Farben. Es roch wie im Namasté. Selbst die Öllampe rechts vom Küchentresen glich der, die überall im Ayurveda-Zentrum zu finden war.

»Ihre Praxis ist aber in Neuendorf, oder?«, fragte Goldberg.

Sie nickte. »Ja. Hier gebe ich nur einige Seminare zur ayurvedischen Küche.«

Ihre Stimme klang beruhigend. Sie sprach langsam, und es erweckte den Eindruck, als wisse sie genau, was sie sagte. Doch am meisten beeindruckte Goldberg ihre Präsenz. Diese Frau füllte den Raum, nicht allein mit ihrem Körper, sondern auch durch die Energie, die sie verströmte. Obwohl sie damit sehr spirituell wirkte, war doch etwas Unangenehmes daran. Ihre Präsenz hatte etwas Übergriffiges, gerade so, als würde sie unerlaubt in die Privatsphäre ihres Gegenübers eindringen können. Wie ein Hacker, der versuchte, sich unbemerkt in ein Computersystem zu schleichen. Goldbergs Magen meldete sich zu Wort. Eine leichte Übelkeit stieg ihm bis zum Hals hoch.

»Sie sind selbstständig?«, fragte Hauke.

Sarah Klein nickte. Ihre Augen lächelten.

»Und Sie arbeiten für Sohanratsch?«

»Ja, auch. Die meisten Patienten behandele ich aber bei mir in der Praxis.«

»Und davon können Sie leben?«, fragte Hauke skeptisch.

»Ja.« Ihr Gesichtsausdruck war offen und herzlich. Goldberg konnte sich nur schwer vorstellen, dass irgendetwas oder irgendwer sie jemals reizen könnte. Selbst Haukes offensichtliches Misstrauen nicht.

»Wie sind Sie zu Sohanraj gekommen?«, fragte Goldberg.

»Wir kannten uns. Lange vor meinem Aufenthalt in Indien sind wir uns in einem anderen Zusammenhang begegnet.«

»Was war das für ein Zusammenhang?«

»In einem anderen Leben.«

Goldberg bemerkte aus dem Augenwinkel, wie Hauke den Blick abwandte und mit den Augen rollte. »Würden Sie uns bitte dieses Leben beschreiben?«, bat der Kommissar.

»Ich habe meine spirituelle Reise erst vor einigen Jahren begonnen. Vorher war ich eine Frau mit einem ausgeprägten Sinn für Menschlichkeit und von dem Gedanken beseelt, helfen zu wollen.«

»Was ist daran verkehrt?«

»Im Prinzip gar nichts. Ich aber litt unter schweren Depressionen, weil ich das Leid meiner Klienten gar nicht ertrug. Bis ich begriff, dass ich kurz vor der Selbstaufgabe stand und es keinen Sinn macht, sich für andere aufzuopfern. Ich wurde krankgeschrieben und begann mit Yoga, das war meine Rettung.«

»Und wie passt Ralf Mommsen da hinein?« Goldberg hätte schwören können, dass sich ihr Gesicht veränderte, als er den Namen erwähnte. Aber diese Veränderung war so minimal, dass er sie nicht mit einer Emotion belegen konnte. Ihr Zögern dauerte nur den Bruchteil einer Sekunde.

»Sohanraj und ich steckten damals beide in unseren

Leben fest. Wir begegneten uns zu einer Zeit, als wir beide aufbrechen wollten.«

Jetzt platzte Hauke der Kragen. »Frau Klein, sagen Sie doch einfach, woher Sie Herrn Mommsen kennen, ja?«

Sarah Klein zeigte sich ungerührt. »Herr Mommsen und ich kennen uns aus meiner Zeit als Sozialarbeiterin beim Jugendamt. Ich habe damals seine Familie betreut, als sie ein Pflegekind aufnehmen wollten.«

»Warum nicht gleich so.« Hauke atmete tief ein, und Goldberg ließ seinen Kollegen gewähren. Er wollte wissen, wie schnell man Frau Klein aus der Fassung bringen konnte. »Das heißt, Sie waren damals für den Fall Daniel Breitner zuständig?«, fuhr Hauke fort.

Ihre Augen weiteten sich. Wieder nur für einen kurzen Augenblick, dann kaschierte sie ihr Erstaunen mit einem Lächeln. »Wie ich sehe, wissen Sie das bereits. Warum fragen Sie dann?«

»Frau Klein, wir interessieren uns für Ihren Part in dieser Angelegenheit. Würden Sie uns bitte Ihren damaligen Eindruck schildern?« Goldberg änderte seinen Tonfall, er klang jetzt besorgt und eindringlich.

Sarah Klein schien zu begreifen und bot den beiden Männern endlich einen Platz an. Alle drei setzten sich auf die hohen Hocker am Küchentresen.

»Es ist sehr lange her. Aber ich will versuchen, mich zu erinnern.« Sie berichtete von Daniel Breitner, der ein »sehr besonderes Kind« gewesen sei, wie sie sich ausdrückte. Er wurde ihr zugeteilt, da war er zwölf Jahre alt, und sie begleitete ihn die nächsten vier Jahre. Es entfuhr ihr kein böses Wort. Das Ehepaar Mommsen schien bestens geeignet, sich dem Jugendlichen anzunehmen. Auch

Ralf Mommsen, alias Sohanraj, hatte einen guten Einfluss auf Daniel. Der Junge fügte sich anfangs sehr gut ein, aber nach und nach wurde es schwieriger. In der Schule erwischte man ihn mit Drogen. Harten Drogen. Er dealte. Das Ehepaar Mommsen gab Daniel schließlich wieder ab, weil es keinen Zugang mehr zu ihm fand. »Es war sehr schade«, beendete Sarah Klein ihren Bericht.

»Gab es Probleme zwischen den beiden Jungen? Sie waren ja vom Alter her ziemlich weit auseinander«, fragte Goldberg.

»Nein. Im Gegenteil. Wäre Sohanraj nicht gewesen, hätte ich ihn schon viel früher aus der Familie nehmen müssen.«

»Wie gut kannten Sie Sohanraj damals?«

»Wir haben uns sehr gut verstanden. Einmal haben wir uns sogar privat getroffen. Aber es blieb bei dem einen Mal. Als Sozialarbeiterin sollte man private Kontakte zu seinen Klienten tunlichst vermeiden.«

»Waren Sie verliebt?«

Sie sah ihn überrascht an. »Nein, verliebt würde ich das nicht nennen. Wir hatten eher das Gefühl, dass wir im ähnlichen Takt schwangen, wenn Sie verstehen, was ich meine.«

»Hatten Sie eine Affäre?«

Haukes Frage war kurz und knapp, und Goldberg wusste, dass ihm eigentlich ganz andere Worte auf der Zunge lagen.

»Nein.« Sie schüttelte sanft den Kopf.

»Wie sind Sie sich wiederbegegnet?«, fragte Goldberg.

»Er hatte erfahren, dass ich mich als Ayurveda-Therapeutin niedergelassen hatte, und kam zu mir in die Praxis.«

»Wann war das?«

»Kurz nach dem Tod seiner Eltern. Er wollte wissen, was ich von seiner Idee mit dem Namasté hielt. Da haben wir beschlossen, daraus ein gemeinsames Projekt zu machen.«

»Sind Sie an dem Laden beteiligt?«, fragte Hauke.

»Nicht mit Geld.«

»Haben Sie jemals wieder von Daniel Breitner gehört?«

Die Augen der Frau wanderten in Richtung Decke, wo sie für einen Moment ins Leere starrten.

Goldberg warf Hauke einen Blick zu. Sein Kollege erwiderte ihn kurz. Der Kommissar musste schmunzeln.

»Nein«, erwiderte Sarah Klein.

»Kannten Sie seine Begeisterung für Krähen?«

»Begeisterung ist das falsche Wort. Ich würde es eher Besessenheit nennen.«

Jetzt blieb Goldberg nur noch eine Frage. Aber wie sollte er sie stellen? Er überlegte einen winzigen Moment und entschied sich für die absichtslose Variante. Wie selbstverständlich ließ er seinen Blick durch den Raum streifen und blieb an der Öllampe hängen. »Die Lampe ist wirklich schön. Wo kauft man so etwas?«

Sarah Klein folgte seinem Blick. »Die habe ich aus Sri Lanka mitgebracht.«

Neuer Versuch. »Sind das nicht die gleichen wie im Namasté?«

»Ja, tatsächlich. Ich habe sie für Sohanraj aus Sri Lanka kommen lassen. Ich habe einen guten Kontakt zu einer ayurvedischen Klinik dort.«

Goldberg stand auf und ging zu der Lampe hinüber. »Was ist da drin?«

»Kokosöl. Auch aus Sri Lanka. Hier bekommt man es nur ganz schwer. Jedenfalls in flüssiger Form.«

»Ja, ich weiß, ich suche schon seit Wochen danach. Ich habe eine kleine Lakshmi-Lampe.«

Sie stand vom Stuhl auf und verließ den Raum. Hauke sah Goldberg an und schüttelte ungläubig den Kopf. »Wie machst du das bloß?«, flüsterte er.

»Fingerspitzengefühl. Etwas, wovon du nicht übermäßig viel besitzt.«

»Sehr witzig.«

Schweigend warteten sie, bis die Yoga-Lehrerin zurückkam und Goldberg eine kleine Flasche mit einer goldgelben Flüssigkeit reichte.

»Danke, das ist wirklich sehr nett von Ihnen.«

»Alles ist mit allem verbunden«, erwiderte sie lächelnd.

Ja, da hatte sie wohl recht, dachte Goldberg und verabschiedete sich von ihr.

9

Der Kaffee war kalt, und die Kekse waren pappig. Peter legte das angebissene Stück zurück auf den Teller. Er hatte Hunger oder besser gesagt Appetit auf etwas, von dem er nicht wusste, was es war. Marion hatte dann immer versucht, ihm einen Apfel anzudrehen. Peter hatte es gehasst, wenn sie das tat. Inzwischen vermisste er es. Unentschlossen stand er auf und ging in die kleine Pantyküche des Reviers. In der Glaskanne mit dem Sprung schimmerte die braune Flüssigkeit. Es war nicht gut, dass er so viel Kaffee trank, aber er konnte auch nicht so recht damit aufhören. Wenn man wie er den ganzen Tag vor dem Rechner saß, musste er irgendetwas zu tun haben. Das Rauchen hatte er sich immerhin schon vor zwanzig Jahren abgewöhnt. Peter leerte die Kanne in den Ausguss und setzte wider besseren Wissens neuen Kaffee auf. Das Blubbern der Maschine beruhigte ihn. Wenigstens ein vertrautes Geräusch. Diese ganze Geschichte um Daniel Breitner hatte ihn in seinen Grundfesten erschüttert. Eine Beziehung mit einem

Minderjährigen, der mit Drogen dealte und eine sonderbare Vorliebe für Krähen hatte, war in seinen Augen sehr befremdlich. Überhaupt schien die Welt um ihn herum immer fremdartiger zu werden. Selbst Kophusen veränderte sich. Zugegeben, nicht auf dramatische Art und Weise, eher unmerklich. Das kleine Neubaugebiet am Ende der Straße, der jahrhundertealte Baum, der letztes Jahr gefällt werden musste, und nicht zuletzt die Schließung des winzigen Supermarkts. Vielleicht ist das so, wenn man älter wird, dachte er. Die Jugend zog twitternd, postend und wischend an einem vorbei. Er hatte den Anschluss längst verloren. Zu gern hätte er sich mit Marion darüber ausgetauscht. Sie war nur leider nicht mehr da. Auch eine Veränderung, mit der er sich noch immer nicht abfinden konnte. Etwas, das ihm auch nach drei Jahren fremd vorkam: allein zu sein.

Das Telefon klingelte. Fast froh über diese rüde Unterbrechung, nahm er das Gespräch an. »Revier Kophusen. Polizeiobermeister Brandt.«

»Hallo, Peter. Hier ist Magda.« Während der Name und die möglichen Konsequenzen, die er bedeute, den Weg zu seinem Gehirn suchten, sprach sie bereits weiter. »Du wunderst dich sicher, dass ich anrufe. Um ehrlich zu sein, wundere ich mich selbst auch.«

Peter versuchte, seine Stimme wiederzufinden, er räusperte sich. »Wie kann ich dir helfen?«

»Gar nicht.« Sie seufzte. »Wie geht es ihm?«

»Gut. Also er ist nicht krank oder so.«

»Ich verstehe. Er spricht nicht über mich?«

»Na ja, nicht direkt. Du kennst ihn doch. Er macht

einen Hehl aus seinem Gefühlsleben, und wir hier drängen uns auch nicht auf.«

»Es war dumm von mir anzurufen, entschuldige bitte. Ich lege jetzt auf.«

»Warte. Ist alles in Ordnung bei dir?«

Sie machte eine Pause, als suchte sie nach den richtigen Worten. »Er fehlt mir.«

»Dann ruf ihn an und sage es ihm.«

»So einfach ist das nicht, Peter.«

»Doch, genau so einfach ist das. Entweder willst du, oder du willst nicht. Mann, Magda, der ist doch völlig neben der Spur ohne dich.«

Sie lachte. Also so fremd konnte die Welt noch nicht sein, wenn er es fertigbrachte, eine schöne Frau zum Lachen zu bringen.

»Im Ernst, Magda, warte nicht zu lange. Philip ist ein hübscher Bursche, und er hat es verdient, jemanden an seiner Seite zu haben, der ihm ein bisschen Glück verspricht.«

»Ich weiß.«

Sie schwiegen.

»Hast du manchmal gezweifelt, Peter? An deiner Ehe, meine ich?«

Jetzt lachte er. »Jeden Tag. Aber weißt du, irgendwann habe ich eine Sache kapiert. Ich hab die ganze Zeit nur daran gedacht, ob ich so viel Glück überhaupt verdient hatte. Das ist der Unterschied. Also, finde heraus, woran du wirklich zweifelst. An ihm oder an deinem Glück.«

»Bitte sage ihm nicht, dass ich angerufen habe, ja?«

»Nur, wenn du mir versprichst, dich gefälligst zu beeilen. So ein Fisch wie Philip schwimmt nicht lange allein im Teich.«

»Versprochen.«

Sie verabschiedete sich. Peters Hand blieb einen Augenblick auf dem Hörer liegen. Der Anruf überraschte ihn. Er mochte sie, und bei einem Besuch bei Rosi hatten sie sich einen ganzen Abend lang unterhalten, aber dass sie ausgerechnet ihn anrief, irritierte ihn. Deshalb war es Ehrensache, dass er Philip nichts von ihrem Anruf erzählte. Er fragte sich, was sie davon abhielt, sich diesen Mann zu schnappen. Sie hatte ihn doch längst am Haken. Gab es irgendein Geheimnis? Einen anderen? Er schüttelte den Kopf. Zum Glück musste er solche Entscheidungen nicht mehr treffen. Das war wirklich ein Vorteil des Älterwerdens. Man wusste genau, mit wem man seine restliche Zeit verbringen wollte und mit wem nicht. Nur leider lag es nicht immer in der eigenen Hand, darüber zu entscheiden.

Jetzt brauchte er wirklich einen Kaffee. Nachdem er sich den Becher vollgeschenkt hatte, setzte er sich zurück an den Rechner und widmete sich wieder seinen Recherchen. Er wollte ja nicht mit leeren Händen dastehen, wenn Hauke wiederkam. Apropos Hauke, dachte er mit einem Mal, und schon war er wieder abgelenkt. Doch die E-Mail war schnell geschrieben. Friedrich würde zwar sehr verwundert und vielleicht auch ein wenig gekränkt sein, aber wenn Hauke es nicht hinbekam, sich eine ordentliche Frau zu suchen, musste er eben etwas nachhelfen. Friedrich würde das schon verstehen. Dann öffnete er den Browser.

Nach einer guten Stunde wurde er endlich fündig. Er hatte sich durch sämtliche Seiten über Krähen gequält, als er jetzt auf einen Zeitungsartikel aus dem Jahr 2010 stieß. Einen Bericht über einen gewissen Daniel B., der einen Verein zum Schutz der Krähen gegründet hatte. Bingo! Lautes Getöse erklang, doch Peter war das Geräusch des Druckers gewohnt und achtete nicht weiter darauf. Seine ganze Aufmerksamkeit galt einem Kommentar, der sich unterhalb des Artikels befand.

»Lass endlich das Mädchen in Ruhe!«, las er und stutzte. Stand Daniel nun auf Männer oder nicht? Verwundert klickte er auf den Usernamen, unter dem der Verfasser des Kommentars sich angemeldet hatte. »keinemachtdendrogen« nannte er sich. Mehr war nicht herauszubekommen. Mit wenigen Klicks landete er auf dem Impressum der Zeitung und schrieb sich die Nummer der Redaktion auf. Am anderen Ende meldete sich eine junge Frau, die ihm erklärte, dass es nicht so einfach sei, den oder die Verfasser/-in zu identifizieren. Man musste sich in dem Forum zwar mit seinen Daten registrieren, aber die konnten auch erfunden sein. Niemand überprüfte das. Außerdem war der Kommentar schon vor mehr als fünf Jahren gepostet worden. Sie machte ihm keine allzu großen Hoffnungen, versprach aber, sich darum zu kümmern und sich wieder bei ihm zu melden, sobald sie etwas in Erfahrung gebracht hätte. Peter bedankte sich und beendete das Gespräch.

»Das Mädchen? Du verarschst uns doch.« Hauke war nicht sonderlich begeistert von Peters Internetfund.

»Da hast du es schwarz auf weiß.« Peter deutete mit der Hand auf den Ausdruck, den er Hauke vor die Nase hielt.

Ungläubig starrte er auf das Blatt Papier. Da stand es tatsächlich. Hauke war in Rage. Diese Geschichte war für seinen Geschmack viel zu abgedreht. Dieser Yogafritze brachte Unruhe in ihren kleinen Ort. Dabei sollte Yoga doch genau das Gegenteil bewirken.

»Ganz ruhig, Magnum«, sagte Philip und warf Hauke einen Blick zu. »Kommen wir an die Daten?«

Peter berichtete ihm von dem Gespräch mit der Online-Redakteurin.

Hauke schnaubte. »Das gibt es doch nicht. Dann kann ich mich also auch mit Pippi Langstrumpf anmelden?«

Peter nickte. »Oder mit Wachtmeister Dimpfelmoser.«

»Was für eine verrückte Welt. Jeder Trottel kann heutzutage seine Meinung öffentlich posten, ohne auch nur die geringsten Konsequenzen befürchten zu müssen.«

»Schon mal was von freier Meinungsäußerung gehört?«, sagte Philip.

»Ja. Aber früher ging man dafür auf die Straße und zeigte sein Gesicht. Man versteckte sich nicht hinter idiotischen Fantasienamen. Feiges Pack.« Hauke spülte seinen Ärger mit einem Schluck Kaffee hinunter.

»Läuft die Fahndung?«, fragte Philip.

»Ist raus.«

»Gut. Dann müssen wir uns um das Umfeld von Daniel Breitner kümmern. Arbeit, Freunde, das ganze Programm.«

Hauke sah, wie Peter sich eine entsprechende Notiz

auf seiner Schreibtischunterlage machte. Er selbst dachte an die Ölprobe, die sie auf dem Rückweg von Sarah Klein in die Post gegeben hatten. Bruno Leiser würde sich frühestens morgen darum kümmern können. Der Rechtsmediziner machte für sie immer eine Ausnahme. Doch selbst wenn die Probe mit der aus Jens' Lampe übereinstimmte, hieß das lediglich, dass es das gleiche Öl war. Hauke glaubte nicht, dass die Substanz, die zu der Ohnmacht geführt hatte, auch in dem Öl von Sarah Klein enthalten war. Er traute ihr zwar nicht, aber warum sollten sie und der Yogafutzi ihr eigenes Geschäft sabotieren? Denn genau das hatten diese verdammten Entführungen zur Folge. Nach dieser ganzen Geschichte würde der Mann in Kophusen und Umgebung keines seiner gummiartigen Yogabeinchen mehr auf die Erde bekommen. Was eigentlich eine gute Sache war, fand er, das komische Ziehen in seinem Bauch ignorierend.

»Was ist mit den Kollegen in Marne?«, fragte Philip.

»Die waren zwar dort, aber keiner macht auf«, entgegnete Peter, der sich bereits heute Morgen darum gekümmert hatte.

»Und die Handy-Ortung?«

»Auch nichts. Ihr Gerät ist abgeschaltet.«

Angesichts der aussichtslosen Spurenlage schwiegen sie einen Moment.

»Und jetzt?«, fragte Hauke.

»Gute Frage.« Philip sah ihn ratlos an.

Das war ja ganz was Neues. »Was? Kein Gefühl, keine Intuition?«

Philip schüttelte den Kopf. »Ich ziehe mich zurück,

nachdenken.« Damit schloss ihr Chef die Tür seines Büros hinter sich und ließ die beiden allein.

»Was ist mit dem Schuppen, in dem Sohanraj das Kokosöl lagert?«, fragte Peter.

»Da hätte wirklich jeder reinkommen können. Die Tür hat nicht mal ein Schloss. Simon und Frank haben die Fingerabdrücke von den Flaschen genommen. Auswertung kommt nicht vor morgen.«

»Hat jemand die Fingerabdrücke von den anderen Patienten genommen?«

Hauke nickte. »Wo steckt dieser verfluchte Breitner bloß?«

»Vielleicht sollten wir eine Observierung beantragen?«

Hauke sah seinen Kollegen an, der den Gedanken gleich wieder fallen ließ. Sie waren hier nicht in Kiel oder Hamburg. Die Personaldecke war auch ohne diese verdammte Geschichte sehr dünn. Da würden sie schon selbst ihr Lager aufstellen müssen, und Hauke hatte wirklich keine Lust, sich die Nächte in seinem alten Jetta um die Ohren zu schlagen. Er hatte schließlich auch noch ein Privatleben.

»Das ist alles sehr mysteriös. Wer hat denn ein Interesse daran, diese Leute zu entführen?«, fragte Peter mehr sich selbst als seinen Kollegen.

»Es muss um den Yogafutzi gehen. Ich meine, wer entführt drei Leute aus den unterschiedlichsten Ecken der Republik? Die Wahrscheinlichkeit, dass der Täter sie alle kennt, ist ja wohl gleich null. Außerdem, woher soll er wissen, dass die alle hier bei uns in Kophusen sind?«

»Aber wenn es etwas mit Sohanraj zu tun hat, warum

wird er selbst nicht zum Opfer? Warum werden stattdessen die unschuldigen Patienten entführt?«

»Den hebt er sich bis zum Schluss auf. Ich sage dir, jemand will Sohanratsch fertigmachen. Der Täter ist im Umkreis von ihm zu finden. Da verwette ich meinen Arsch drauf.«

»Danke für das Angebot, aber den kannst du behalten.«

»Entschuldige, da verwette ich meinen rechten Arm drauf.« Demonstrativ hielt er seinem Kollegen den Arm unter die Nase.

»Ja, schon gut, ich hab's verstanden, Hauke.« Peter schob ihn von sich. »Dann müssen wir herausfinden, wer ein Motiv hat.«

»Endlich mal ein kluger Gedanke von dir«, sagte Hauke.

»Meinst du, dass er jemand in Indien verärgert hat?«

»Und der kommt dann extra nach Deutschland, um ihm hier in die Ayurveda-Suppe zu spucken?«

»Wer weiß.« Peter schien sich das vorzustellen, denn nach wenigen Sekunden schüttelte er energisch den Kopf. Hauke griff in die Schublade seines Schreibtisches und kramte sein Etui heraus. »Nicht schon wieder, Hauke. Hör bitte auf, ständig deine Fingernägel zu maniküren.«

Heute war Peter aber auch extrem empfindlich. »Ist dir'ne Horde Läuse über die Leber marschiert oder was?«, sagte Hauke, legte das Etui aber gehorsam zurück in die Lade.

»Nein, ich bin einfach nicht in bester Verfassung.«

Die beiden waren zwar befreundet, aber ihre Freundschaft beschränkte sich auf das Alltägliche und unbedingt Notwendige. Das Mitteilen ihrer Gefühle gehörte nicht dazu. Deswegen fragte Hauke auch nicht nach, aber immerhin speicherte er den Zustand seines Kollegen unter besorgniserregend ab und beschloss, ihn im Auge zu behalten. Vielleicht brauchte er einfach mal wieder eine Frau, überlegte Hauke. Ständig allein in diesem Haus, wo ihn alles an Marion erinnerte, konnte auf Dauer nicht gut sein. Peter war ein Mann, der etwas Dauerhaftes brauchte, eine echte Partnerin. Vielleicht hatte eine seiner Eroberungen eine alleinstehende Mutter, überlegte er. Seine Stimmung hellte sich auf. Die Idee war wirklich gut. Er würde eine Frau für Peter finden.

»Was grinst du denn so?«

Hauke schreckte auf. »Was?«

»Was du so grinst, will ich wissen.«

Hauke schüttelte sein weises Haupt. »Ich habe nur an einen alten Freund gedacht. Sonst nichts.«

Bevor Peter nachhaken konnte, trat Philip aus seiner Tür. Seinem Gesichtsausdruck nach zu urteilen, führte er etwas im Schilde. Hauke fand, sein Chef sah dann immer so aus, als habe man ihm die Augenbrauen an den Haaransatz getackert. Unglaublich, wie hoch er diese Dinger ziehen konnte.

»Mir kam gerade so ein Gedanke. Gibt es jemanden, der Sohanraj und seine Eltern von früher kennt?«

Hauke und Peter sahen ihn verwundert an. »Jemand, der uns vielleicht etwas über die Beziehung von Daniel und Sohanraj sagen kann? Jemand, der der Familie damals nahestand?«

»Soweit ich mich erinnere, lebten die Eltern ziemlich zurückgezogen«, sagte Peter.

»Haben sie sich gar nicht am Dorfleben beteiligt?«

»Nicht mehr als andere auch. Sie waren einmal im Jahr zu Weihnachten in der Kirche.«

»Was ist mit Bekannten?«

Peter überlegte einen Augenblick. »Nicht viele.«

»Warte mal«, unterbrach Hauke ihn. »Was ist mit Knuth? Der hat doch mit Hermann manchmal Skat gespielt.«

»Ja. Stimmt.«

»Wer ist Knuth?«, fragte Goldberg.

»Knuth Meister. Sörens Vater«, erklärte Peter.

»Wo finden wir den?«

»Der ist bestimmt in seiner Werkstatt.«

»Na dann los. Hier herumzusitzen und zu warten, dass Daniel Breitner hereinschneit, bringt uns kein Stück weiter.«

Hauke nahm den letzten Schluck aus seinem Becher und verließ mit Philip die Wache.

Der Parkplatz der Kfz-Werkstatt war voll. Deshalb parkten sie ein Stück weiter vorne und stiefelten an den vielen Autos vorbei in Richtung Büro. Sörens Firma war, abgesehen von ein paar Schraubern, die einzige in der Gegend und lief dementsprechend gut. Seit er sie von seinem Vater übernommen hatte, brummte sie. Sören war dazu übergegangen, einen kostenlosen Waschservice nach jeder Reparatur anzubieten, und das schien sich bezahlt zu machen.

»Moin, Hauke, habt ihr einen Termin?«, fragte Sören, als er aus der Halle trat und die beiden Männer kommen sah.

»Moin, Sören. Nee, wir suchen deinen Vater.«

Der Mechaniker blieb vor den beiden Polizisten stehen und musterte Philip. »Sie sind also dieser Kommissar aus Berlin«, stellte er fest.

»Goldberg. Philip Goldberg.«

Sie reichten sich die Hand.

»Und was wollt ihr von Vattern?«

»Nur ein paar Fragen zu einem Bekannten. Reine Routine«, erwiderte Hauke.

Der Mechaniker musterte sie skeptisch. Hauke kannte Sören, gemeinsam hatten sie ihre Schulzeit hinter sich gebracht. Sie waren nicht gerade Freunde gewesen, aber sie hatten sich respektiert. Sören war schon als kleiner Junge misstrauisch gewesen. »Er ist im Büro.« Sein Kopfnicken wies ihnen den Weg. Philip bedankte sich und ging schon voran. »Komischer Kauz«, murmelte Sören.

»Sieht nur auf den ersten Blick so aus. Der ist schwer in Ordnung. Hab ihm sogar das Leben gerettet.« Haukes Stimme schwoll vor Stolz an.

»Ja, habe ich gehört. Warst ja schon immer ganz patent.«

Sie nickten sich zum Abschied zu, und Hauke folgte seinem Chef.

Knuth Meister saß hinter dem Tresen des winzigen Empfangsraums und telefonierte. Er bedachte seinen Gesprächspartner mit einer patzigen Bemerkung, dann legte er auf. »Hauke, macht euer Streifenwagen wieder Probleme?«

»Ja, aber deswegen sind wir nicht hier. Hast du mal'ne Minute für uns?«

Knuth sah die beiden Männer misstrauisch an.

Wie der Vater, so der Sohn, dachte Hauke.

»Herr Meister, mein Name ist Philip Goldberg. Wir kennen uns noch nicht. Ich bin der neue Dienststellenleiter in Kophusen.« Sie reichten sich die Hand. »Wir ermitteln in einem mehrfachen Vermisstenfall. Vielleicht können Sie uns einen Hinweis geben, mit dem uns außerordentlich geholfen wäre. Wären Sie so freundlich, uns zu unterstützen?«

Knuths argwöhnischer Blick verwandelte sich in Erstaunen. Seine Mundwinkel gingen nach oben. »Per, lös mich mal kurz ab. Ich muss der Polizei helfen.«

Philip war ein Phänomen. Knuth Meister, der bärbeißigste Mensch im ganzen Ort, stand auf und bat sie mit einer fast schon einladenden Geste nach draußen. »Also, was kann ich für Sie tun?«, fragte er ernst.

»Herr Meister, Sie spielten doch regelmäßig Skat mit Herrn Mommsen, ist das richtig?«, fragte Philip und klang dabei, als handele es sich um eine verdammt geheime Ermittlung.

Knuth warf einen konspirativen Blick hinter sich und nickte.

»Können Sie uns ein wenig über ihn erzählen?«

Wieder dieser prüfende Blick, dieses Mal drehte er sich dabei fast um seine eigene Achse. »Hermann war ein guter Spieler. Und ein standfester Trinker. Wir haben uns manches Mal ganz schön abgeschossen.«

Hauke erinnerte sich an einen Abend, als das Wirtshaus seiner Schwester noch Jasper gehört hatte. Arm in Arm waren die beiden Männer lauthals singend in die Nacht getorkelt.

»Wenn wir einen zu viel im Tee hatten, hat er manchmal über seine Frau gesprochen. Ich glaube, er war nicht sehr glücklich. Aber deswegen verlässt man ja nicht gleich seine Familie. In unserer Generation wissen wir noch, was es heißt, Verantwortung zu haben. Diese Jungen haben doch kein Ehrgefühl im Leib.«

Philip nickte zustimmend. »Da haben Sie absolut recht, Herr Meister. Leider.« Er seufzte tief, als wüsste er genau, wovon ihr Gegenüber sprach. Dann, nach einer kurzen Pause, fuhr er fort: »Warum hatten Sie das Gefühl, dass er unglücklich war?«

Knuth überlegte einen Augenblick. Sämtliche Skepsis war von ihm gewichen. Die beiden Männer waren jetzt Verbündete im Kampf gegen den Rest der Welt. Hauke schüttelte innerlich den Kopf und unterdrückte jeglichen Kommentar.

»Einmal hat er sich heftig über seinen Sohn Ralf beklagt. Die hatten wohl ziemliche Schwierigkeiten miteinander. Hat ihn einen Tagträumer genannt, aus dem nichts Anständiges wird. Und wenn Sie mich fragen, hat er ja recht behalten. Sehen Sie sich diesen Verrückten doch an! Trägt Weiberröcke. Und was der aus seinem Elternhaus gemacht hat.«

»Und die Mutter?«

»Eine ruhige Frau.«

»Haben Sie damals auch den Pflegesohn kennengelernt?«

»Den Daniel? Ja und ob. Ein Halunke vor dem Herrn. Hatte nur Mist im Kopf. Hermann hat jedes Mal geflucht, dass sie ihn überhaupt bei sich aufgenommen haben. Aber nachdem der Ralf so eine Enttäuschung war und die Elfi ihn wohl belatschert hatte, haben sie es halt versucht. Aber der Junge war ein Fluch, kein Segen. Hat alles geklaut, was nicht niet- und nagelfest war. Und mit Drogen soll er gehandelt haben. War klar, dass der Ralf und er sich so gut verstanden haben. Hockten wohl immer zusammen und heckten krumme Dinger aus.«

»Krumme Dinger?«, mischte sich Hauke ein.

»Das hat der Hermann jedenfalls gesagt. Einmal habe ich die beiden gesehen, wie sie tote Tiere von der Straße gekratzt haben.«

»Tote Tiere? Was haben sie damit gemacht?«, fragte Hauke.

»Verbuddelt. Die haben damals immer in der Nähe der Dücker Mühle herumgelungert. Da war auch immer so ein rothaariges Mädchen dabei. Die kannte ich aber nicht. Habe die drei jedenfalls dort ein paarmal gesehen, als ich Probefahrten mit Autos gemacht habe. Weiß der Teufel, was sie da getrieben haben.«

Hauke horchte auf. »Weißt du, wie alt das Mädchen war?«

Knuth schüttelte den Kopf. »Die muss eher im Alter von dem Daniel gewesen sein.«

»Herr Meister, ich wünschte, wir hätten mehr solche Zeugen wie Sie. Sie haben uns wirklich sehr geholfen! Wenn Ihnen noch etwas einfallen sollte, zögern Sie nicht und rufen mich direkt an.« Philip gab ihm seine Karte.

Knuth entlockten die Worte sogar ein schiefes Grinsen. »Nix für ungut«, sagte er und tippte dabei an seine Mütze, bevor er zurück in das Büro marschierte.

Erst als sie im Streifenwagen saßen, fiel Hauke die defekte Klimaanlage wieder ein. Er hatte doch einen Werkstatttermin ausmachen wollen. Egal, der musste warten. Über Funk gaben sie Peter Bescheid, dass sie kurz bei der heruntergekommenen Gaststätte Dücker Mühle haltmachten. Sie lag auf dem Rückweg, oben an der Kreuzung nach Krempe. Hauke beschlich ein ungutes Gefühl bei dem Gedanken, dass die Jungen sich häufig dort herumgetrieben hatten. Es war ein nahezu perfektes Versteck, in dem man völlig ungestört sein konnte.

10

Goldberg war an dem Gebäude schon ein Dutzend Mal vorbeigefahren, und jedes Mal hatte er gedacht, wie schade es war, dass die Gaststätte nicht mehr betrieben wurde. Magda und er hatten sogar die Idee gehabt, das Gasthaus zu renovieren und wieder aufleben zu lassen. Aber das hatten sie schnell verworfen, Rosi hätte angesichts dieser Konkurrenz kein Wort mehr mit ihnen geredet. Als Knuth Meister die Dücker Mühle erwähnt hatte, war es Goldberg so vorgekommen, als hätten sie eine Spur entdeckt. Selbst Hauke hatte aufgehorcht.

»Warst du da mal drin?«, fragte Goldberg.

»Ja, früher, als da noch wilde Partys stattfanden. Legendär, sage ich dir.«

»Und jetzt?«

»Steht seit ewigen Zeiten leer und verrottet vor sich hin.«

»Ein ziemlich guter Schlupfwinkel.«

»Ja. Daran habe ich auch gedacht.«

Hauke parkte den Wagen absichtlich in der Sackgasse

auf der anderen Straßenseite. Die beiden wechselten einen kurzen Blick und stiegen aus. Goldberg bedeutete mit einem Kopfnicken, dass sie sich aufteilen sollten. Hauke nickte und schlich dicht an der gelben Hauswand zum Eingang entlang. Der Kommissar trat auf das Gebäude zu. Es war still. Nur das Knirschen seiner Schritte im Schnee war zu hören. Er spähte durch die schmutzigen Fenster in einen kleinen Raum, in dem das Mauerwerk an einigen Stellen freigelegt worden war. Sein Blick blieb an zwei Farnen hängen, die munter aus dem Boden wuchsen. Plötzlich nahm er eine Bewegung aus dem Augenwinkel wahr. Irgendetwas hatte sich da drinnen bewegt. Goldberg formte seine Hände zu einem Trichter, durch den er besser sehen konnte. Er spürte das kalte Glas an seinen Fingern.

»Philip?«

Goldberg fuhr zusammen und wandte sich ruckartig um. Hauke stand mit gezogener Waffe vor ihm. »Willst du mich umbringen?«

»In einem der seitlichen Fenster ist ein riesiges Loch, als wäre da jemand eingestiegen.«

Goldberg hob die Augenbrauen. »Wir gehen rein.«

»Sollten wir nicht Verstärkung anfordern?«

Der Kommissar schüttelte den Kopf. »Dazu ist keine Zeit. Bei dem Schnee dauert das ewig. Außerdem wird es bald dunkel. Dann sehen wir nichts mehr.« Er zog seine Dienstwaffe aus dem Halfter. »Wo können wir rein?«

Das ließ Hauke sich nicht zweimal sagen. Er ging voraus und führte sie auf die andere Seite des Gebäudes, zu einer Art Terrasse. Mit einem kräftigen Tritt vergrö-

ßerte er das Loch. Goldberg atmete geräuschvoll ein.
»Sehr diskret, Hauke.«

»Willst du dich lieber reinbeamen? Nur zu«, erwiderte Hauke unbeirrt.

Vorsichtig stiegen sie ein. Ein muffiger Geruch schlug ihnen entgegen. Goldberg musste unwillkürlich an den Dachboden von Hilde Deterding denken. Ein leichter Schauer lief ihm den Rücken herunter. Nicht jetzt, dachte er und ließ seinen Blick durch den Saal wandern, den sie gerade betraten. Zwei gefüllte Müllsäcke lehnten an der Wand, der Rest lag noch aufgerollt auf einem der Tische. Es sah gespenstisch aus, als hätten die Handwerker fluchtartig ihren Arbeitsplatz verlassen. Als er den Fußboden in Augenschein nahm, verstärkte sich dieses Gefühl. Er stieß Hauke an.

»Guck dir das an«, flüsterte er und deutete auf eine Stelle ein paar Meter von ihnen entfernt.

»Scheiße.«

»Im wahrsten Sinne des Wortes.«

Neben verstreuten Camping-Utensilien war der Boden an einigen Stellen mit Vogelkot übersät.

»Die Scheißbiester haben sich hier einquartiert.«

Ein Geräusch ließ sie aufhorchen. Es hatte wie ein Scharren geklungen. Zeitgleich setzten die Männer sich in Bewegung und durchquerten den großen Saal, die Waffen schussbereit angewinkelt. Wenn hier jemals Vögel gehaust hatten, waren sie inzwischen verschwunden. Der Kotteppich war verkrustet. Sie gelangten in den kleinen Raum, den Goldberg von draußen bereits gesehen hatte. Die Stützbalken an der Decke waren mit einer ätzenden schwarz-weißen Masse bedeckt.

»So eine verdammte Sauerei. Wie viele von diesen Scheißviechern müssen das gewesen sein?«

Der übernächste Raum war deutlich kleiner. Als Goldberg durch den Türrahmen trat, stockte er plötzlich. Sein Blick blieb an der gegenüberliegenden Wand hängen. Hauke war ebenfalls abrupt stehen geblieben, und sie starrten beide auf eine Stelle an der Wand. Jemand hatte die Tapete sorgfältig entfernt und den Putz großflächig freigelegt. Es fehlte nur noch ein Scheinwerfer, der den Kopf, der dort hing, gebührend zur Geltung brachte. Entgeistert betrachteten die beiden Polizisten das Kunstwerk, dessen Anblick ihnen fast den Atem nahm.

»Oh heilige Scheiße«, entfuhr es Hauke.

Für einen langen Augenblick standen sie reglos da, wie Reiher, die auf Beute warteten. Dann ging Goldberg langsam auf die Wand zu. Die Augen, die ihm entgegenstarrten, kannte er gut. Sie hatten ihn schon einige Mal prüfend angesehen. Meistens jedoch hatten sie ihn angelächelt. Jetzt starrten sie leblos ins Leere.

11

Als Peter Brandt die Nachricht aus der Dücker Mühle erreichte, hatte er sich, entgegen seiner polizeilichen Pflichtauffassung, sofort auf den Weg gemacht. Er hatte gerade noch daran gedacht, die Rufumleitung der neuen Telefonanlage auf sein Diensthandy einzuschalten und die Tür abzuschließen. Nun stand er wie Hauke vor der Wand in dem alten Gasthaus. »Das ist schon unheimlich«, sagte er. »Habt ihr der Spusi Bescheid gegeben?«

»Ja, aber Frank sagte, sie können erst morgen kommen«, erwiderte Hauke, der neben ihm stand.

»Und du denkst, Daniel hat hier gehaust?« Peters Blick strich über das Campinggeschirr, das überall verteilt lag.

»Wer sonst? Der Kopf an der Wand spricht ja wohl für sich selbst, oder?«

»Was meint Philip?«

Hauke drehte sich um, aber ihr Chef war nirgends zu sehen. »Hat sich noch nicht geäußert.«

»Wo steckt er?«

»Keinen Dunst. Wollte sich noch weiter umschauen.«

Peter trat etwas näher an den Kopf und streckte den Arm aus. Behutsam strich er mit den Fingern über Wange, Nase und Lippen. »Wirklich gut gemacht. Wer auch immer das gemalt hat, ist ein Künstler. Sieht dem Original wirklich zum Verwechseln ähnlich«.

»Ja. Aber auch ein künstlerisch begabter Psychopath bleibt ein Psychopath.«

Peter verzog das Gesicht zu einer Grimasse. »Ich mache vorsichtshalber ein paar Fotos.« Er nahm das überdimensionale Portrait aus allen Perspektiven auf. »Der Mann muss besessen sein. Schau dir diese Details an. Selbst das kleine Muttermal auf der Stirn hat er nicht ausgelassen.«

»Woher weißt du, das Sohanratsch ein Muttermal auf der Stirn hat?«

»Ich achte eben auf meine Mitmenschen, Hauke.«

»Ja, ja, und ich bin ein unaufmerksamer Trampel, ich weiß. Mal im Ernst, sollen wir Sohanratsch davon erzählen?«

»Das müssen wir sogar«, erklang es hinter ihnen, sodass beide Männer sich erschrocken umdrehten. Philip kam mit großen Schritten auf sie zu. »Vielleicht überzeugt ihn das endlich, dass er in Gefahr ist.«

Als er die beiden Männer erreicht hatte, sah Hauke, dass ihr Chef etwas in der Hand hielt. »Was ist das?«, fragte er vorsichtig.

»Das habe ich auf der Toilette gefunden.«

Hauke rümpfte die Nase. Klopapier war jetzt nichts wirklich Überraschendes auf einem Klo.

Philip schien zu begreifen. »Das ist kein normales

Toilettenpapier.« Er hielt den beiden Männern die Rolle entgegen. »Das ist eine besondere Edition, Hauke. Gespickt mit Sprüchen von Toni Polster.«

Woher kannte Philip denn Toni Polster? Der hatte doch mit Fußball so viel am Hut wie er mit Büchern.

»Besonders gut gefällt mir der hier: ›Ein Denkmal will ich nicht sein, darauf scheißen ja nur die Tauben.‹«

Hauke nahm die Rolle entgegen. Tatsächlich. Er hatte über die Sonderedition damals in der Zeitung gelesen. »WM 2008. Gab es meines Wissens aber nur in Österreich.«

»Und wie kommt die hierher?«, fragte Peter.

»Gute Frage«, entgegnete Philip. »Übrigens habe ich gefunden, was sich hier ständig bewegt hat.«

»Ach, und was?«

»Hinter dem Tresen im Gastraum hat eine Katze Junge geworfen. Ganz süß, die Kleinen.«

»Die muss ich sehen!«, rief Peter und rauschte an ihnen vorbei.

»Der mit seinem Tierfimmel. Würde mich nicht wundern, wenn er gleich den ganzen Wurf einpackt.« Hauke blickte auf das Klopapier. »Und jetzt?«

»Es wird dunkel, hier können wir nichts mehr tun. Außerdem haben wir ja noch etwas vor.«

Hauke fiel seine Mutter wieder ein. Als sie den Gastraum betraten, konnten sie Peter zwar nicht sehen, aber er war laut und deutlich zu hören. Sein ununterbrochenes »Miez, Miez, Miez« ging Hauke gehörig auf den Zeiger. Aber als Peter eine weitere Oktave höher ein »Musch, Musch, Musch« von sich gab, platzte ihm der

Kragen. »Peter, bitte tu mir den Gefallen. Benimm dich verdammt noch mal wie ein erwachsener Mann!«

Kurz darauf tauchte Peters Kopf hinter dem Tresen auf. Sein verzückter Gesichtsausdruck war nicht zu übersehen.

»Peter«, rief Hauke entnervt, wohl wissend, was jetzt kommen würde. Aber da irrte er sich gründlich. Denn nicht nur der Rest von Peters Körper erschien, sondern mit ihm auch die vier grünen Äuglein eines winzigen Fellknäuel-Pärchens, dessen Anblick Hauke wie aus dem Nichts schachmatt setzte. Und bevor sich sein Verstand wieder einschaltete, entfuhr ihm ein Laut, der ihn selbst am allermeisten überraschte. In einer äußerst bedenklichen Tonlage, viel zu hoch für einen gestandenen Mann, klang es wie ein kieksender Seufzer. Hauke war für einen Augenblick nicht Herr seiner Sinne. Diese beiden Kreaturen lösten in ihm so etwas wie einen anaphylaktischen Schock aus.

Peter, in der gleichen Verfassung, streichelte den beiden Kätzchen zärtlich über das Köpfchen, und die gaben ihm mit einem lauten Schnurren zu verstehen, bloß nicht aufzuhören. »Die sind so winzig«, rief er verzückt.

Seine quietschende Tonlage wirkte auf Hauke wie ein Gegenmittel, und er zog den bereits ausgestreckten Arm rasch wieder zurück. Trotzdem konnte er die Augen nicht von den beiden Findlingen lassen. Nur Philip schienen die kleinen Katzen bloß mäßig zu interessieren. Hauke räusperte sich, um sicherzugehen, dass seine Stimme das gewohnt männliche Timbre zurückgewonnen hatte. »Sind da noch mehr?«

»Ja, eines. Aber vorsichtig, es saugt gerade bei der Mutter.«

Auf Zehenspitzen umrundete Hauke den Tresen und ging vor der kleinen Katzenfamilie buchstäblich in die Knie. Das dritte Katzenbaby war schwarz und noch etwas kleiner als die anderen beiden. Die Mutter war grau-weiß mit einigen braunen Farbtupfern. Sie schien ziemlich mollig unter dem dicken Winterfell zu sein.

»Die dürfen wir nicht hier in der eisigen Kälte lassen«, sagte Peter.

»Meinst du, wir können die einfach einpacken?«

»Wieso nicht? Wenn sie jemandem gehören würden, wären sie nicht hier.«

Hauke nickte. Die beiden Kätzchen in Peters Arm schmiegten sich wie selbstverständlich an ihn. Eines der beiden war grau getigert und das andere schwarz mit weißen Pfötchen und weißer Nase.

»Die sind zu drollig«, sagte Peter und kraulte das schwarze hinter seinem winzigen Ohr. »Wir sollten die drei zusammenlassen. Auf jeden Fall, solange sie noch gesäugt werden.«

Jetzt mischte sich Philip ein. »Bringen wir sie doch zu Rosi.«

»Geht das in Ordnung?« Peter sah Hauke fragend an.

»Meine Schwester wird sie auffressen, wenn wir sie nicht davon abhalten. Also, lass uns die vier einpacken.«

Als Hauke vorsichtig die Hand nach der Mutter ausstreckte, erklang ein scharfes Fauchen. Blitzschnell zog er sie wieder zurück. »Elendes Mistvieh. Wir wollen dir doch nur helfen.«

»Das weiß sie aber nicht«, bemerkte Philip und kam

um den Tresen herum. Die Katzenaugen der Mutter funkelten angriffslustig. »Hauke, nimm du das Junge.«

Hauke sah auf. »Spinnst du? Das verfluchte Tier zerkratzt mir doch die Hände.«

Philip griff in seine Jackentasche und reichte Hauke die Kalbsleder-Handschuhe. »Hier.«

Während Hauke die Handschuhe überstreifte, zog Goldberg seinen Mantel aus.

»Sehr dick sind die nicht, was ist, wenn das Viech die durchbeißt. Ich will keine Blutvergiftung haben.«

»Um die Mutter kümmere ich mich. Also los!«

Hauke griff langsam nach dem Katzenbaby. Die Mutter fauchte, bewegte sich aber nicht. Als er das Junge berührte, gab es ein herzzerreißendes Maunzen von sich. Das kleine Knäuel machte keine Anstalten, sich zu wehren, aber die Mutter fuhr plötzlich hoch. Auf Krawall gebürstet, verpasste sie Hauke einen heftigen Schlag mit der Pfote.

»Siehst du! Die Kratzbürste lassen wir gefälligst hier.«

Goldberg nutzte die Gelegenheit und warf sich blitzschnell mitsamt seinem Mantel über das wütende Tier. Die Katze fauchte und schrie. Aber Goldberg hatte mit wenigen Handgriffen einen Sack geformt, den er oben zuhielt.

»So. Jetzt aber schnell raus hier«, sagte er und stand auf.

Die drei Retter eilten aus der Dücker Mühle, als stünde sie in Flammen, begleitet von leise klagendem Miauen und wildem Fauchen.

Als sie bei Rosi ankamen, hatten die vier Findlinge bereits alle einen Namen. Die Mutter hatten sie Hilde getauft, angelehnt an ihren letzten Fall. Hilde Deterding war zwar keine Löwenmutter, aber sie war ebenso kratzbürstig wie das Tier, das sie gefunden hatten. Dem Getigerten gab Peter den Namen Flöckchen, was Hauke mit einem »Der Kater ist gestreift«, kommentierte. Peter ließ sich jedoch nicht beirren und taufte das schwarze Kätzchen Murle.

Hauke entschied sich für einen weniger traditionellen Katzennamen und nannte seinen Schützling White Sock, was in Goldbergs Ohren eher nach einem Häuptling der Sioux klang als nach einer Katze mit vermeintlich weißen Strümpfen. Aber er schwieg. Seine Begeisterung für diese Tiere hielt sich in Grenzen. Im Gegensatz zu Rosi, die beim Eintreten der Männer sofort sämtliche Register ihrer Fürsorge zog. »Und wer ist das?«, fragte sie und deutete auf den sackförmigen Mantel.

Goldberg gab ihr bereitwillig Auskunft in der Hoffnung, dieses wilde Tier schnellstmöglich loszuwerden.

»Bringt sie alle hier herein.« Sie öffnete die Tür zu einer kleinen Kammer, die offensichtlich einmal als Garderobe benutzt worden war. Überall hingen noch Haken. Ein Überbleibsel aus der Zeit, als hier noch offiziell geraucht werden durfte. Sie nahm das einzige Kleidungsstück, eine dicke Wolljacke, vom Haken und legte sie auf den Boden. »So, etwas zu essen gibt es gleich.«

Sie warf den Männern einen auffordernden Blick zu, und ihr Bruder gehorchte als Erster. Er ließ White Sock herunter, der wieder ein kläglichstes »Miau« von sich gab. Peter tat das Gleiche mit den beiden anderen, und die drei Geschwister stupsten sofort ihre Köpfchen aneinander. Peter geriet schon wieder ins Schwärmen.

»Und jetzt die wilde Hilde. Jungs, geht mal raus.« Rosi scheuchte die beiden Männer zurück in den Gastraum und gab Goldberg den Vortritt. Der bückte sich und setzte das Tier vorsichtig auf dem Boden ab. Dann wartete er, bis auch Rosi zurückgetreten war, und ließ die Katze aus dem Sack. Fauchend befreite sich Hilde aus dem Wirrwarr des Innenfutters und schoss in die Deckung eines alten Paars Schuhe in der gegenüberliegenden Ecke. Ihr buschiger Schwanz ragte hinter den Winterstiefeln hervor. Ihre weitaus weniger misstrauische Brut folgte ihr maunzend.

»Ich bastle schnell ein Katzenklo, und dann können die sich erst mal beruhigen.« Rosi schloss die Tür hinter ihnen. Sie drehte sich zu ihren Gästen um.

Bärbel Thomsen stand am Tisch und grinste. »Ihr drei seid mir ja ein schöner Haufen Männer. Weich wie Butter.«

»Philip, das ist meine Mutter, Bärbel«, erklärte Rosi. »Mama, das ist Philip Goldberg. Ihr könnt euch ja schon mal beschnuppern, ich kümmere mich um die neuen Hausgäste. Heute komme ich mir vor wie in dem Film Die Muppets feiern Weihnachten. Wer führt die Weihnachtsgeschichte auf?« Ohne eine Antwort abzuwarten, verschwand Rosi lachend durch die Tür neben dem Tresen.

Förmlich streckte Goldberg Bärbel Thomsen die Hand entgegen.

»Komm bloß nicht auf die Idee, mich zu siezen«, sagte sie und war kurz davor, den Kommissar an sich zu drücken. Doch Goldberg zuckte zurück, sodass sie sich besann. Sie hatte einen kräftigen Händedruck.

»Schön, Sie ... ich meine, dich kennenzulernen«, sagte er etwas verlegen.

»Gleichfalls. Hab schon viel von dir gehört.«

Goldberg warf Hauke, der sich bereits an den Tisch gesetzt hatte und ihm mit dem Bierglas seiner Mutter zuprostete, einen fragenden Blick zu.

»Keine Sorge, Philip. Hauke-Maus spricht nur gut von dir.«

Hauke verzog das Gesicht zu einer Grimasse. »Mama, das ist mein Chef.«

»Das weiß ich und so ein schmucker dazu.« Sie stieß einen leisen Pfiff aus und gab seine Hand frei. Dann drehte sie sich um und breitete die Arme aus. »Ach Peter, es tut gut, dich zu sehen.«

Peter ging einen Schritt auf sie zu und ließ sich bereitwillig an den mächtigen Busen drücken. Die beiden schienen sich sehr zu mögen.

»Warum findet Hauke-Maus keine vernünftige Frau, kannst du mir das vielleicht erklären?« Doch ehe Peter antworten konnte, redete sie schon weiter. »Aber wen frage ich da?« Sie lockerte ihre Umarmung und sah Peter tief in die Augen. »Du brauchst auch wieder jemanden!«

Sie entließ Peter aus ihren kräftigen Armen und setzte sich zurück an den Tisch, wo Hauke seinem ersten Bier entgegenfieberte. Wie aufs Stichwort kam Rosi herein. »Fozzy-Bär, du siehst doch, ich kann gerade nicht, kümmere dich mal um die Getränke.«

Ein mit Sand gefüllter Karton klemmte unter ihrem rechten Arm, und in ihrer linken Hand jonglierte sie mit zwei Dessertschüsseln. In der einen drohte jede Sekunde die Milch überzuschwappen, und in der anderen hatte sie einen ordentlichen Schlag ihrer legendären Bolognese-Soße getan. Die Katzen konnten sich glücklich schätzen.

Hauke stand auf. Auch wenn Rosi so großzügig getan hatte, ihr Tresen war ihr Heiligtum, das man nur auf ihre ausdrückliche Anweisung hin betreten durfte. Goldberg öffnete vorsichtig die Tür der Kammer, und Rosi schlüpfte hindurch.

»Philip, setz dich zu uns«, rief Bärbel und winkte ihn herbei. »Wenigstens du hast eine Frau, oder? Erzähl mir von ihr.«

Goldberg schnürte sich die Kehle zu. Das Lächeln, das er sich abrang, kostete ihn einiges an Kraft.

»Mama, kannst du nicht ein Mal den Mund halten?«, ermahnte Hauke seine Mutter von der Zapfanlage aus.

Selbst Peter legte Bärbel die Hand auf den Arm, um ihr zu signalisieren, dass es kein geeignetes Thema war. Goldberg war gerührt. Er hängte seinen geschundenen Mantel über den freien Stuhl. »Später vielleicht. Wie geht es den beiden Pensionsgästen?«, fragte der Kommissar.

»Die sind ein bisschen durch den Wind. Haben sich auf ihre Zimmer zurückgezogen«, erwiderte Bärbel ungerührt.

»Ich werde mal nach ihnen sehen und komme dann gleich wieder zu euch.«

»Immer im Dienst, Herr Hauptkommissar?«

Goldberg machte eine entschuldigende Geste und ging durch dieselbe Tür, durch die Rosi zuvor verschwunden war, dankbar über diese Fluchtmöglichkeit.

Während Hauke ihnen ein Bier zapfte, unterhielten die drei sich angeregt über die Damenwelt in Kophusen. Peter gab einen Bericht von dem unfreiwilligen Date mit Greta Jansen zum Besten, dem er unter lebensbedrohlichen Umständen zugestimmt hatte. Bei ihrem letzten Fall im Sommer war Goldberg auf die glorreiche Idee gekommen, eine Urne auf dem hiesigen Friedhof auszugraben, was natürlich illegal war, und da Greta sie fast entdeckt hätte, musste Peter beherzt handeln.

Bärbel lachte begeistert auf. »Und wie war das Date?«, fragte sie.

»Es war einer der schrecklichsten Abende meines Lebens.«

»Warum?«

»Du glaubst nicht, was sie an dem Abend trug«, sagte er.

»Lass mich raten, ein tief dekolletiertes Abendkleid?«

»Nein. Schlimmer.«

»Ein Negligé?«

»Noch schlimmer.«

Haukes Mutter war ratlos. Was konnte denn noch schlimmer sein? Peter warf seinem Kollegen einen verschwörerischen Blick zu. Der stand grinsend am Tresen und zapfte selig das dritte Bier.

»Spann mich nicht auf die Folter, Peter«, rief sie und schlug ihm dabei sanft auf den Arm. »Was hatte die Dame an?«

»Sie trug eine Schürze.«

Bärbel runzelte die Stirn. »Ja, und? Sie hat dich doch bekocht oder nicht?«

Peter genoss die Spannung sichtlich. Er schnappte sich noch ein paar Nüsse aus der Schale, die auf dem Tisch stand, und kaute eine gefühlte Ewigkeit, eher er endlich mit der Sprache herausrückte. »Ja, eine Schürze ist nicht ungewöhnlich, da gebe ich dir recht. Aber normalerweise trägt man ja noch etwas darunter, oder?«

Bärbel riss die Augen auf. »Nein«, quietschte sie ungläubig und schlug ihre Hand vor den Mund.

»Doch, wie Gott sie schuf.«

»Das ist ja …«

»Du kannst dir nicht vorstellen, wie entsetzt ich war.«

Hauke lachte laut auf. »Besonders, als sie sich umdrehte und ihm den blanken Arsch präsentierte.«

»Hauke!«, rief seine Mutter streng und warf ihm einen strafenden Blick zu.

»Was denn? Ich lade keine Frauen zu mir nach Hause ein und laufe dann splitterfasernackt durch meine Bude.«

»Ein bisschen mehr Respekt, bitte«, erwiderte sie.

»Und was ist mit ihr? Das ist ja wohl auch etwas respektlos gegenüber dem armen Mann, oder?«

»Wie hast du denn reagiert?«, fragte Bärbel fast flüsternd.

Peter war damals fassungslos gewesen und dementsprechend unfähig, eine Entscheidung zu treffen. Also war er ihr ins Haus gefolgt und hatte sich an den gedeckten Tisch gesetzt. In seinem ganzen Leben hatte er sich noch nie so unwohl gefühlt. Er wollte sie ja nicht vor den Kopf stoßen, aber was um alles in der Welt hatte sie sich dabei gedacht? Oder war das für sie völlig normal? Aber selbst wenn man zu Hause nackt herumspazierte, tat man das doch nicht vor Nachbarn, die man kaum kannte. Da Peter ein sehr höflicher Mensch war, blieb er und tat so, als wäre nichts Ungewöhnliches geschehen. Sogar den Kaffee nach dem Essen lehnte er nicht ab. Und er musste zugeben, dass das Essen hervorragend gewesen war. Es schmeckte ein wenig exotisch, was durch die unaussprechlichen Gewürze erklärt wurde. Greta hatte ihm alle gezeigt, und Peter hatte seitdem eine Vorliebe für Zitronengras. Über ihren Aufzug verlor sie kein einziges Wort, auch benahm sie sich wie immer. Als er ihr Haus unter dem Vorwand, müde zu sein, endlich verlassen konnte, war er zutiefst verstört. Auch ihre Reaktion danach hatte ihn noch lange begleitet. Denn wenn sie sich seitdem über den Weg liefen, hatte sie nur noch einen freundlichen Gruß für ihn übrig. Was ihn nicht sonderlich störte, aber dennoch befremdete. Hatte er etwas falsch gemacht? Was hatte sie mit ihrem Aufzug bezweckt? Peter wusste es nicht, und er war zu peinlich berührt, um sie darauf anzusprechen. Ein Gutes hatte dieser Abend jedoch gehabt: Ihre unliebsamen Avancen ihm gegenüber hatten ein abruptes Ende gefunden. Philip hatte es damals mit zwei Sätzen kommentiert: »Du hast ihr Angebot abgelehnt. Sei froh, dass sie nicht nachtragend ist.«

Bärbel starrte ihn immer noch ungläubig an. »Eine bemerkenswerte Frau«, sagte sie.

»Ja, irgendwie schon«, erwiderte Peter.

Hauke servierte ihnen ihr Bier und hob sein Glas. »Auf Greta Jansen, möge sie den passenden Mann finden!«

Sie prosteten sich zu und tranken den ersten Schluck, als Rosi aus der Kammer trat.

»Die sind wirklich putzig. Wollt ihr sie behalten?«

»Na klar«, rief Hauke sofort.

»Ich rufe morgen den Tierarzt Holthusen an, der soll sich die mal anschauen.«

Rosi setzte sich zu ihnen an den Tisch. »Wo ist Philip?«

»Kümmert sich um deine Gäste«, sagte Hauke und nahm neben ihr Platz.

Goldberg war ins Freie getreten. Er brauchte frische Luft. Bärbels Bemerkung hatte ihn kalt erwischt. Nachdem er vergeblich versucht hatte, seinen Freund Jens zu erreichen, und auch bei ihm zu Hause keiner abnahm, starrte er auf sein Telefon. Sollte er Magda anrufen? Warum meldete sie sich bloß nicht? War ihre gemeinsame Zeit nur ein Irrtum, eine Brücke aus ihrer desolaten Ehe gewesen oder, schlimmer noch, die Brücke dorthin zurück? Haukes Lachen drang von drinnen zu ihm. Für einen kurzen Moment bereute er, dass er nach Kophusen gekommen war. Dieser Ort hatte nicht nur alte Wunden aufgerissen, dazu hatte er eine tolle Frau verloren, und nun war auch noch sein bester Freund verletzt. Lastete etwa ein böser Fluch auf ihm? Unentschlossen ließ er das Handy zurück in die Hosentasche gleiten. Solche Gedanken waren absurd, niemand wusste das besser als er. Denn das hatte ihn sein Aufenthalt in Kophusen immerhin gelehrt: Es war möglich, sich selbst zu verzeihen, und niemand wurde für seine vermeintlichen

Sünden vom Leben bestraft. Dafür sorgte man schon selbst. Muriels Tod würde auf ewig ein schwarzes Loch in seiner Seele hinterlassen. Auch wenn er begriffen hatte, dass es nicht seine Schuld gewesen war – ein Gefühl des stummen Selbstvorwurfes blieb. Es war leichter, anderen Menschen zu verzeihen als sich selbst. Seine Gedanken wanderten zurück zu Magda. Er war unsicher, ob er ihr die Zeit geben sollte, die sie verlangte, oder ob er das ignorieren und um sie kämpfen sollte. Vielleicht sollte er Georg, ihren Ex-Mann, anrufen? Nein, er schüttelte den Gedanken sofort wieder ab. Eine Frau wie Magda würde das als Verrat empfinden. Aber was dann? Er war es leid, zu warten und darauf zu hoffen, dass sie sich zum Schluss für ihn entschied.

Goldbergs Blick fiel auf die eingeschneite Holzbank. Noch vor vier Monaten hatten sie hier zusammengesessen und ein Glas Wein getrunken. Er sah sie vor sich in dem blauen Sommerkleid. Die Haare im Nacken zusammengebunden. Ihr Lachen noch im Ohr, begriff er plötzlich, dass er diese Frau liebte. Schlicht und einfach. Sie hatte ihm nicht nur durch die schwere Phase geholfen, sie hatte ihn auch wieder zum Lachen bringen können. Ihre gemeinsame Zeit hatte er genossen, und er wollte, dass das weiterging, sich tiefer entwickelte und nicht sang und klanglos im Erdboden versickerte.

»Komm schon«, sagte er leise und griff erneut nach seinem Telefon.

Es klingelte ungefähr fünfmal, und Goldberg hatte schon das Gefühl, sie würde seinen Anruf wegdrücken, aber nach dem sechsten Mal vernahm er endlich das erlösende Klicken. Sein Adrenalin schoss in die Höhe. Verdammt, dachte er, als er auch schon ihre Stimme hörte. »Hallo, Philip.«

Immerhin hatte sie seine Nummer noch nicht gelöscht. »Hey.«

Stille. Goldberg trat nervös auf der Stelle, das Handy ans Ohr gepresst. Was um Himmels willen hatte er sich dabei gedacht?

»Wie geht es dir?«, fragte er.

»Ein Arzt würde sagen, den Umständen entsprechend.«

Was für Umstände, hätte er am liebsten gefragt, doch er ließ es bleiben. Stattdessen nahm er all seinen Mut zusammen und setzte alles auf eine Karte. »Magda, ich weiß, du wolltest Zeit für dich haben, und das respektiere ich. Also, ich gebe dir alle Zeit der Welt, aber ich möchte, dass du etwas weißt.« Er stockte, seine Stimme versagte. Oh Gott, er fühlte sich wie ein pubertierender Teenager, hilflos und gedemütigt zugleich. Das wurde im Alter also nicht leichter. Komm schon, dachte er und setzte erneut an: »Du fehlst mir.«

Magda machte keine Anstalten, ihn zu erlösen. Also weiter. »Ich will nicht, dass das mit uns aufhört, bevor es überhaupt angefangen hat. Und damit meine ich nicht deine Espressomaschine.«

Endlich kam eine Reaktion vom anderen Ende der Leitung. Zaghaft und kaum hörbar, aber es war so etwas wie ein Lachen. Gut, gut, das war ein Anfang, dachte er. Jetzt hör bloß nicht auf.

»Und auch nicht, weil wir schon wieder einen seltsamen Fall haben, in dem ich gerne deine Meinung hören würde, sondern weil ich gern mit dir zusammen bin.

Ich habe dich gerne um mich. Mit dir ist alles so einfach, so selbstverständlich, und das findet man nicht oft. Schon gar nicht in einem Kaff wie diesem.«

Wieder ein ähnlicher Laut, so dämlich konnte er sich also nicht anstellen.

»Du hast selbst gesagt, es hat eine Bedeutung, dass wir uns ausgerechnet hier begegnet sind. Ich möchte jetzt gerne für dich da sein, wenn du mich lassen würdest.«

Keine Reaktion. Nun blieben ihm nur noch die drei magischen Worte übrig. Er atmete tief ein. Und wieder aus. Noch ein Anlauf. Einatmen und los. »Ich liebe dich.« Er hielt die Luft an. Zitternd presste er das Telefon noch dichter ans Ohr. Die Spannung war kaum auszuhalten. Diese Frau trieb ihn in den Wahnsinn.

»Hat Peter mit dir gesprochen?«, fragte sie leise.

Automatisch gingen seine Augenbrauen nach oben. Was hatte das zu bedeuten? War das alles, was ihr dazu einfiel? Er warf sich vor ihr auf den Boden, und alles, was er zurückbekam, war diese lapidare Frage?

»Peter? Wieso? Nein.«

»Ich habe heute bei euch im Revier angerufen.«

»Warum?«

»Weil ich wissen wollte, wie es dir geht.«

Wenigstens etwas, dachte er. Die Enttäuschung schluckte er wortlos hinunter. »Den Umständen entsprechend.« Es sollte ein Scherz sein, aber dieses Mal lachte sie nicht. Stattdessen klang ihre Stimme ernst.

»Ich habe Angst, Philip. Das ist die Wahrheit.« Ihre Stimme zitterte. Sie schien Tränen zurückzuhalten, aber er schwieg und ließ sie reden. »Nach der Trennung von

Georg habe ich lange gebraucht, um wieder mit mir zurechtzukommen. Mit der Tatsache zu leben, dass ich meine Ehe an die Wand gefahren und versagt habe. Ich war lange sehr traurig darüber, dass ich es nicht schaffe, an der Seite eines anderen Menschen zu existieren. Inzwischen stört es mich nicht mehr. Ich bin glücklich in meinem kleinen, beschaulichen Haus, meinem Garten, mit meiner Arbeit. Ich liebe mein Leben so, wie es ist.«

Sie machte eine kurze Pause, in der Goldberg angespannt wartete. Er rechnete mit dem Schlimmsten. »Weißt du, in meiner Zeit mit Georg habe ich sehr viel über mich gelernt. Unter anderem, welche Unerträglichkeiten ich besitze, die kein normaler Mensch aushält. Angefangen bei meiner Kontrollsucht bis hin zu meinem Chaos. Ich kenne diese Seiten jetzt, aber das heißt noch lange nicht, dass ich sie überwunden habe. Und du bist mir zu wertvoll, um dich in diesem Wahnsinn aufzureiben. Ich habe Angst, dass ich nichts dazugelernt habe und wir in zwei Jahren genau an dem Punkt stehen, an dem ich mit Georg stand. Vor den Scherben meiner zerstörerischen Seite. Denn, die habe ich nun einmal.«

Sie verstummte, und Goldberg spürte, dass dies der alles entscheidende Moment war. Aber er kapierte noch etwas, und das war gleichzeitig der Schlüssel zu ihr. Er erinnerte sich an ihre erste Begegnung und daran, dass er das Gefühl gehabt hatte, etwas in ihr zu erkennen. Etwas, das er auch von sich kannte, und jetzt wusste er, was es war.

»Magda«, sagte er so behutsam wie möglich. »Ich habe keine Angst vor dir. Und im Gegensatz zu Georg weiß ich, dass du diese Seite besitzt. Ich erahne sie nicht nur, ich kenne sie von mir selbst. Und das weißt du, denn das ist es, was dir wirklich Angst macht. Du hast keine Angst davor, dass ich der Falsche bin. Du hast eine Heidenangst davor, dass ich dieses Mal der Richtige bin.«

Es herrschte Stille. Die Anspannung war kaum zu ertragen. Wer schweigt, stimmt zu, dachte Goldberg und hoffte, dass dieser Satz sich erfüllen würde. Sein Atem kondensierte in der kalten Luft. Die Angst kroch in ihm hoch, er könnte zu weit gegangen sein. Niemand ließ sich gerne entblößen. Schon gar nicht von einem Menschen, dem man nahestand. Er hielt die Stille kaum aus, spürte den Drang, sie zu beenden, etwas zu sagen, das alles relativierte, aber er zwang sich zu schweigen.

»Philip Goldberg«, sagte sie plötzlich, und der Tonfall ihrer Stimme veränderte sich. »Sie sind der mieseste Idiot, den ich kenne.«

Er schluckte. Damit hatte er nicht gerechnet. Diese Frau war unberechenbar. Das liebte er eigentlich an ihr, aber in diesem Moment tat es weh. Höllisch weh. Er spürte, wie ein dunkler Teppich sich in ihm ausbreitete.

»Sehen wir uns morgen?«, flüsterte sie.

Magdas unerwartete Frage löste genau zwei Reaktionen in ihm aus: erstens eine Erleichterung, die den dunklen Teppich schlagartig beiseitefegte, und zweitens ein Hochgefühl, das wie eine Schockwelle über ihn hereinbrach. Er lachte. Das tat er nicht oft, aber er konnte nicht anders. Gott, er liebte diese Frau.

»Bei dir oder bei mir?«

»Miese Idioten müssen immer zu der Frau kommen. Jedenfalls solche, die man liebt.«

Goldbergs Mundwinkel schoben sich nach oben. »Um acht?«

»Ja. Grüß die anderen von mir.«

»Mach ich. Bis morgen.«

»Bis morgen, du Idiot.« Sie legte auf.

Goldberg bekam das Lächeln nicht mehr aus dem Gesicht. Aus lauter Freude drückte er seinem Telefon einen dicken Kuss aufs Display, bevor er es wieder in seiner Hosentasche verschwinden ließ. Aber auch das unerwartete Glück schützte ihn nicht vor der abendlichen Kälte, und so schlüpfte er durch die Hintertür wieder nach drinnen. Er rieb die Hände aneinander, um sie wieder beweglich zu machen, als er Stufen knarzen hörte. Die Pension war ein altes Haus, und die betagte Treppe, die zu den Zimmern führte, knackte unter jedem Schritt. Goldberg hob den Kopf und sah Miriam Schneider herunterkommen.

»Guten Abend, Frau Schneider«.

Sie sah auf. »Oh, Herr Goldberg. So gut gelaunt? Gibt es etwas Neues?«

»Nein, leider nicht.« Er setzte einen ernsten Gesichtsausdruck auf. »Haben Sie vielleicht ein paar Minuten für mich?«

»Ja, klar.«

»Setzen wir uns doch auf die Treppe.«

Mit angewinkelten Beinen saßen sie nebeneinander auf der vorletzten Stufe. Goldberg stützte die Arme auf seinen Oberschenkeln ab. Miriam hatte ihre Hände zwischen die Beine geklemmt. Ein Zeichen, dass sie sich unwohl fühlte. Bemüht um seine Seriosität, begann er mit seinen Fragen.

»Frau Schneider, kennen Sie die Dücker Mühle?«

»Nein, was soll das sein?«

»Ein altes Gasthaus hier in der Gegend.«

»Hat man die drei dort gefunden?«

»Nein, es war nur so ein Gedanke von mir. Sagt Ihnen der Name Daniel Breitner etwas?«

»Breitner«, wiederholte sie flüsternd. »Nein, tut mir leid.«

Sie steckten fest, dachte Goldberg. Niemand hatte auch nur den geringsten Hinweis für sie. Aber wie war das möglich? Irgendjemand musste doch etwas gesehen oder gehört haben.

»Ich glaube, ich muss Ihnen etwas beichten«, sagte sie plötzlich.

Goldberg sah sie an. Ihre Augen starrten auf den Boden. Sie biss sich auf die Unterlippe.

»Was möchten Sie mir beichten?«, fragte Goldberg und wandte sich ihr ganz zu.

Ihr Blick huschte kurz zu ihm und dann wieder zurück auf den Boden. »Ich habe doch jemanden gesehen.«

Goldberg straffte sich instinktiv. »Wen, Frau Schneider? Sie brauchen keine Angst zu haben.«

»Einen Mann.«

»Wann?«

»Letzte Woche.«

»Und wo?«

»Er stand auf der Terrasse und unterhielt sich mit Sohanraj.«

»Können Sie ihn beschreiben?«

»Nicht direkt. Meine Hütte steht ja etwas schräg zum Haus. Aber er war ziemlich groß. Größer als Sohanraj. Und sie stritten, glaube ich.«

»Woraus schließen Sie das?«

»Der Mann hat ständig mit seinen Armen in der Luft gefuchtelt. Und er hat Sohanraj sogar am Kragen gepackt.«

»Und dann?«

Sie biss sich erneut auf die Unterlippe. Ihre Hände wanden sich zwischen den Beinen. »Sohanraj hat sich losgerissen und ihn zu Boden geworfen. Dann ist der Mann abgehauen.«

»Und Sohanraj?«

»Der ist ins Haus gegangen.«

Ihr flehentlicher Blick berührte Goldberg. Sie hatte ein schlechtes Gewissen, weil sie wusste, dass sie Sohanraj damit belastete.

»Machen Sie sich keine Sorgen, Frau Schneider. Das muss überhaupt nichts zu bedeuten haben.« Ganz ehrlich war das zwar nicht, aber es beruhigte sie.

»Sagen Sie ihm bitte nicht, dass ich es Ihnen verraten habe, ja?«

»Nein, natürlich nicht. Sie sind hier in Sicherheit. Heute Nacht wird einer meiner Kollegen in der Pension bleiben.«

Sie nickte tapfer und stand dann auf.

»Entschuldigen Sie, dass ich es nicht gleich erzählt habe.«

»Keine Ursache, ich verstehe das.«

Sie gaben sich die Hand, und Miriam schlich die Treppe wieder nach oben. Goldberg hörte, wie sie den

Schlüssel im Schloss umdrehte. Er blieb noch eine Weile sitzen. Ein Mann, größer als Sohanraj, das brachte sie einen Schritt weiter, denn der Yogi war bestimmt einen Meter siebzig groß. Und Daniel Breitner? Aber wenn es nicht Daniel gewesen war, wer dann? Aus dem Namasté kam niemand infrage. Es musste also jemand von außen sein. Und was hatte Sohanraj so verärgert, dass er handgreiflich geworden war? Ein ausgebildeter Yogi, der sonst eine ungeheure Ruhe ausstrahlte.

In seinem Kopf rumorte es. Am liebsten wäre er aufgestanden und auf der Stelle zum Namasté gefahren. Doch er blieb sitzen und versuchte noch einmal, Jens zu erreichen. Auch dieses Mal nahm er nicht ab. Seine Sorge um ihn wurde größer. Der Krankenwagen hatte ihn in die Klinik nach Itzehoe gebracht. Es war gut möglich, dass er noch in irgendwelchen Untersuchungen steckte. Oder schlief. Goldberg beschloss, im Krankenhaus direkt anzurufen, ließ sich die Nummer von der Auskunft geben und hatte innerhalb weniger Sekunden die Zentrale am Apparat. Nach einigen Erklärungen wurde er endlich mit der zuständigen Station verbunden, wo eine Schwester Katrin ihm mitteilte, dass es keinen Patienten namens Jens Steirer gab. Sein Herz setzte kurzzeitig aus, und er bemühte sich, die Fassung zu bewahren, während die Schwester ihm mitteilte, dass Herr Jens Steirer eine weitere Untersuchung verweigert und die Klinik auf eigene Verantwortung verlassen habe.

»Hat man denn etwas gefunden?«

»Das weiß ich nicht, da müssen Sie den Arzt fragen.«

»Und ist er allein gegangen, oder wurde er von jemandem abgeholt?«

»Das weiß ich auch nicht, da müssten Sie am Empfang fragen.«

Goldberg ließ sich zurück zum Empfang durchstellen, wo eine andere Dame ihm berichtete, dass der Herr, den er suche, mit einem Taxi weggefahren sei. Allein. Er fragte, woher sie das so genau wisse, und sie antwortete, dass sie sich mit ihm unterhalten und er ihr erzählt habe, dass er aus Berlin käme und zurück nach Kophusen wolle. Erleichtert beendete er das Gespräch. Wahrscheinlich war Jens gerade auf dem Weg zu ihnen in die Pension. Typisch Steirer, dachte Goldberg. Der Mann war eben eigensinnig und traute Ärzten keinen Millimeter über den Weg.

Ehe er Gefahr lief, romantischen Träumereien vom morgigen Abend zu erliegen, begab er sich zurück zu den anderen in den Gastraum. Ein deftiges Bauernfrühstück mit selbst eingemachter Roter Bete und Gewürzgurken dampfte in einer großen Pfanne auf dem Tisch. Er setzte sich zu ihnen, und Rosi füllte einen Teller für ihn. Sie sah ihrer Mutter sehr ähnlich. Auch Bärbel hatte ein rundes Gesicht, und ihre Augen strahlten genauso wie die ihrer Tochter.

Goldberg fühlte sich aufgehoben. Auch wenn sie vielleicht nicht ihr Innerstes miteinander teilten, waren seine beiden Kollegen und auch Rosi doch so etwas wie eine Familie für ihn geworden. Immerhin sahen sie sich täglich bei der Arbeit und verbrachten den einen oder anderen Abend gemeinsam hier im Lokal. Er wusste, dass er sich auf die Menschen verlassen konnte, wenn es darauf ankam, und das war alles, was zählte.

Nach dem Essen schaute er auf sein Handy. Es war

jetzt gut eineinhalb Stunden her, dass er mit dem Krankenhaus gesprochen hatte. Steirer hätte längst hier sein müssen. Dann fiel ihm ein, dass die Straßenverhältnisse katastrophal waren. Ein Blick aus dem Fenster zeigte, dass es schon wieder angefangen hatte, stark zu schneien. Aber warum meldete er sich nicht?

»Was ist los, Philip?«, fragte Peter, der neben ihm saß.

Goldberg berichtete seinem Kollegen von dem Telefonat mit der Klinik und dass er anfange, sich ernsthaft Sorgen zu machen.

»Guck dir das Wetter draußen an. Außerdem ist die Autobahn bei Hohenfelde gesperrt. Dort gab es einen Unfall. Die müssen sich also über Land durchschlagen, und da ist keine einzige Straße so richtig geräumt.« Peter klopfte ihm auf die Schulter. »Mach dir man keine Sorgen, der steht bestimmt gleich in der Tür.«

Es war kurz nach neun, als Goldberg seinen Freund ein fünftes Mal anrief und immer noch keiner abnahm.

12

Auf der Wache war es kalt. Ein Thermostat regelte die Heizung und schaltete sie automatisch gegen Abend herunter. Peter hatte sie wieder voll aufgedreht, und langsam breitete sich etwas Wärme in dem Raum aus. Goldberg tigerte am Tresen auf und ab. Hauke hatte inzwischen sämtliche Taxiunternehmen in Itzehoe abtelefoniert. Eines davon hatte am Krankenhaus einen Fahrgast mit Ziel Kophusen mitgenommen, aber bis jetzt hatte sich der Fahrer nicht wieder gemeldet. Der Mann in der Zentrale versprach, Kontakt mit dem Fahrer aufzunehmen und sich wieder bei ihnen zu melden. Peter hatte mit dem zuständigen Arzt in der Klinik gesprochen, und der hatte ihm bestätigt, dass Jens Steirer auf eigene Verantwortung eine sichere Diagnose nicht abgewartet hatte.

»Hat er Bekannte oder Freunde hier in der Gegend?«, fragte Peter.

Goldberg schüttelte den Kopf. Was ging nur in Jens vor? Warum rief er nicht zurück und sagte Bescheid, was los war? Er wusste doch, dass Goldberg sich Sorgen machte. Oder war das Teil einer perfiden Psychotherapie? Nein, entschied er. Jens Steirer war sein bester Freund und würde so etwas nicht machen.

»Gibt es einen Bus?«, fragte Goldberg.

»Ja. Also keine direkte Verbindung, aber er käme schon irgendwie an«, sagte Hauke.

»Ich halte es hier nicht aus, ich fahre zum Namasté.« Goldberg nahm den Mantel vom Stuhl.

»Du fährst nirgendwo hin, mein Freund.« Hauke stand auf. »Ich fahre.«

»Ich bleibe hier und warte auf Nachrichten. Meldet euch sofort, wenn es etwas Neues gibt«, sagte Peter.

Hauke nickte ihm zu und nahm die Schlüssel vom Schreibtisch. »Komm.«

Auf dem Weg zum Yoga-Zentrum kamen sie nur langsam voran. Hauke fuhr ausnahmsweise sehr vorsichtig. Ihn konnte zwar keine Verkehrskontrolle anhalten, weil er sich dann selbst hätte anhalten müssen, aber er hatte immerhin schon drei Bier intus und keine Lust, ein Reh oder dergleichen unter die Räder zu bekommen. Goldberg versuchte, seine Nervosität im Zaum zu halten. Er machte sich Sorgen und Vorwürfe zugleich. Das alles sah Jens gar nicht ähnlich, es musste also irgendetwas passiert sein. Hauke gab sich Mühe, ihn zu beruhigen, konnte aber nicht verbergen, dass auch ihm die Sache nicht ganz geheuer war.

Im Namasté brannte noch Licht. Der Mond schien und erhellte die Umgebung. Unter anderen Umständen ein traumhafter Anblick, fand Goldberg. Sohanraj öffnete ihnen überrascht die Tür.

»Ist etwas passiert?«

Ohne zu fragen, drängte sich Goldberg an ihm vorbei in die Wohnküche. Hauke folgte ihm, und Sohanraj schloss die Tür hinter ihnen.

»Ist Jens bei dir?«, fragte Goldberg.

»Nein, wieso?«

Trotzdem sah er sich in dem Zimmer um. Ein Topf stand auf dem Herd. Es roch nach Gewürzen.

»Setzt euch. Ich mache uns einen Tee.«

Die beiden Polizisten legten ihre Jacken ab und nahmen an dem großen Holztisch Platz.

»Mir wäre ein Lütter lieber«, sagte Hauke.

»Ich habe keinen Schnaps im Haus.« Sohanraj schenkte ihnen zwei große Becher von dem Gebräu aus dem Topf ein. »Vata Tee, gut für die Nerven.«

Goldberg warf einen Blick auf die dampfende Flüssigkeit vor ihm. Dann hob er den Kopf und sah dem Yogi direkt in die Augen. »Sohanraj, wer war der Mann, der vor einer Woche hier war? Der, mit dem du dich gestritten hast?«

»Ich habe mich mit niemandem gestritten.«

»Wir haben eine Zeugin, die euch gesehen hat, Ralf.«

Bei der Erwähnung seines bürgerlichen Namens zuckte Sohanraj kurz zusammen. Goldberg hatte ihn an einem empfindlichen Punkt getroffen. Und zum ersten Mal begann das Bild des weisen Mannes zu bröckeln. Zugegeben, nur sehr leicht, aber auch ein Haarriss konnte ein Auto zum Stillstand bringen. Sohanraj setzte sich und trank einen Schluck Tee. Goldberg war kurz davor, aufzuspringen und zu schreien.

»Ein Freund«, sagte er ruhig und stellte den Becher wieder ab.

»Geht es vielleicht etwas genauer, Herr Mommsen?«, erwiderte Hauke ungeduldig.

Auch sein Nachname löste in ihm eine augenscheinliche Reaktion aus. Ein nervöses Zucken huschte über sein Gesicht. »Ein alter Freund, der mich besucht hat. Nichts weiter.«

Jetzt riss Goldberg der Geduldsfaden. »Sohanraj, drei Menschen sind verschwunden. Vielleicht sogar vier, und einer davon ist mein bester Freund. Wenn du uns nicht sofort sagst, wer dein Besucher war, dann nehme ich dich fest und bringe dich zu den Kollegen, die dich in Gewahrsam nehmen. Und zwar für volle vierundzwanzig Stunden. Ist dir der Ernst der Lage eigentlich klar? Diese Menschen könnten bereits tot sein.«

Sohanraj schaute Goldberg an und nickte. »Ja, mir ist der Ernst der Lage klar. Der Mann, der mich besucht hat, war Jan Deggert.«

»Was wollte denn Jan bei dir?«, fragte Hauke erstaunt.

»Wir sind zusammen zur Schule gegangen.«

»Und warum habt ihr euch geprügelt?«, wollte Hauke wissen.

»Wir haben uns nicht geprügelt. Er glaubt immer noch, ich hätte eine Affäre mit seiner Frau gehabt.«

»Sabine hat ihn doch längst verlassen.«

»Jan ist sehr verletzt und hat die Scheidung nicht verwunden.«

»Hat er dir gedroht?«, fragte Goldberg fast hoffnungsvoll.

»Nein, er wollte nur seine Wut loswerden. Er hat

mich beschimpft, dass ich ihm seine Frau ausgespannt hätte.«

»Aber das ist doch ewig her. Außerdem ist sie mit einem anderen abgehauen.«

»Ich weiß. Deshalb habe ich ihm auch einen Meditationskurs angeboten, und da wurde er wirklich sauer.«

»Kein Wunder«, murmelte Hauke.

»Das war alles. Danach ist er gegangen.«

»Kennst du die Dücker Mühle?«, fragte Hauke.

»Die Dücker Mühle«, wiederholte Sohanraj in einem Anflug von Wehmut.

Die Züge des Yogis entspannten sich, und das zufriedene Lächeln erschien wieder auf seinem Gesicht. Die beiden Polizisten tauschten einen kurzen Blick. Volltreffer, dachte Goldberg und nickte Hauke fast unmerklich zu.

»Du kennst sie also?«, fragte Hauke.

Sohanraj schaute hinaus in die Dunkelheit. Eine ferne Erinnerung hatte ihn offenbar fest im Griff. Seine Miene verklärte sich. Goldberg tippte auf eine Kindheitserinnerung, an die er schon lange nicht mehr gedacht hatte.

»Ja, natürlich kenne ich sie. Jeder, der hier aufgewachsen ist, kennt die Dücker Mühle.«

»Ein schöner Ort, wenn man allein sein möchte«, bemerkte Goldberg und ließ den Mann nicht aus den Augen.

»Da hatte sich ein riesiger Schwarm Vögel eingenistet«, sagte Hauke.

Sohanrajs Gesicht blieb zum Fenster gerichtet. Bis auf den Mondschein war es draußen stockfinster. Hier gab es keine Straßenlaternen. Hauke warf Goldberg einen fragenden Blick zu. Der zuckte mit den Schultern; er war ebenso ratlos wie sein Kollege. Ihnen rannte die Zeit davon.

»Was wollte Daniel in der Dücker Mühle?« Goldberg ging auf Konfrontationskurs. »War es sein Versteck? Euer geheimer Treffpunkt?«

Der Yogi schloss die Augen. Er war dabei, seine unerschütterliche Gelassenheit zu verlieren. Goldberg nutzte die Gelegenheit und setzte nach: »Sohanraj, wir haben ein überdimensionales Portrait von dir an der Wand in der Dücker Mühle gefunden.« Der Yogi hob den Kopf. Sein Gesicht war blass. »Daniel ist verschwunden. Die Fahndung nach ihm läuft bereits. Wenn wir ihn finden, dann nehmen wir ihn vorläufig fest, und du wirst ihn nicht mehr beschützen können. Je länger er sich versteckt, desto schlimmer sieht es für ihn aus. Es sei denn, du kannst ihn entlasten. Also, was ist dort passiert?« Sohanraj sah Goldberg hilflos an. Der Kommissar begriff sofort. »Er war hier. Im Namasté. Nicht wahr?«

Der Yogi presste die Lippen aufeinander. Jetzt wusste Goldberg, dass er auf der richtigen Spur war. Daniel und er hatten miteinander Kontakt gehabt.

»Er hat nichts damit zu tun«, flüsterte der Yogi.

»Das ist keine Antwort auf meine Frage.«

»Er könnte so etwas nie tun.«

Goldberg wusste nicht, wie oft er diesen Satz schon aus dem Mund eines Angehörigen vernommen hatte. Ein verzweifelter Versuch, die Augen vor den Taten des geliebten Menschen zu verschließen. »War er hier?«

Der Yogi nickte. »Ja. Daniel besuchte mich, nachdem

über die Eröffnung des Namasté in der Zeitung berichtet worden war.«

»Und was wollte er?«, fragte Hauke.

»Er wollte mich sehen, wissen, wie es mir geht nach all den Jahren.«

»Gab es Streit?«, fragte Goldberg.

»Nein. Er hat mir erzählt, dass er clean ist, eine Arbeit und sogar eine kleine Wohnung in Glückstadt hat. Und dass er sich für Krähen engagiert. Er hat sogar einen Verein gegründet. Die Ungehorsamen.«

»Warum Die Ungehorsamen?«, bohrte Hauke.

»Weil er sich nicht vor den Menschen beugen wollte. Das wollte er noch nie. In seinem ganzen Leben musste er kämpfen. Seine Eltern haben ihn misshandelt, wusstet ihr das? Deshalb kam er zu Pflegeeltern.«

»Hat er dir gegenüber die Dücker Mühle erwähnt?«

»Nein. Das war früher. Wir haben uns oft dort herumgetrieben. Ein paar Joints geraucht. Dort in der Nähe versteckte er seinen Drogenvorrat.«

»Hat er dir gedroht?«, fragte Hauke.

Sohanraj schüttelte den Kopf. »Nein. Im Gegenteil. Wir haben uns ausgesprochen. Er hat nichts mit dieser Sache zu tun. Das versichere ich euch. Ich kenne ihn.«

»Du hast ihn seit zwanzig Jahren nicht mehr gesehen«, warf Hauke ein.

»Menschen verändern sich nicht in ihrem Kern.«

»Und du?« Hauke konnte sich diese Bemerkung nicht verkneifen.

»Das ist etwas anderes.«

Hauke schnaubte.

»Sohanraj«, ging Goldberg dazwischen, »wir haben

einen Zeugen, der Daniel und dich früher gesehen hat, wie ihre tote Tiere von der Straße aufgesammelt habt.«

Nun lächelte der Guru übers ganze Gesicht. »Ja, wir nannten uns ›die Aasretter‹. Daniel und mich verband nicht nur ein liebloses Elternhaus, sondern auch eine besondere Zuneigung zu Tieren. Wir haben die Kadaver aufgesammelt und bestattet. In der Nähe der Dücker Mühle hinter dem Deich. Dort liegen bestimmt hundert tote Tiere.«

»Friedhof der Kuscheltiere, na toll.«

»Unser Zeuge sprach von einem rothaarigen Mädchen, das bei euch war. Wer ist das?«

»Viola«, sagte Sohanraj.

»Und weiter?«, fragte Hauke.

»Ich kenne ihren Nachnamen nicht. Sie kam aus Krempe, wenn ich mich recht erinnere. Daniel brachte sie eines Tages mit und erklärte, dass sie jetzt zu uns gehörte. Ich glaube, sie war verliebt in ihn. Sie trafen sich oft allein und haben zusammen Drogen konsumiert. Ich nahm an, dass das ihre Gemeinsamkeit war. Viola war abhängig.«

»Harte Drogen?«, fragte Goldberg.

Sohanraj nickte.

»Und du? Hast du auch Drogen konsumiert?«

»Marihuana, sonst nichts. Starke Rauschgifte waren mir schon damals suspekt.«

»Hatten Daniel und Viola ein Verhältnis?«, fragte Hauke.

Der Yogi überlegte einen Augenblick, bevor er antwortete. »Schwer zu sagen. Wenn es so war, war es sicher nichts Ernstes. Er fühlt sich zu Männern hingezogen. Viola war eher eine Drogenfreundin.«

»Warst du eifersüchtig?«, erkundigte sich Goldberg und ließ ihn nicht aus den Augen.

Sohanraj lächelte sanft. »Nein. Ich wusste ja selbst, dass das mit mir und Daniel keine Zukunft hatte.«

»Wo ist er jetzt?«

»Das weiß ich nicht.«

»Er hat sich nicht wieder bei dir gemeldet?«

»Nein.«

»Wir brauchen die Nummer«, sagte Goldberg, und Sohanraj schrieb sie ihnen auf einen weißen Zettel.

»Gibt es sonst irgendjemand von früher, mit dem du Kontakt hattest, seit du wieder hier bist?«

»Außer ein paar neugierigen Anfragen gab es niemanden.«

Goldberg ließ sich seine Enttäuschung nicht anmerken. Es lief alles auf Daniel Breitner hinaus. Und es sprach nicht gerade für ihn, dass er nirgends aufzufinden war. Die Fahndung hatte nicht einmal einen einzigen Hinweis ergeben. Das konnte natürlich auch bedeuten, dass er gar nichts mit dem Verschwinden der Patienten zu tun hatte, sondern sich schon viel früher aus der Gegend abgesetzt hatte. Goldbergs Telefon klingelte. Schlagartig dachte er an Jens und hoffte, dass sich sein Freund endlich melden würde. Hektisch griff Goldberg in seine Hosentasche und zog das Mobiltelefon heraus. Mit einem Blick auf das Display setzte sein Herz vor Freude aus. Es war Jens. Endlich.

»Wo um Himmels willen steckst du?«, rief Goldberg, den Hörer noch nicht ganz am Ohr.

»Philip. Ich habe ein Problem.«

Goldberg spürte den Stich in seinen Eingeweiden.
»Was ist los?«
»Ich stecke fest und komme nicht weg.«
»Wo bist du?«
Die Verbindung war denkbar schlecht. Ständig knisterte es in der Leitung, und Goldberg konnte seinen Freund nur bruchstückhaft hören.
»… Graben … zwischen Itzehoe … Kempe. Wir … weder vor … zurück.«
»Du meinst Krempe. Bist du allein?«
»Nein, ich … ungehaltenen Taxifahrer …«
Goldberg konnte ein schwaches Lachen hören. Gott sei Dank, dachte er, den Humor hatte Jens noch nicht verloren.
»Wir kommen dich holen«, sagte Goldberg und warf Hauke einen Blick zu, den die Aussicht, im tiefsten Schnee durch die Landschaft zu irren, nicht sehr begeisterte.
»Wo genau seid ihr?« Goldberg konnte ein entferntes Murmeln hören, bevor sein Freund sich wieder meldete.
»Hauptstraße … Bahrenfleth. Ich … das sagt dir was.«
»Keine Sorge, ich habe einen Ortskundigen bei mir. Wir sind bald da.« Damit beendete er das Gespräch. »Er steckt mit dem Taxi fest. Sagt dir Bahrenfleth etwas?«
Hauke nickte widerwillig.
»Gut, fahren wir.«
»Philip, hast du mal rausgeguckt?«, protestierte Hauke.
»Ja, eben. Die beiden werden erfrieren, wenn wir ihnen nicht helfen.«
Haukes Schnauben bedeutete Resignation. Sie verabschiedeten sich von Sohanraj und stiegen in den Strei-

fenwagen. Gut eine Stunde lang quälten sie sich durch die Schneemassen, was Haukes Laune nicht verbesserte. Im Gegenteil. Allein Goldbergs Versuche, ihn in Überlegungen zu ihrem Fall zu verwickeln, verhinderten, dass Hauke vollends kollabierte. Zur Abwechslung waren sie sich einig, dass Daniel Breitner ihr Hauptverdächtiger war. Aber insgeheim hegte Goldberg Zweifel an dem Offensichtlichen. Wo hielt er die drei Menschen versteckt? Außerdem fehlte Goldberg ein richtiges Motiv. Rache dafür, dass Sohanraj ihn vor mehr als zwanzig Jahren ohne einen Abschiedsgruß verlassen hatte? Verschmähte Liebe? Gut, das war nicht das schlechteste Motiv, aber warum nahm er dann den Umweg über Sohanrajs Patienten? Goldberg hatte keinerlei Bild vor Augen, wenn er an die Person Daniel Breitner dachte. Wer war dieser Mann? War er überhaupt in der Lage, so einen Plan zu entwickeln und durchzuführen?

Die andere Frage, die an dem Kommissar nagte, war die nach der Alternative zu dem Krähenfreund. Wer sollte es sonst sein? Sie hatten keine Verdächtigen. Oder es war jemand, den sie noch gar nicht auf dem Schirm hatten. Jemand, der im Verborgenen blieb. Das würde bedeuten, dass sie es mit jemand sehr Cleverem zu tun hatten, oder aber, dass sie noch meilenweit von der Lösung entfernt waren.

13

Der nächste Morgen war geprägt von einer allseits herrschenden Müdigkeit. Sie hatten sich auf der Wache versammelt. Die vergangenen Stunden steckten ihnen noch in den Knochen. Peter war gestern nach dem Anruf von Goldberg in die Pension zurückgekehrt und hatte dort die Nacht verbracht.

Schlaflos war auch Haukes und Goldbergs Nacht gewesen. Als sie den Unfallort endlich erreicht hatten, waren sie heilfroh gewesen, dass den beiden Männern nichts weiter passiert war. Das Taxi war auf einer vereisten Stelle ins Schleudern gekommen und im Graben gelandet. Der vordere Teil des Wagens samt Funkgerät war bei dem Unfall beschädigt worden. Nur sehr mühsam hatten sie sich aus dem Auto befreien können. Hauke hatte den Taxifahrer nach Hause gefahren, und Jens hatte bei Goldberg übernachtet. Nun saßen die drei Polizisten um Peters Schreibtisch und trugen die ersten Ergebnisse des Vormittags zusammen.

»Im Vereinsregister gibt es einen Eintrag für Die Ungehorsamen e.V. Der Vorstand besteht aus drei Mitgliedern. Daniel Breitner und zwei anderen, die ich nicht kenne. Da setze ich mich gleich mal dran. Aber das Interessante ist, dass der Sitz des Vereins eine Adresse in Krempe ist. Das Elternhaus von Daniel Breitner.«

Peter unterdrückte ein Gähnen.

»Ach, das gibt es noch?«, fragte Hauke.

»Nach dem Tod der Eltern hat es der Sohn geerbt und bis dato nicht verkauft.«

»Was ist mit seiner Arbeitsstelle?«, fragte Goldberg an Hauke gewandt.

»Er ist in der Kantine im Krankenhaus von Itzehoe beschäftigt. Als Spüler. Hat sich vor zwei Wochen krankgemeldet. Allerdings warten die heute noch auf eine Bescheinigung vom Arzt.«

Daniels Handy-Nummer hatten sie bereits mehrfach angerufen, doch es meldete sich niemand. Die Mailbox sprang sofort an.

»Peter, veranlasse bitte eine Ortung des Handys. Vielleicht schaltet er es irgendwann wieder ein. Und schau, ob du auf weitere Zusammenhänge zwischen den Teilnehmern der Panchakarma-Kur stößt. Hauke und ich fahren nach Krempe.« Als Goldberg aufstand, klingelte das Telefon. Er nahm den Hörer ab. »Revier Kophusen. Goldberg am Apparat.«

»Ach, dit glob ick ja nich. Der Chef persönlich.«

»Bruno!«

»Tja, da kiekste, wa?«

Sie lachten. Goldberg wechselte ins tiefste Berlinerisch. Sie versicherten sich bald treffen zu wollen, bevor sie zu dem eigentlichen Grund des Anrufs kamen.

»So, jetzt mal Spaß beiseite. Ich habe etwas für euch.«

Goldberg wurde sofort wieder ernst. »Und?«

»Also, erstens, eure Ölproben sind identisch. Es ist eindeutig dieselbe Quelle. Zweitens haben wir in der Probe aus der Lampe und in dem kleinen Fläschchen Überreste eines Narkotikums gefunden. Überaus starke Dosierung.«

»Was ist das für ein Zeug?«

»Ashwagandha. Bei uns ist es besser bekannt als Schlafbeere. Gilt als Heilpflanze, vor allem in östlichen oder asiatischen Ländern, kommt ursprünglich aber aus Afrika. Fällt bei uns nicht unter das Betäubungsmittelgesetz. In der EU ist es als Nahrungsergänzungsmittel zugelassen.«

»Findet es auch in der ayurvedischen Medizin Anwendung?«

»Ja. Häufig sogar. Und noch etwas: Die Blutgruppe eurer Proben ist B positiv. Ziemlich selten. Männlich. Auch hier stimmen die beiden Proben überein.«

»Hast du noch mehr?«

»Zu mehr war nicht die Zeit. Hab drei Tote auf dem Tisch.«

»Ja, verstehe.«

»Aber dit Beste kommt zum Schluss.«

Bruno Leiser machte eine effektvolle Pause. Goldberg hielt den Atem an. »Die Spusi hat Fingerabdrücke gefunden. An den Kanistern, in denen dieser Yogi sein Öl lagert.«

»Und?«

»Wie aus dem Lehrbuch. Inklusive Match in der Datenbank.«

»Wer ist es?«

»Sein Name ist Daniel Breitner. Kennt ihr ihn?«

»Er ist unser Hauptverdächtiger.«

»Schön, dass ich helfen konnte. Wann sehen wir uns?«

»Lass mich erst diesen Fall abschließen. Dann kommst du zu uns, und wir gehen zur Feier des Tages bei Rosi essen, versprochen?«

»Reserviert mir schon mal eins von den Grillhähnchen.«

Sie verabschiedeten sich und beendeten das Gespräch.

»Wo steckt dieser verfluchte Kerl bloß?«, sagte Hauke, nachdem Goldberg ihnen Bericht erstattet hatte.

»Wir müssen ihn finden! Bevor noch mehr Leute verschwinden«, bekräftigte Peter.

Das Gespräch mit Bruno hatte Goldbergs Zweifel verstärkt. Warum war Daniel Breitner so dumm und hinterließ ausgerechnet auf den Ölkanistern einen sauberen Fingerabdruck? Dazu kam noch die Schlafbeere. Er konnte sich nicht vorstellen, dass Daniel Breitner fachkundig in der ayurvedischen Medizin war. Im Krankenhaus kam er doch viel eher an ein herkömmliches Betäubungsmittel. Für ihn deutete das eher auf einen ayurvedischen Arzt hin.

»Philip, ich kann es sehen. In dir sträubt es sich«, sagte Hauke.

»Das passt alles auffällig gut zusammen, findet ihr nicht?«

Die beiden Männer blickten ihn an.

»Woher soll er die Schlafbeere gehabt haben?«

»Gib mir fünf Minuten, und ich bestelle sie dir aus dem Internet«, bemerkte Peter.

Goldberg schüttelte den Kopf. »Da stimmt was nicht. Daniel Breitner ist clever genug, um drei Menschen zu entführen, sie erfolgreich zu verstecken, hinterlässt aber ausgerechnet an den Ölkanistern seine Fingerabdrücke?«

»Er fühlt sich eben sicher. Da macht man Fehler«, sagte Hauke, der sich eingeschossen hatte.

»Was ist, wenn es noch jemanden gibt, den wir noch gar nicht kennen? Jemanden, der mit Sohanraj eine alte Rechnung offen hat? Was ist mit diesem Mädchen, mit dem die beiden früher herumgezogen sind? Wie hieß sie noch?«

»Viola«, sagte Hauke.

»Richtig. Peter, versuch mal herauszufinden, wer dieses Mädchen ist.«

»Mach ich.«

»Ist das nicht ein bisschen sehr weit hergeholt?«, fragte Hauke. »Wahrscheinlich ist die schon längst weggezogen.«

»Wir müssen jeder Spur nachgehen. Je länger diese Menschen verschwunden bleiben, desto wahrscheinlicher ist es, dass sie tot sind.«

Hauke schlüpfte in die Jacke. Im Rausgehen fiel Goldberg noch etwas ein: »Ach ja, und sorg bitte dafür, dass die Spusi die Dücker Mühle nicht vergisst.«

Peter nickte und machte sich schon an die Arbeit, als Goldberg und Hauke in den alten Streifenwagen stiegen, um nach Krempe zu fahren.

»Wir könnten auch mal deinen Wagen nehmen«, bemerkte Hauke.

»Das nächste Mal. Heute habe ich ihn Jens überlassen.«

»Wie geht es ihm?«

»Da er heute Morgen bereits an meiner Schraubkanne herumnörgelte, geht es ihm offenbar ausgezeichnet.«

»Diese Blechkanne? An dieser Wunderlampe würde ich auch rumnörgeln.«

»Das Schmuckstück ist aus Aluminium.«

»Schmuckstück?«

»Ganz dünnes Eis, Hauke!«

»Das ist mein Spruch.«

»Anders verstehst du es ja nicht.«

»Ja, ja. Schon gut.«

Als sie das Ortsschild von Krempe passierten, musste Goldberg an Jens und den Taxifahrer denken. Der Schnee war über Nacht nicht wesentlich mehr geworden. Zum Glück. Die Räumdienste hatten auch so schon alle Hände voll zu tun und kamen kaum hinterher, außerdem ging ihnen das Streugut bald aus. Auf so einen Winter war niemand vorbereitet, auch die Lieferanten nicht. Im Schritttempo bog Hauke in die Straße ein und parkte einige Meter von dem Elternhaus entfernt. Einen Augenblick blieben sie im Wagen sitzen, vor ihnen rührte sich nichts.

»Was ist, wenn die alle da drin sind?«, fragte Hauke.

»Dann befreien wir sie.«

»Sehr witzig. Ich meine es ernst. Was machen wir dann? Das SEK rufen?«

»Ich glaube nicht, dass wir in diesem Haus überhaupt etwas finden werden. Geschweige denn drei gefesselte Personen.«

»Wieso?«

»Wenn Daniel Breitner schon so klug ist und so eine

Entführung planen kann, dann ist er bestimmt nicht so dumm und hält die Opfer in seinem eigenen Haus versteckt.«

Sie stiegen aus und stapften Richtung Breitners Elternhaus.

»Wir hätten den hiesigen Kollegen Bescheid geben sollen«, bemerkte Hauke leise, als ein Mann mittleren Alters sie mit einem Nicken grüßte. »Spätestens heute Nachmittag haben wir einen Anschiss von Rolf. Peter wird sich freuen.«

»Wir machen doch gar nichts, wir sehen uns nur ein Haus an.«

»Ein Haus, das nicht in unseren Bezirk fällt.«

Goldberg kümmerte das wenig. Für territoriale Befindlichkeiten fehlte ihnen die Zeit. Das Haus war klein, vor den Fenstern hingen schäbige Gardinen. Es war offensichtlich, dass hier seit Jahren niemand mehr wohnte. Auf dem Namensschild stand immer noch »Familie Breitner«. In Erwartung eines ohrenbetäubenden Geräuschs drückte Goldberg auf den Klingelknopf, doch es blieb still. Die beiden Polizisten wechselten einen kurzen Blick. Hauke fühlte sich nicht wohl bei dem Vorhaben, hier noch weiter herumzuschnüffeln, aber Goldberg interessierte das nicht. Er bedeutete Hauke, ihm zu folgen, und marschierte auch schon links am Haus vorbei in den hinteren Teil des Grundstücks.

Die Seitenfenster hatten keine Gardinen mehr, sodass sie einen Blick hineinwerfen konnten. Die Küche war aufgeräumt. Tisch und Stühle standen bereit, dass jemand sie endlich wieder in Beschlag nahm. Selbst die leere Vase auf dem Tisch schien auf einen Strauß Blumen zu warten. Vermutlich hatte Daniel Breitner nichts verändert. Goldberg hätte es nicht gewundert, wenn er das Haus nach dem Tod seiner Eltern nicht mehr betreten hätte. Entweder war der Graben zwischen ihnen so tief, oder es war ihm egal. Aber warum hatte er es dann nicht schon längst verkauft?

»Wie schwer ist es, hier in der Gegend ein solches Haus zu verkaufen?«, fragte er.

»Schwer zu sagen. Ist vermutlich kein Verkaufsschlager. Kommt auf den Preis an.«

Der kleine Garten hinter dem Haus grenzte an das Grundstück des Nachbarn. Privatsphäre sah anders aus. Hier würde Daniel niemanden unbemerkt hereinschaffen können. Geschweige denn seine Opfer hier unterbringen. Sie betraten die Terrasse. Die Glasfront gab den Blick frei auf ein winziges Wohnzimmer, eingerichtet im Stil der Achtzigerjahre, was den Verkauf nicht unbedingt erleichtern dürfte. Goldberg stellte sich die Ausstattung des Badezimmers vor. Er tippte auf grüne oder braune Fliesen. Oder beides in Kombination. Mit den Händen schützte er seine Augen und spähte ins Innere. Immerhin gab es einen kleinen Kamin. Allerdings einen von der Sorte, der den Rauch ungehindert in das Zimmer entließ. Goldberg ließ den Blick durch den Raum schweifen und blieb an einer kleinen Figur hängen, die auf dem Tisch stand.

»Hauke, komm mal her.«

»Was ist?«, fragte er, dem Zeigefinger seines Kollegen folgend.

»Shiva ist bei den Breitners zu Besuch.«

»Ach, nee. Und wie ist der da hingekommen?«

»Es sieht so aus, als hätten wir …«

Weiter kam Goldberg nicht. Eine Stimme unterbrach seine Überlegungen. »Darf ich fragen, was Sie hier machen?«

Hauke drehte sich als Erster um und schaute in das Gesicht ihres Kremper Kollegen.

»Moin, Rolf.«

»Hauke, was treibt ihr hier?«

Goldberg klärte mit wenigen Worten die Situation auf.

»Das Haus der Breitners steht seit ihrem Tod leer. Da wohnt niemand«, erwiderte Rolf.

»Hat jemand vielleicht etwas Ungewöhnliches gemeldet?«, fragte Goldberg trotzdem.

»Nein, und glauben Sie mir, wir wüssten es.«

Der Ton, in dem er sprach, war unmissverständlich. Sie hatten hier nichts zu suchen.

»Wir würden uns trotzdem gerne einmal umsehen«, sagte Goldberg.

Der Mann, dessen Statur einem mächtigen Schrank glich, das Kreuz so lang, wie es breit war, stierte ihn aus verengten Augen an. Mit seiner stachelartigen Kurzhaarfrisur versuchte er entweder seine beginnende Glatze zu kaschieren oder aber sein Lebensmotto passte wunderbar zu der Einrichtung dieses Hauses. Oder beides.

»Habt ihr einen Durchsuchungsbeschluss?«

Goldberg erkannte, dass es keinen Sinn hatte. Er entschuldigte sich für die Unannehmlichkeiten, und die drei Männer verabschiedeten sich so höflich wie möglich.

»Wir müssen da rein«, sagte Goldberg, als sie wieder im Auto saßen.

»Philip, mit Rolf ist nicht zu spaßen. Wenn uns irgendjemand dabei beobachtet, kriegt der das sofort spitz, und der ist kein Freund von deinen unorthodoxen Ermittlungsmethoden. Der steht sofort an höchster Stelle auf der Matte und schwärzt dich an.«

»Ein Besuch von Daniel Breitner wäre völlig legal, und niemandem würde das auffallen.«

Hauke sah ihn an, als hätte Goldberg nicht mehr alle Tassen im Schrank. »Das habe ich nicht gehört, Philip.«

»Du hast recht, das ist eine vollkommen absurde Idee. Wir sehen ihm beide nicht sehr ähnlich.«

In dem Moment trat Rolf auf die Straße.

»Was hat der da so lange gemacht?«, fragte Goldberg.

»Unkraut gejätet«, schlug Hauke vor.

»Im Ernst. Der war mindestens zehn Minuten im Garten.«

»Rolf war schon immer sehr gründlich. Wahrscheinlich hat er kontrolliert, ob wir nicht doch heimlich eingestiegen sind.«

Der Polizist aus Krempe drehte sich zu ihnen um. Selbst aus der Entfernung von einigen Metern konnten sie seinen misstrauischen Blick deutlich erkennen.

»Der ist ein echtes Arschloch. Einmal hat er seinen Kollegen ans Messer geliefert, weil er seine Dienstwaffe nicht vorschriftsmäßig getrennt von seiner Munition lagerte.«

»Wir haben keine Zeit für derartige Korinthenkacker.«

Hauke drehte sich abrupt zu seinem Chef um. »Klassenziel erreicht. Ich bin stolz auf dich«, sagte er überrascht und grinste.

»Ich muss ja schließlich auch einen Beitrag zu einem neuen Streifenwagen leisten«, erwiderte Goldberg und warf eine imaginäre Münze in das ebenso imaginäre Sparschwein für ungebührliches Verhalten.

Rolf hatte inzwischen die Straße überquert und war um die nächste Ecke gebogen.

»Also, was schlägst du vor?«, fragte Hauke.

»Hast du deine Meinung geändert?«

»Weißt du, wie lange ich schon auf eine solche Gelegenheit warte?«

Hauke startete den Wagen. Sie überholten Rolf und winkten ihm noch einmal lächelnd zu.

Eine halbe Stunde später hatte Hauke den Wagen auf der gegenüberliegenden Straßenseite geparkt und stand mit seinem Funkgerät in der offenen Fahrertür. Über den Lautsprecher informierte er die Bewohner, dass sie eine entlaufene Kuh suchten und jeden um Mithilfe baten. Wie erwartet zog Hauke sämtliche Aufmerksamkeit auf sich.

Unbemerkt gelangte Goldberg in den Garten der Breitners. Die Terrassentür war natürlich verschlossen. Goldberg zog seine malträtierten Handschuhe über, nahm einen Stein vom Boden und schlug damit ein kleines Loch in die Scheibe. Das Klirren war nicht einmal halb so laut wie Haukes Stimme, die noch immer durch den Lautsprecher dröhnte. Hastig ließ er seinen Arm durch das Loch gleiten und öffnete die Tür. Er betrat das Wohnzimmer, nahm die Figur vom Tisch und verschwand wieder.

Zurück im Revier, war Hauke sehr stolz auf sich. Er hatte sich wieder einmal selbst übertroffen. In ihm schlummerte ein schauspielerisches Talent, das ausbaufähig war. Einmal hatte er sein Potenzial genutzt, indem er einer Frau weismachte, er sei Vertreter eines großen Pharmaunternehmens. Es hatte funktioniert, wobei er sich nicht ganz sicher sein konnte, ob sie tatsächlich seinem vermeintlichen Vertretercharme erlegen oder der Aussicht auf ein paar verschreibungspflichtige Medikamente gefolgt war. Sicher ein bisschen von beidem. Jedenfalls war sie nicht übermäßig enttäuscht gewesen, als es keine Pillen gegeben hatte.

Aber egal, er schob die Erinnerung beiseite, es war ohnehin nicht seine beste Eroberung gewesen. Er musste zugeben, dass es mit der Zeit immer weniger Frauen wurden, die seinem wie auch immer gearteten Charme erlagen. Die Hawaii-Hemden-Ära hatte sich erledigt, und die Goldberg-Variation, wie er sie nannte, hatte nicht den gewünschten Erfolg erzielt. Er war eben nicht Philip, auch wenn er den Blick und die Gesten seines Chefs hundertmal vor dem Spiegel geübt hatte. Und wenn er ganz ehrlich war, was nicht so oft vorkam, musste er seiner Mutter zustimmen. Er vermisste eine richtige Frau, eine Frau, die blieb. Nicht nur für eine Nacht.

»Hauke, ist da jemand?« Peters Stimme riss ihn aus seinen Gedanken.

»'tschuldigung.«

»Wohin bist du denn abgetaucht?«

»Ist doch egal, oder? Jetzt bin ich ja wieder hier.«

»Machst du dir Sorgen um deine entlaufene Kuh?«

Peters Bemerkung entlockte Hauke ein breites Grinsen. »Das war echt großes Kino.«

»Meine Herren, können wir uns dann wieder unserem Fall zuwenden?«, mischte sich Philip ein.

Sie nickten.

»Danke, sehr freundlich.« Philip nahm die kleine Figur in die Hand. »Also, das ist Shiva, eine hohe Gottheit im Hinduismus, wenn nicht sogar die höchste. Hier tanzt er auf dem Dämon der Unwissenheit, um die Menschen von ihren Schmerzen zu befreien.«

»Und was soll dieser komische Kreis drum rum?«, fragte Hauke.

»Das ist ein Feuerkreis.«

»Aha.«

»Was macht diese Figur in dem Haus der Breitners?«, fragte Peter.

»Ich denke, sie stammt von Sohanraj«, sagte Philip.

»Sohanratsch?«, fragte Hauke.

»Von wem sollte die sonst kommen?«, sagte Philip. »Das Ehepaar Breitner hatte mit ziemlicher Sicherheit kein Faible für den Hinduismus.«

»Vielleicht läuft da noch was zwischen den beiden«, schlug Hauke vor.

»Meinst du?«, fragte Peter ungläubig.

»Überleg doch mal.« Hauke drehte auf. »Sohanratsch und Daniel hatten vor etwa zwanzig Jahren ein ziemlich schräges Verhältnis. Bis es dem Älteren zu viel wurde und er nach Indien flüchtete. Dort entdeckt er seine spirituelle Seite und lässt sich zum Yogafritzen ausbilden. Daniel kommt nach einer weiteren Pflegefamilie ins Heim. Doch irgendwann gelingt ihm der Absprung. Er macht eine Ausbildung und landet in der Kantine des Krankenhauses. Vielleicht hat seine Tierliebe ihn aus der Drogensucht befreit, jedenfalls gründet er diesen Verein.«

Hauke versicherte sich, ob die Kollegen ihm folgten. Für Peter schien seine Theorie bisher überzeugend zu sein. Philips Blick hingegen verhieß Widerspruch. Er ließ sich jedoch nicht beirren und fuhr fort.

»Jetzt taucht Sohanratsch wieder in Kophusen auf. Geläutert, vielleicht sogar erleuchtet. Daniel bekommt Wind davon und besucht ihn. Sie streiten. Möglich, dass Sohanratsch ihm diesen Gott als Zeichen seiner Entschuldigung schenkt. Aber Daniel ist nicht so leicht zu besänftigen. Er beschließt, sich an seinem einstigen Liebhaber zu rächen. Dazu schleust er zunächst Annette Prinz ins Namasté ein. Die beiden kennen sich ja offenbar aus der Vereinsarbeit.«

»Wozu?«, fragte Peter.

»Zum Beispiel, um ihn in eine Falle zu locken? Annette Prinz weigert sich jedoch. Kriegt Skrupel. Daraufhin muss Daniel sich etwas anderes überlegen und Annette aus dem Weg schaffen. Immerhin kennt sie seinen Plan. Daniel besorgt sich die Schlafbeeren, betäubt Annette damit und hinterlässt diese Krähe. Auf die gleiche Weise geht er beim Ehepaar Huber vor.«

»Aber wieso die Krähe, damit fällt doch sofort jeder Verdacht auf ihn?«, warf Peter ein.

»Als Nachricht für Sohanratsch.«

»Ein Vorbote des Todes«, sagte Philip.

Hauke nickte.

»Aber wenn er Sohanraj umbringen will, warum macht er das nicht gleich?«, fragte Peter.

»Er will ihn quälen. So wie er sich früher gequält und missbraucht fühlte«, erklärte Hauke. Er verstummte und lehnte sich in seinen Schreibtischstuhl zurück.

»Interessante Theorie«, bemerkte Philip lediglich. »Was macht die Suche nach Viola?«

Peter schüttelte den Kopf. »Bisher nichts. Auch Miriam Schneider und Heide Sieg geben nichts her, was auf einen Zusammenhang deuten könnte. Keine Verbindung zu irgendwem. Die Hubers nehme ich mir gleich vor.«

»Und die beiden aus dem Krähenschutz-Verein?«

»Das sind zwei junge Frauen aus Elmshorn. Aber nichts, was uns irgendwie weiterbringt.«

»Die Shiva-Figur bedeutet, dass jemand in dem Haus war. Wir sollten die Nachbarn befragen«, sagte Philip.

»Ich glaube, nach der Aktion mit der entlaufenen Kuh sollte ich das lieber übernehmen«, schlug Peter vor.

»Das gibt es doch nicht, irgendwo muss es doch eine verdammte Spur geben«, rief Hauke. »Wo steckt dieser Kerl bloß?«

Einige Augenblicke lang hallte Haukes Frage in ihren Köpfen nach. Ratlosigkeit machte sich breit. Shiva schaute sie aus milden Augen an. Die Statue schien geduldig darauf zu warten, dass sie endlich auf den entscheidenden Hinweis kamen. Goldberg betrachtete sie. Geradezu höhnisch tanzte Shiva auf dem Dämon der

Unwissenheit. Wie gerne wäre er an seiner Stelle gewesen, diesen quälenden Geist bereits bezwungen.

»Gut. Hauke, du rufst jetzt Sohanraj an und sagst ihm, wir hätten eine Spur gefunden und er müsste hierher kommen, um etwas zu identifizieren.«

»Und was wollen wir ihm präsentieren, wenn er hier aufkreuzt? Etwa den tanzenden Shiva? Wenn er die Figur kennt, weiß er doch, wo wir sie herhaben.«

»Egal. Wir müssen ihm ja nicht gleich auf die Nase binden, wie wir an die Figur gekommen sind.«

»Warum fragen wir ihn nicht ganz direkt, ob die Figur von ihm stammt?«, wollte Peter wissen.

»Weil es denkbar ist, dass wir den falschen Mann suchen. Bisher haben wir nur in eine Richtung ermittelt. Es wird Zeit, den Blickwinkel zu ändern.«

»Du meinst Sohanraj? Warum sollte er seine eigenen Patienten entführen?«, fragte Peter überrascht.

»Es ist denkbar, dass nicht Daniel sich an Sohanraj rächen will, sondern andersherum. Daniel ist nicht der Täter, sondern das Opfer«, sagte Philip.

»Aber der Yogafutzi ist doch damals abgehauen, nicht Daniel«, wandte Hauke ein.

»Da hast du recht, aber was ist, wenn Sohanraj bei Daniels Besuch gemerkt hat, dass er ihn doch noch liebt?«

»Ja, und?«

»Spielen wir das Ganze doch einmal andersherum durch. Die beiden sehen sich nach vielen Jahren wieder. Sohanraj erkennt plötzlich, dass er nie aufgehört hat, Daniel zu lieben. Sie reden. Unser Yogi gesteht ihm seine fortwährende Liebe, aber Daniel erwidert sie nicht.

Vielleicht lacht er ihn sogar aus. Sohanraj ist gekränkt oder bei ihm brennt spontan die Sicherung durch.«

»Bei dem Meditationsheini? Kann ich mir nicht vorstellen. Außerdem würde der damit doch seinen ganzen Laden kaputt machen.«

»Vielleicht war das so gar nicht geplant.«

»Mord im Affekt?«, fragte Hauke.

»Immerhin ist Sohanraj der Einzige, der Kontakt mit Daniel hatte. Zumindest, soweit wir wissen.«

»Aber warum dann die Krähen?«, fragte Peter.

»Wundert ihr euch nicht, warum wir von Daniel keine einzige Spur haben?«

Hauke kniff die Augen zusammen. »Du meinst, Sohanratsch hat ihn im Streit umgebracht und inszeniert jetzt diesen ganz Vermisstenquatsch, um von sich selbst abzulenken?«

»Das ist immerhin eine Theorie.«

»Und was soll dann die Figur?«, fragte Hauke und deutete auf den kleinen Shiva.

»Diese Figur könnte ein Hinweis darauf sein, dass Sohanraj bei Daniel im Haus war. Und wenn wir ihn damit konfrontieren, dann machen wir ihn vielleicht nervös.«

»Ich dachte, du magst Sohanraj«, sagte Peter und klang etwas beleidigt.

»Es ist nur ein Test, Peter. Wir müssen alle Beteiligten abklopfen. Los, Hauke, ruf ihn an.«

»Was ist, wenn er nicht kommt?«

»Der wird kommen. So oder so.«

Stirnrunzelnd griff Hauke nach dem Hörer und ließ sich die Nummer von Peter diktieren.

Es dauerte etwas, bis Sohanraj abnahm. Hauke brachte sein Anliegen vor und bat ihn, umgehend auf die Wache zu kommen. Der Yogi willigte ein und versprach, in der nächsten Stunde bei ihnen zu sein.

»Peter, nimm Haukes Wagen und fahr nach Krempe. Postier dich unauffällig vor dem Haus. Ich will wissen, ob Sohanraj dem Haus der Breitners einen Besuch abstattet.«

Obwohl keiner der beiden Männer mit der Theorie etwas anfangen konnte, fügten sie sich und Peter machte sich auf den Weg.

14

Peter hasste diesen Wagen. Er konnte nicht verstehen, wie Hauke sich mit einem derartigen Schrotthaufen begnügen konnte. So wenig Geld verdiente er nun wirklich nicht, dass er sich nicht einen anständigen Wagen hätte kaufen können oder seinetwegen auch leasen. Wenn er erst einmal Sophie kennengelernt hatte, dann würde sie ihn sicher zur Vernunft bringen.

Sein Freund Friedrich hatte auf Peters E-Mail entsprechend irritiert reagiert. Dennoch stand er einem »zufälligen« Treffen positiv gegenüber. Zugegeben, Begeisterung klang anders, aber seine Besorgnis, dass seine Tochter mit Ende dreißig noch immer ledig war, wog schwerer. Sie hatten sich für heute Abend bei Rosi verabredet. Es war ihr obligatorischer Doppelkopf-Mittwoch, und es war nicht ungewöhnlich, dass Friedrich gelegentlich zu ihnen stieß und mitspielte. Peter hoffte nur, dass Hauke keinen Verdacht schöpfte, wenn Friedrich dieses Mal mit seiner Tochter Sophie aufschlug. Sicher hatte diese Frau Besseres zu tun, als mit ihrem Vater

Karten zu spielen. Wie Friedrich sie wohl dazu bringen würde mitzukommen? Wenn es gut lief, wäre Hauke ihm am Ende noch ewig dankbar, weil er ihm die Frau seines Lebens zugeführt hatte. Sophie war aus Kophusen weggezogen und wohnte jetzt in Dägeling, einem kleinen Ort bei Itzehoe, und die Wahrscheinlichkeit, dass sie sich bei einschlägigen Dorffesten herumtrieb oder sie sich sonst wo über den Weg liefen, schätzte er gleich null ein.

Zufrieden mit seinem Plan parkte er das grässliche Auto am Straßenrand und wartete. Schon kurz darauf erregte ein altertümlicher Volvo seine Aufmerksamkeit. Der Schreck fuhr ihm in die Glieder. Das Auto von Sohanraj! Philip hatte den richtigen Riecher gehabt. Polizeiobermeister Brandt rutschte auf dem Sitz weiter nach unten und beobachtete Sohanraj durch den oberen Spalt des museumsreifen Lenkrades. Der Yogi stellte seinen Wagen direkt vor dem Haus ab. Die Nachbarn schienen ihn wenig zu kümmern. Eilig huschte er die Auffahrt entlang. Peter staunte nicht schlecht, als Sohanraj einen Schlüssel aus der Jackentasche zog und die Haustür aufschloss.

Peter musste sich regelrecht zwingen, im Wagen sitzen zu bleiben. Wenn er ihm jetzt folgte, wäre die Gefahr, entdeckt zu werden, viel zu groß. Sein Kopf schwirrte. Er nahm das Handy aus der Tasche und sendete eine Kurznachricht an Hauke und Philip, in der Hoffnung, dass Hauke sie noch las, bevor der Yoga-Meister auf der Wache eintraf. Wie aufs Stichwort trat sein Verdächtiger mit leeren Händen wieder aus der Tür. Dieses Mal hatte sein sonst so in sich ruhender Gesichtsausdruck etwas Panisches. Instinktiv rutschte Peter noch etwas tiefer in den Sitz. Seine Gedanken rasten. Für ihn waren das alles lose Enden eines ziemlich verrückten Verwirrspiels. Was hatte sein geliebter Sohanraj mit dieser ganzen Sache zu tun? Als der Yogi in sein Auto stieg, brummte sein Telefon.

Ach nee. Unser feiner Herr hat wohl doch etwas Dreck am Yogaarsch kleben.

Peter schüttelte den Kopf. Hoffentlich würde er sich in Gesellschaft einer jungen Frau etwas gewählter ausdrücken, dachte er und beobachtete, wie der Volvo im Schneckentempo über den Schnee rollte. Als der Wagen abgebogen war, stieg Peter aus. Zuerst nahm er sich das Haus direkt nebenan vor. Doch die Frau hatte weder etwas Verdächtiges gesehen noch gehört. Auch die Bewohner zwei Häuser weiter hatten nicht einmal den eben wegfahrenden Mann bemerkt. Von wegen auf dem Land bekämen alle alles mit. In den vier Häusern gegenüber traf er niemanden an. Und das Haus, dessen Grundstück direkt an den Garten der Breitners grenzte, musste den Eingang in der Parallelstraße haben, also setzte sich Peter dorthin in Bewegung.

Thies, so lautete der Name des Eigentümers. Peter atmete tief durch und drückte auf den Klingelknopf. Schritte kamen näher, und die Tür öffnete sich. Der Mann, der vor ihm stand, war dick. Eine charmantere Beschreibung fiel Peter nicht ein. Sein Bauch quoll mehrere Zentimeter über den Gürtel und schien sich noch nicht entschieden zu haben, ob er die Knöpfe des fleckigen Hemdes sprengen sollte oder nicht. Peter zwang sich, seinen Blick abzuwenden, und schaute dem

Mann in das Gesicht, für das er ebenfalls keine netten Worte fand. Das erste, das ihm einfiel, war breiig. Das zweite, teigig. Die Haut hing schlaff herunter, als suchte sie das mächtige Doppelkinn zu verbergen. Vergeblich. Wieder zwang sich Peter, den Blick abzuwenden.

»Was wollen Sie?« Die Stimme des Mannes klang unfreundlich.

»Ich bin Polizeiobermeister Peter Brandt«, stellte er sich in gewohnt professionellem Ton vor, ließ aber eine gewisse Verärgerung durchblicken. »Ich möchte gern wissen, ob Sie in den letzten Tagen etwas Ungewöhnliches bei Ihren Nachbarn bemerkt haben.«

Im Nu klarten sich die Gesichtszüge des Mannes auf. Die Haut schob sich zu den Seiten, und ein Lächeln bahnte sich den Weg. »Na, endlich kümmert sich mal jemand darum.«

Peter wurde hellhörig. Offensichtlich hatte er ins Schwarze getroffen.

»Hat Rolf endlich eingesehen, dass hier etwas nicht mit rechten Dingen zugeht?« Es war eine rhetorische Frage gewesen, denn er gab Peter nicht die Zeit zu antworten und redete einfach weiter. »Na ja, egal. Ich sage Ihnen, irgendetwas stimmt da nicht.« Sein rechter Zeigefinger deutete auf das Breitner-Haus. »Gerade eben war schon wieder jemand da drin. So ein Freak mit weißem Kittel unter der Daunenjacke. Sie haben ihn knapp verpasst.« Er bedachte Peter mit einem verschwörerischen Blick.

»Haben Sie diese Person zuvor schon mal gesehen?« Der Mann schüttelte den Kopf. Peter nahm sein

Mobiltelefon aus der Tasche und zog ein Bild von Sohanraj auf das Display.

»Könnte es dieser Mann gewesen sein?«

»Möglich. Hab ihn nur am Wohnzimmerfenster vorbeihuschen sehen. Der Knabe war heute zum ersten Mal da. Aber ständig macht sich hier so eine Frau zu schaffen.«

Peters Nacken begann zu kribbeln. »Eine Frau? Wie sieht sie aus?«

»So mittelgroß und hat rote Haare. Trägt meistens eine graue Jacke.«

»Und was macht sie in dem Haus?«

»Keine Ahnung. Sie geht immer über die Terrasse rein, da liegt ein Schlüssel unter dem Frosch.«

»Können Sie sie genauer beschreiben?«

»Nee. Mein Fenster ist zu weit weg.«

»Dürfte ich mir Ihren Blick auf das Haus einmal ansehen?«

»Ja klar. Bin ja froh, dass sich endlich mal jemand kümmert.«

Herr Thies war jetzt überaus zuvorkommend, er bat Peter ins Haus, als wäre er der Erlöser persönlich. Sogleich ertappte sich der Erlöser dabei, dass er überrascht war von der Sauberkeit des Hauses. Dein Kopf ist voller Vorurteile, ermahnte er sich in Gedanken und folgte dem Mann reumütig durch den hellen Flur.

Das Fenster, durch das Herr Thies seine Beobachtungen gemacht hatte, befand sich im Wohnzimmer. Auch hier hätte man vom Parkett essen können. Gedanklich entschuldigte Peter sich bei Herrn Thies für seine voreiligen Schlüsse.

»Da, sehen Sie.«

Der Mann hatte recht. Was für einige Nachbarn ein Ärgernis darstellte, erwies sich für ihn als Glücksfall. Im Winter hatte man freie Sicht durch die kahlen, eingeschneiten Bäume.

»Wie oft haben Sie die Frau gesehen?«

Herr Thies überlegte einen Augenblick. »Vier Mal.«

»In welchem Zeitraum?«

»Das erste Mal tauchte sie Anfang September auf. Fragen Sie mich nicht nach dem Tag. Aber bei dem Monat bin ich mir sicher. Das Laub war nämlich noch grün.«

»War sie immer allein?«

»Ja.«

»Haben Sie sonst noch jemanden beobachtet?«

»Einmal. Vor gut vier Wochen tauchte hier ein Kerl auf. So Mitte vierzig vielleicht. Der musste durch die Haustür gekommen sein, jedenfalls nicht über die Terrasse.«

»Kannten Sie ihn?«

»Nee.«

»Wissen Sie, wem das Haus gehört?«

»Ja klar. Breitners. Aber die sind ja schon tot. Angeblich soll es der Sohn geerbt haben.«

»Kennen Sie den Sohn?«

Herr Thies schüttelte den Kopf.

»Aber die Breitners kannten Sie?«

»Was heißt kennen. Wir haben uns gegrüßt, und das war's. Waren komische Leute, wenn Sie mich fragen.«

»Warum?«

»Im Sommer saßen die nie im Garten. Haben nicht

einmal gegrillt. Hockten nur im Haus. Und manchmal haben die richtig heftig gestritten.«

»Worum ging es dabei?«

»Keine Ahnung, ich habe nur die Stimmen gehört. Die Fenster hatten die ja auch immer zu. Ein Wunder, dass sie nicht erstickt sind in ihrem Haus.«

»Diese Frau und den Mann, die Sie beobachtet haben, würden Sie sie auf einem Foto wiedererkennen?«

»Vielleicht.«

Peter schaute aus dem Fenster. Sie mussten herausfinden, wer das gewesen war.

»Und Rolf haben Sie das auch erzählt?«

»Ja, aber der denkt, ich trinke zu viel. Wissen Sie, ich bin arbeitslos, und ja, eine Zeit lang habe ich auch getrunken. Das stimmt. Aber das ist vorbei.« Der Stolz in seiner Stimme war nicht zu überhören. »Bin seit acht Monaten und fünf Tagen trocken.«

»Gratuliere.« Peter lächelte.

»Danke! Meinen Sie, dass es etwas zu bedeuten hat?«, fragte er neugierig und deutete auf den Garten der Breitners.

»Ich weiß es nicht. Wir ermitteln in einem Vermisstenfall. Es handelt sich aber bloß um eine entlaufene Kuh. Eine Lappalie. Kein Grund, Rolf damit zu behelligen.«

Herr Thies nickte mit einem breiten Grinsen. »Hab mich schon gewundert, heute waren ja schon zwei von euch da. Einer in Zivil und einer in Uniform. Da hat sich sogar Rolf mal bequemt, sich hier blicken zu lassen.«

»Ja, das waren meine Kollegen. Die haben nach dem Rechten geschaut.«

»Der eine hat die Scheibe eingeworfen.«

Peter konnte seinen Blick nicht so recht deuten. Der Mann hatte einen Beamten beobachtet, der sich illegal Zutritt zu einem Haus verschafft hatte. Wenn er das Rolf erzählte, wären Philips Tage hier gezählt. Der Dienststellenleiter aus Krempe hatte einen guten Draht nach Kiel. Peter räusperte sich.

»Herr Thies, ich danke Ihnen, Sie haben uns sehr geholfen. Und falls Ihnen noch etwas einfällt, rufen Sie mich bitte an.« Peter reichte dem Mann seine Karte.

»Mach ich.« Das Grinsen wurde breiter.

»Und alles Gute für Sie. Sie können sehr stolz auf sich sein. Ich weiß, wie schwer das ist. Mein Bruder hatte nicht so viel Kraft wie Sie. Leberzirrhose.«

Das war zwar gelogen, Peter hatte gar keinen Bruder, aber es verfehlte die Wirkung nicht. Das Gesicht von Herrn Thies wurde ernst und mitfühlend. Offensichtlich wusste er genau, wovon Peter sprach.

»Oh, das tut mir leid.«

»Ja. Mir auch. Wir standen uns sehr nah. Deswegen Hut ab, und halten Sie durch.«

Die beiden Männer verabschiedeten sich, und Peter verließ das Haus mit einem mulmigen Gefühl. Wenn sie Pech hatten, würden sich Philips unkonventionelle Ermittlungsmethoden noch an ihm rächen.

Sohanrajs Volvo parkte neben dem Streifenwagen. Peter beschlich ein vages Gefühl der Angst. Wer war Sohanraj wirklich? Bisher hatte er an seinem Yoga-Lehrer nicht eine Sekunde gezweifelt, trotz allem, was sie bisher aus seiner Vergangenheit erfahren hatten. Er hatte ihn in die Welt des Yogas eingeweiht und damit seine Rückenschmerzen gelindert, wofür Peter ihm dankbar war. Er war gütig und freundlich gewesen, selbst Hauke ließ sich von ihm in die Kobrastellung führen. Widerwillig zwar, aber was tat Hauke schon aus freien Stücken? Außer Frauen anzubaggern. Über die Affäre mit Daniel, einem Minderjährigen, konnte Peter hinwegsehen. Sohanraj war damals selbst noch jung gewesen und Daniel sicher kein hilfloser kleiner Junge, der manipuliert und zu irgendetwas gezwungen werden musste. Aber Mord ging eindeutig zu weit.

Den Zündschlüssel ziehend ließ Peter den Eingang der Wache nicht aus den Augen. Durch die Glasbausteine konnte er zwar nichts erkennen, aber er wusste, dass sich die drei Männer dahinter befanden. Noch vor zwei Stunden hätte er nichts auf Sohanraj kommen lassen, doch jetzt, wo er mit eigenen Augen gesehen hatte, wie er in das Haus der Breitners marschiert war, hatte seine Ehrfurcht breite Risse bekommen. So breit, dass Haukes grinsender Kopf da durchgepasst hätte.

Zögernd stieg Peter aus. Er wollte nicht bei der Entlarvung seines Helden dabei sein. Oder war alles doch ein riesiger Irrtum? Hatte Daniel ihm einfach die Schlüssel gegeben, damit er im Haus hin und wieder nach dem Rechten sehen konnte? Aber warum fuhr er dann sofort nach Haukes Anruf dorthin? Was hatte er da gewollt? Seine Schritte verlangsamten sich, je näher er dem Eingang kam. Doch irgendwann war jede Entfernung überwunden, und Peter blieb einfach stehen. Er lauschte. Das ist lächerlich, dachte er, du stehst hier und traust dich nicht hinein. Wie ein Schuljunge vor dem Büro des Direktors. Entschlossen riss er die Tür so schwungvoll auf, dass er beim Eintreten alle Aufmerksamkeit auf sich zog.

Die Tür zu Philips Büro stand offen. Die drei Männer saßen um den Schreibtisch seines Chefs und sahen ihn mit irritierten Gesichtern an. Sie warteten wohl auf eine Erklärung für sein ungestümes Hereinplatzen, doch Peter nickte ihnen bloß zu und entledigte sich seiner Polizeijacke. Sorgfältig hängte er sie über den Bügel an die Garderobe und nahm wie gewohnt an seinem Schreibtisch Platz. Das Gespräch nebenan wurde wieder aufgenommen.

»Also zurück, Ralf«, hörte er Hauke sagen, »du gibst an, diese Figur Daniel Breitner geschenkt zu haben.«

»Ja. Bei seinem Besuch im Namasté. Ich habe sie aus Indien mitgebracht. Sie war mein Glücksbringer.«

»Sohanraj«, begann Philip. »Was hast du vorhin im Haus der Breitners gemacht?«

Auch wenn Peter sich in diesem Augenblick wünschte, den Blick des Yogis zu sehen, hatte er nicht den Mut rüberzugehen. Die einsetzende Stille war bedrückend genug. Es dauerte eine gefühlte Ewigkeit, bis Sohanraj endlich sprach.

»Ich wollte sehen, ob Daniel dort ist.«

»Warum?«, fragte Philip.

»Ich weiß, ihr verdächtigt ihn. Ich wollte ihm beistehen und hatte gehofft, dass er im Haus seiner Eltern ist.«

»Und, war er?«

Sohanraj wich der Antwort aus. »Daniel hat Mist gebaut. Er war ein Drogist und dealte. Aber er hat nie irgendjemandem etwas zuleide getan.«

»Ach, und die Drogen, die er vertickt hat, tun auch keinem etwas zuleide?«, machte Hauke seinem Unmut Luft.

»Doch. Natürlich Aber er hat sich verändert. Er ist ruhiger geworden, erwachsen, wenn man so will. Und er ist clean.«

»Warum hast du einen Schlüssel zum Haus der Breitners?«, fragte Philip.

»Daniel hat ihn mir gegeben.«

»Warum?«

»Er wollte, dass sich im Notfall jemand darum kümmert. Er selbst hat dieses Haus nie wieder betreten. Aber er wollte es behalten, als Mahnmal.«

»Als Mahnmal? Für seine verkorkste Kindheit oder was?«, fragte Hauke.

»Ja, so in der Art.«

»Und da kommst du nicht auf die Idee, uns das vielleicht etwas früher zu erzählen?«

»Ich hatte es ihm versprochen.«

»Versprochen? Bei dir verschwinden drei Menschen, und du behinderst unsere Ermittlungen, weil du es einem Kriminellen versprochen hast?«

Peter sah Hauke vor sich. Sein düsterer Blick versuchte den Yogi wahrscheinlich gerade zu vernichten. Was ihm offenbar nicht gelang, denn Sohanrajs Stimme klang trotzig.

»Daniel ist ein Freund, und Freunde lasse ich nicht im Stich.«

Hauke quittierte das mit einem charakteristischen Schnauben. Zum Glück griff Philip ein.

»Das verstehe ich gut. Aber wer sagt dir, dass Daniel nicht der Täter ist?«

Im Grunde war es eine Variation des altbekannten Spiels »Böser Cop – guter Cop«. Nur dass es vorher nicht abgesprochen war. Hauke war von Natur aus der »böse Cop«, er hatte diese Rolle inhaliert wie ein Schauspieler, der ausschließlich auf ein Rollenfach abonniert war. Man konnte sich darauf verlassen. Philip hingegen war naturgemäß das genaue Gegenteil. Eine äußerst gelungene Kombination, fand Peter auf seinem Platz in der zweiten Reihe. Sollten seine beiden Kollegen ruhig die Front beherrschen.

»Mein Herz. Und mein Verstand. Warum sollte er dann bei mir im Namasté auftauchen? Mir die Schlüssel zu seinem Haus geben?«

»Weil er vielleicht doch kein Dösbaddel ist und den Verdacht auf dich lenken will.«

Das würdigte Sohanraj keiner Antwort. Schließlich beendete Philip die Befragung. Beim Rausgehen nickte Peter dem Yogi zu und hoffte, dass sich alles bald aufklären würde. Er wollte doch einfach nur Yoga machen. Sohanraj verabschiedete sich knapp und verließ die Wache. Die drei Polizisten sahen ihm nach, lauschten der Zündung des Volvos und warteten, bis das Auto vom Hof gefahren war.

»Spinner«, sagte Hauke, schlurfte in die schmale Küche und goss sich einen Kaffee ein.

Philip schwang sich auf den ockerfarbenen Tresen,

ein Relikt aus den Siebzigerjahren. »Was hast du für uns?«, fragte er.

»Also, Sohanraj tauchte tatsächlich auf, ist mit einem Schlüssel ins Haus gelangt und nach etwa fünf Minuten wieder verschwunden.«

»Hatte er etwas bei sich?«

»Nein. Zumindest trug er nichts offen in der Hand. Aber ich habe noch etwas ganz anderes erfahren.«

Hauke kam zurück zum Schreibtisch und ließ sich geräuschvoll auf den Stuhl fallen.

»Seine Augen glitzern. Siehst du das, Philip?«

»Nicht zu übersehen. Und sein Gesicht ist gerötet«, erwiderte Philip.

»Seid lieber etwas freundlicher zu mir, ja? Ich habe nämlich einen Zeugen, der unseren Chef dabei beobachtet hat, wie er die Scheibe von Breitners Terrassentür eingeschlagen hat.«

»Oha, Philip, das sieht gar nicht gut für dich aus.«

»Wo gehobelt wird, da fallen Späne.« Philips erstaunliche Gelassenheit grenzte an Wahnsinn. »Hat dein Zeuge noch mehr gesehen?«

Peter nickte. Er berichtete von den Beobachtungen, die Herr Thies gemacht hatte. Seine beiden Kollegen hingen ihm förmlich an den Lippen, und Peter genoss die Aufmerksamkeit.

»Eine Frau«, murmelte Philip und stierte zu Boden. Ein untrügliches Zeichen dafür, dass er nachdachte und im Augenblick nicht ansprechbar war.

»Konnte er sie beschreiben?«, fragte Hauke.

»Mittelgroß, rotes Haar, und er erinnerte sich an eine graue Jacke.«

»Wer ist das denn verflucht noch mal?«

»Jemand, der sich dort bestens auskennt, wenn sie weiß, wo der Schlüssel versteckt ist.«

»Warum liegt da überhaupt ein Schlüssel? Da kann er ja gleich ein Schild an die Tür machen: Liebe Diebe, der Schlüssel ist im Garten. Viel Spaß, und macht bitte nicht so viel Dreck.«

»Vielleicht ein Umschlagplatz für seine Drogen?«, schlug Peter vor.

»Ich denke, der ist clean.«

»Das heißt ja nicht, dass er mit dem Dealen aufgehört hat.«

»Wir sollten das Haus mal genauer unter die Lupe nehmen.«

Das Telefon klingelte. Peter nahm den Hörer ab. »Revier Kophusen.«

Am anderen Ende der Leitung hörte er ein Knacken. Dann eine piepsige Stimme, wie die eines Kindes: »Ist dort Peter Brandt?«

»Ja, und mit wem spreche ich?«

»Das tut nichts zur Sache. Ich möchte eine Aussage machen.«

»Um was geht es?«, fragte Peter.

»Der Mann, den Sie suchen, ist tot.«

»Wen meinen Sie?« Peter hatte Mühe zu sprechen. Seine Nervosität schnürte ihm fast den Hals zu.

»Daniel Breitner.«

Peter hob den Kopf. »Woher wollen Sie das wissen?«

»Weil ich seine Leiche gesehen habe.«

»Wo?«

»Im Schwarzwasser.«

»Wo …?«, fragte Peter, doch das Klicken in der Leitung ließ ihn verstummen. Der Anrufer hatte bereits aufgelegt.

15

Schwarzwasser ließ Goldberg an einen reißenden Fluss denken, doch in Wahrheit war es ein schmaler, harmloser Wassergraben, der sich durch die Felder schlängelte. Sie stapften jetzt schon eine halbe Stunde am gefrorenen Ufer entlang, ohne einen Leichnam entdeckt zu haben.

Nach dem ominösen Anruf war Peter auf dem Revier geblieben und klemmte sich dahinter, über die Telefongesellschaft die Nummer des Anrufers herauszubekommen. Hauke und er hatten sich sofort auf den Weg gemacht. In der kleinen Parkbucht kurz vor Kamerland hatten sie den Dienstwagen abgestellt und waren zum Graben gestiefelt. Haukes Laune verschlechterte sich rapide. Mit jedem Meter, den sie zurücklegten, wurde sein Schnauben heftiger, und Goldberg versuchte gar nicht erst, seinen Kollegen zu besänftigen. Er selbst hielt das Ganze eher für einen Streich als einen ernsthaften Hinweis. Oder es war jemand, der sich wichtigmachen wollte. Die Welt war voll von solchen Menschen, die meinten, etwas gesehen oder gehört zu haben, das sich nur allzu häufig als Finte erwies. Trotzdem mussten sie dem nachgehen. Welch ein fataler Ermittlungsfehler, wenn hier tatsächlich die Leiche von Daniel Breitner läge!

Einige Sonnenstrahlen kämpften sich durch die dicke Wolkendecke und trafen auf den Schnee. Goldberg hielt sich die Hand vor die Augen, um nicht geblendet zu werden. Es war ein wirklich schöner Wintertag. Und es versprach ein noch schönerer Abend zu werden. Jedenfalls hoffte er es.

»Scheiße, hier ist nichts«, fluchte Hauke.

»Wir werden das Stück bis Grönland zu Ende gehen.«

Hauke lief voran. Mit riesigen Schritten fraß er sich das unebene Ufer entlang. Seine Füße stampften jedes Mal wütend auf. Plötzlich blieb er wie angewurzelt stehen.

»Scheiße«, rief er wieder, diesmal jedoch in einem anderen Tonfall.

Goldberg beschleunigte seine Schritte. Neben seinem Kollegen angekommen, blieb er stehen, den Blick auf den leblosen Körper gerichtet, der zum Teil aus dem gefrorenen Schwarzwasser lugte.

»Holen wir ihn da raus«, sagte Goldberg, schlingerte herunter und durchbrach bereits mit einem Fuß die Eisschicht.

»Sollten wir nicht die Spusi rufen?«

»Nun komm schon und hilf mir.«

Goldberg fasste nach dem Arm, der aus dem Eis ragte. Hauke sprang auf die andere Seite. Die Leiche war dicht unter der Eisschicht festgefroren. Sicher lag sie schon eine Weile dort. Als der Kommissar an dem leblosen Arm zog, spürte er, wie das Körperteil nachgab und sich mit einem Ruck vom Rest des Körpers löste. Mitsamt dem Arm fiel Goldberg nach hinten zu Boden. Hauke hob den Kopf und starrte entgeistert auf das abgerissene Gliedmaß.

»Was ist das denn für eine verfluchte Scheiße?«, rief er und sprang in den Graben.

Das Eis brach unter seinen Stiefeln. Grob hob er den Körper an und zog ihn unsanft aus dem Wasser. Goldberg konnte nicht anders und musste lachen. Er blickte vom Arm zum restlichen Körper und zurück. Da hatte sie jemand gründlich geleimt.

»Das findest du komisch?«, fragte Hauke entrüstet.

»Du solltest dich sehen«, erwiderte Goldberg, der bei Haukes düsterem Blick einen erneuten Lachanfall bekam.

»Sehr witzig.« Hauke blickte auf den vermeintlich toten Körper. »Ich habe ein Déjà-vu.«

»Kopf hoch, Hauke, immerhin wird es hier nicht so schnell langweilig.«

»Ja, nicht seitdem du hier bist.« Er stieg aus dem Wasser und warf die Puppe vor sich auf den Boden. Seine Stiefel waren ruiniert. »Die Welt wird immer kränker.« Mit ausgestreckter Hand half Hauke Goldberg wieder auf die Füße.

»Wir nehmen sie mit aufs Revier.«

»Willst du das Ding ausstellen? Als Beweis für unsere erfolgreiche Ermittlungsarbeit?«

»Nein, aber ich möchte dieses Ding komplett auseinandernehmen. Wer weiß, was sich im Innern befindet.«

Wie sich zeigte, bestand die Puppe im Wesentlichen aus Stroh. Sie stellten sie, wie ein Denkmal, in der Wache auf. Eine Vogelscheuche mit abgetrenntem Arm. Das Stroh hatte sich voll Wasser gesogen und war gefroren. Peter hatte eine große Wanne unter das Ding platziert, sodass sich die Sauerei beim Auftauen in Grenzen hielt. Die Puppe war vollständig angezogen. Handschuhe und Socken bedeckten die Arm- und Beinstümpfe, sodass die Puppe auf den ersten Blick nicht von einem echten Körper zu unterscheiden gewesen war.

»Wer denkt sich bloß so einen Scheiß aus?«, fragte Hauke.

»Kann ich dir genau sagen.« Peter ging zurück an seinen Schreibtisch und griff nach einem Zettel. »Ich habe einen guten Draht nach oben. Also, die Nummer gehört einem gewissen Jan Deggert. Aber wenn ich anrufe, heißt es: ›Der gewünschte Teilnehmer ist vorübergehend nicht erreichbar.‹ Das Telefon ist ausgeschaltet.«

»Jan, du Arsch«, sagte Hauke.

Peter sah ihn irritiert an, und Hauke erklärte, dass Jan auf Sohanraj nicht besonders gut zu sprechen war.

»Aber seine Frau ist doch später mit diesem Vertreter durchgebrannt«, warf Peter ein.

»Ja, aber der ist nun mal nicht da.«

»Woher weiß er von Daniel Breitner?«, fragte Goldberg.

»Buschtrommeln.«

»Na schön. Vergessen wir es. Eine Strohleiche bringt uns ohnehin nicht weiter«, sagte Goldberg.

Eine halbe Stunde später saßen sie gemeinsam in Goldbergs Büro, jeder ein halbes Hähnchen mit Rosis knusprigen selbst gemachten Kartoffelspalten vor sich.

»Den Katzen geht es gut. Fressen, schlafen und kacken fleißig«, bemerkte Hauke und biss in seine saftige Keule.

»Und den Frauen?«, fragte Goldberg, der sich nicht so leicht mit dem Geflügel tat.

In diesen Dingen war er tatsächlich ein wenig genant. Außerdem war sein Magen immer noch unberechenbar. Es gab Tage, da bekam er nichts runter und musste sich zwingen, wenigstens einen Joghurt zu essen. Seine Kollegen hatten ihm den Hausarzt in Kremperheide empfohlen, doch Goldberg hatte sich bisher erfolgreich geweigert.

»Alles paletti.« Hauke warf einen Blick auf den nahezu unberührten Teller seines Chefs. »Isst du schon wieder nichts?«

In seinem Tonfall lag ein Hauch Besorgnis, aber im Grunde wollte er bloß wissen, ob er sich dessen Hähnchenhälfte auch noch einverleiben konnte. Wortlos schob Goldberg den Teller über den Tisch.

»Isst du wenigstens zu Hause etwas?«, fragte Peter, dessen Besorgnis im Gegensatz zu Haukes eindeutig überwog.

Goldberg machte eine vage Handbewegung, und Peter kommentierte sie mit einem väterlich strafenden Blick.

»Ich werde heute Abend bekocht«, verteidigte Goldberg sich. Er konnte es nicht länger für sich behalten.

Peter hielt mitten in der Kaubewegung inne und

schaute seinen Vorgesetzten neugierig an. »Ist es das, was ich denke?«

Goldberg nickte. Das Lächeln kam ganz automatisch, das hatte er nicht mehr unter Kontrolle.

»Hat sie sich also endlich gemeldet«, bemerkte Hauke, kaum von dem Hähnchen aufblickend. »Hat dich ja ganz schön zappeln lassen. Ich hoffe, die Frau ist es wert.«

»Hauke, bitte. Du kennst sie, du weißt, dass sie eine klasse Frau ist«, sagte Peter.

»Ich mein ja nur, ich würde mir das nicht so lange gefallen lassen.«

»Darüber würde ich an deiner Stelle einmal gründlich nachdenken«, erwiderte Peter. »Was meinst du, warum keine deiner Frauenbekanntschaften je zurückgerufen hat?«

»Weil ich eindeutige Signale gebe.«

»Ach so, daran liegt es. Na, wenn du meinst. Übrigens kommt Friedrich heute zu Rosi. Er will mal wieder mit uns spielen.«

Hauke zuckte mit den Schultern, während er sich einige von den knusprigen Kartoffelspalten in den Mund schob.

»Es wäre schön, wenn du die Auswahl deiner Kleidung und dein Benehmen entsprechend anpassen könntest.«

»Ich werde dich schon nicht vor deinem Busenfreund blamieren«, sagte Hauke schmatzend.

»Das hast du bereits. Bestimmt ein Dutzend Mal.«

»Na, dann brauche ich mich ja heute Abend auch nicht zu verstellen.«

»Zeig dich einfach mal von deiner Schokoladenseite.«

»Was machst du so einen Aufriss?«

»Ich mache keinen Aufriss. Außerdem hat Rosi Pensionsgäste, und vergiss nicht, deine Mutter wird da sein.«

Die Erwähnung seiner Mutter verfehlte die Wirkung nicht. Haukes Brummen erstarb zwischen den Kartoffeln in seinem Mund. Goldberg schwante, dass Peter etwas im Schilde führte. Er warf seinem Kollegen einen fragenden Blick zu, der ihn mit einem Zwinkern erwiderte. Wahrscheinlich arbeitete der Mann wieder an einer seiner »Geheimoperationen«. Er liebte das. Bei diesem Eifer wäre sicher auch ein ganz passabler Spion aus ihm geworden. Aber nicht jeder Gegner war so einfach zu durchschauen wie Hauke Thomsen.

»Was machen wir jetzt?«, fragte Hauke, der völlig ahnungslos zu sein schien.

Das war eine sehr gute Frage. Die Sackgasse, die sich vor ihnen auftat, klaffte wie eine offene Wunde. Und wie solch eine Wunde schmerzte sie. Der Leiter dieser stockenden Ermittlung konnte den Schmerz förmlich spüren. Die Fragen wurden immer mehr, doch die Antworten gingen ihnen aus. Die Theorie von Sohanraj als rächender Ex-Lover hatte Goldberg vorerst beiseitegeschoben. Auch wenn ihm die Erklärung des Yogis nicht in allen Einzelheiten plausibel erschien, glaubte er ihm dennoch. In dieser Geschichte verlief jeder Ansatz ins Nichts. Die Strohpuppe war ein treffendes Symbol dafür.

»Wenn ihr mich fragt, stimmt etwas mit eurem Guru nicht.«

»Das ist auch dein Guru.«

»Ihr habt mich da hingeschleift. Auf dienstliche Anordnung.«

»Wir sollten den Fall noch mal ganz von vorne aufrollen«, erstickte Goldberg die beginnende Auseinandersetzung. »Irgendetwas müssen wir übersehen haben.«

Peter stand auf und befreite sie von den leeren Tellern mit den abgenagten Knochen. Hauke ging ins Bad und wusch sich die fettigen Finger. Goldberg schenkte den beiden Kaffee nach und nahm sich selbst ein Glas Wasser. Die Sachlage war schnell zusammengefasst. Unterm Strich blieb ihnen ein Hauptverdächtiger, der nirgends aufzufinden war. Hinzu kam Sohanraj, der allem Anschein nach tiefer in die Angelegenheit verstrickt war, als er zugeben wollte, aber als Täter nicht so recht ins Bild passte. Und dann waren da noch drei vermisste Personen, von denen jede Spur fehlte.

»Ich würde Sohanratsch mal ordentlich in die Mangel nehmen. Der hat uns von Anfang an belogen. Wer weiß, was der noch alles verschweigt«, sagte Hauke. »Irgendetwas ist doch faul an diesem Kerl.«

»Er benimmt sich auf jeden Fall sehr mysteriös, dafür, dass ihm drei seiner Gäste abhandengekommen sind«, bemerkte Peter, dessen Bewunderung für Sohanraj zusehends in sich zusammenfiel.

Goldbergs Nicken hierzu bedeutete nicht etwa Zustimmung, sondern war ein Zeichen dafür, dass er nachdachte. Was ihn an der ganzen Sache störte, war, dass Sohanraj sie belogen hatte. Das war nicht nur kriminell, sondern auch nicht sehr yogisch. Dafür konnte es Goldbergs Meinung nach nur zwei Erklärungen geben. Entweder, er wusste genau, wo sich die drei Menschen aufhielten, und konnte sich somit sicher sein, dass sie sich in keiner lebensbedrohlichen Lage befanden, oder aber er schützte tatsächlich jemanden und nahm das Schicksal der drei Vermissten in Kauf.

»Denken wir das Ganze mal weiter«, sagte Goldberg. »Nehmen wir mal an, Daniel Breitner hat die Patienten tatsächlich entführt, um sich für die damals verschmähte Liebe an Sohanraj zu rächen. Er will ihm seine Existenz kaputt machen. Vielleicht gibt es sogar Drohbriefe, die uns der Yogi vorenthält. Sohanraj kennt den Entführer also und weiß, dass es Daniel Breitner nicht um die Opfer geht, sondern um ihn. Er versucht die ganze Zeit, Daniel zu beschützen. Vielleicht stehen die beiden in engem Kontakt. Möglicherweise erpresst Daniel Breitner ihn sogar, und Sohanraj versucht, auf seinen ehemaligen Liebhaber einzuwirken und die Opfer freizubekommen.«

»Das würde auch erklären, warum er im Yoga-Zentrum bleibt. Er will Daniel zeigen, dass er bereit ist zu reden, zu verhandeln«, überlegte Peter laut.

»Zum Beispiel.«

»Aber das ist doch verflucht leichtsinnig. Ich meine, der Mann scheint doch völlig außer Kontrolle zu sein. Was ist, wenn Sohanratsch versagt und bei Breitner die Sicherung durchbrennt?«

»Wir müssen bei Breitner auf alles gefasst sein. Er könnte ebenso gut unter Einfluss von Drogen stehen. Das Bild in der Dücker Mühle zeugt von einer gewissen Besessenheit, selbst wenn es schon viele Jahre alt sein sollte«, sagte Peter.

»Peter, du checkst bitte die Handy-Verbindungen

von Sohanraj. Das hätten wir schon längst machen sollen.«

»Hat der Mann überhaupt so etwas Irdisches wie ein Handy?«, fragte Hauke.

»Nein, er hat uns doch erzählt, dass er so etwas nicht braucht«, erklärte Peter.

»Dann eben sein Festnetzanschluss. Den wird er ja wohl haben«, erwiderte Goldberg.

»Da haben wir dann Glück, dass es hier bei uns nur die Telekom sein kann«, sagte Peter.

»Das Vergnügen durfte ich bei meinem Umzug auch haben. Wird Zeit, dass die Glasfaserleitungen endlich fertig werden«, bemerkte Goldberg.

Gut zwanzig Minuten später öffnete Peter die eingegangene E-Mail eines Freundes bei der Telekom. Er klickte auf das Symbol mit dem Drucker, und das Gerät hinter ihnen spuckte geräuschvoll die Information aus. »Hier haben wir es.«

Goldberg und Hauke wechselten einen anerkennenden Blick. Peter war ein Ass, wenn es um solche Dinge ging. Der Mann kannte überall Leute, die er schamlos für seine Zwecke einspannte. Mit einem schnellen Blick verglich er die endlos scheinende Liste mit den Nummern, die sie von Daniel Breitner hatten.

»Treffer, versenkt.«

Alle drei beugten sich über das Papier, auf dem Peter die entsprechenden Nummern mit einem Textmarker kennzeichnete. »Da haben wir außerdem die Nummer vom Krankenhaus in Itzehoe, und zwar einen Tag nach Annette Prinz' Verschwinden.« Seine Finger flogen nur so über die Seiten.

»Hier schon wieder Daniels Handy-Nummer. Die haben ganz schön oft telefoniert, dafür dass Sohanraj nicht weiß, wo Daniel Breitner steckt«, sagte Hauke.

In den letzten drei Tagen hatte der Yogi Daniel regelmäßig angerufen. Peter setzte sich an seinen Schreibtisch und listete die Anrufe gesondert auf, sodass sie eine gute Übersicht erhielten. Tatsächlich hatte Daniel Breitner Sohanraj erst gestern kontaktiert.

»So, und das Gleiche machen wir jetzt noch für das Handy von Daniel Breitner«, sagte Goldberg.

»Das kann aber dauern, bei diesem Mobilfunkanbieter kenne ich niemanden«, gab Peter zu bedenken.

»Dann gehen wir eben den offiziellen Weg. Aber mach Druck bei denen. Hauke, du fährst nach Itzehoe ins Krankenhaus. Peter schickt dir ein Foto von Sohanraj. Erkundige dich, ob irgendjemand ihn dort gesehen hat. Frag in der Zentrale und in der Kantine, ob jemand mit ihm gesprochen hat oder sich erinnern kann, ein Gespräch zwischen Daniel und ihm mitgehört zu haben. Vielleicht bringt uns das ja weiter.«

»Und du?«, fragte Hauke.

»Ein Vier-Augen-Gespräch mit unserem Yogi. Diese Telefonate wird er mir wohl oder übel erklären müssen.«

Wie gern hätte Goldberg jetzt in seiner Küche gesessen und seine Bialetti gefüllt. Die beiden Tassen heute Morgen schienen schon wieder eine Ewigkeit her zu sein. Er war nervös. Magda und er hatten sich gegen zwanzig Uhr bei ihr zu Hause verabredet. Ablenkung war das

Stichwort, sonst würde er sicher lange vor der Zeit im Buchladen in Glückstadt auftauchen, um sie abzuholen. Und diese Blöße durfte er sich dann doch nicht geben.

Bevor er losfuhr, rief er Steirer an. Erst nach dem fünften Klingeln nahm sein Freund ab.

»Na, machst du dir Sorgen um mich?«

»Ich wollte nur sichergehen, dass bei dir alles in Ordnung ist.«

»Bei mir ist alles in bester Ordnung. Habe meine Asanas absolviert, gefrühstückt, und jetzt sitze ich hier und lese. Und bei dir?«

»Ich fahre gleich zu Sohanraj und möchte dich bitten, dich vom Namasté fernzuhalten.«

»Und wieso, wenn ich fragen darf?«

»Es ist momentan für alle Beteiligten am sichersten.«

»Könntest du dann vielleicht meine Sachen mitbringen? In der Eile gestern habe ich sie total vergessen.«

»Ja, mach ich.«

»Hast du was? Du klingst leicht instabil.«

»Nervös trifft es eher.«

»Magda?«

Goldberg nickte, obwohl er wusste, dass sein Freund es nicht sehen konnte. Aber Steirer interpretierte das Schweigen richtig.

»Atmen, Philip, atmen. Du solltest ein paar Übungen machen. Glaub mir, die vollbringen Wunder.«

»Ja, später vielleicht. Nun muss ich erst mal arbeiten.«

»Wenn du mich brauchen solltest, ich bin hier. Heute Nachmittag wollte ich nach Kollmar fahren. Ein kleiner Joggingausflug an die Elbe würde dir auch guttun.«

»Bestimmt, aber ich muss deinen Meister auseinandernehmen.«

»Fass ihn nicht zu hart an. Er ist eine zarte Seele.«

Nach dem Telefonat blieb Goldberg noch einen Augenblick sitzen, um seine Gedanken zu fokussieren. Zuerst erteilte er Magda einen Platzverweis in seinem Hirn. Dann atmete er mit geschlossenen Augen tief ein und aus. Sogleich tauchte das Bild von Sohanraj vor seinem inneren Auge auf. Er konzentrierte sich auf sein Gegenüber. Erst als er sich fit und stabil fühlte, startete er den Motor. Die Räumdienste hatten versucht, die Schneemassen zu beseitigen, aber sie kamen nicht dagegen an. Es dauerte fast zwanzig Minuten, bis Goldberg den Wagen vor dem Namasté abstellen konnte. Natürlich waren die Hausbesitzer für das Schneeräumen auf den Gehwegen verantwortlich, aber Sohanraj hielt sich nicht daran, sodass Goldberg sich durch den tiefen Schnee kämpfen musste.

»Philip, was kann ich für dich tun? Gibt es etwas Neues?«, fragte Sohanraj in der Tür.

»Kann ich reinkommen?«

»Natürlich.«

Goldberg klopfte den Schnee von den schweren Schuhen und trat ein. In der Küche zog er die Jacke aus und hängte sie über eine Stuhllehne.

»Möchtest du einen Tee?«

»Ja, gern.«

Sohanraj bedeutete dem Kommissar, sich zu setzen, während er die Teetassen auf den Tisch stellte und aus der gusseisernen Kanne einschenkte. Dann nahm er ebenfalls Platz.

»Was ist los?«

Der Yogi schien deutlich besser gelaunt zu sein und ruhte jetzt wieder in sich. Wie gern wäre Goldberg in der Lage gewesen, sich ebenso gut im Griff zu haben. Er wärmte die Finger an der heißen Tasse.

»Sohanraj, ich habe die Anrufliste deines Festnetztelefons ausgewertet.« Er machte absichtlich eine kurze Pause und starrte in die Tasse, als wäre ihm dieses Gespräch zutiefst unangenehm. »Na ja«, druckste er, »und dabei sind mir zwei Nummern aufgefallen, die du sehr häufig angerufen hast.« Betont unsicher schaute er wieder auf, als wäre es ihm regelrecht peinlich, dann schlug er einen verschwörerischen Ton an: »Hauke und Peter habe ich noch nichts davon gesagt, ich wollte erst mit dir darüber sprechen.«

Sohanraj wich seinem Blick aus, indem er vorgab, von seiner Tasse zu trinken. Allerdings waren seine Bewegungen etwas zu fahrig für einen in sich ruhenden Geist, der rein gar nichts zu befürchten hatte.

»Ich kann mir vorstellen, wie schwierig das Ganze für dich sein muss, deshalb bin ich auch alleine gekommen.«

Der Yogi schwieg.

»Sei mir nicht böse, Sohanraj, aber ich habe natürlich die Nummern überprüft. Ich weiß, dass du einige Male mit Daniel telefoniert hast. Und jetzt frage ich mich, worum es bei diesen Gesprächen ging. Bitte, Sohanraj, wenn du etwas weißt über seinen Aufenthaltsort, dann sag es mir. Noch kann ich euch helfen. Wenn erst Peter Bescheid weiß oder schlimmer, wenn Hauke erfährt, dass du die ganze Zeit Kontakt mit unserem Hauptverdächtigen hattest, kommt er sicher auf dumme Ideen.«

Sein Ton war eindringlich und besorgt, was ihm nicht sonderlich schwerfiel. Goldberg hatte in Berlin an einigen Seminaren und Workshops zum Thema Psychologie und Körpersprache im Verhör teilgenommen. Vieles von dem hatte er inzwischen zwar wieder vergessen, doch er kannte die winzigen Anzeichen, die verrieten, wenn jemand begann, sich in seiner Haut unwohl zu fühlen.

»Ich weiß es zu schätzen, Philip, dass du mir helfen willst, aber ich weiß ehrlich nichts über ihn und wo er steckt.«

»Worüber habt ihr am Telefon geredet?«

»Über gar nichts. Er nahm gar nicht ab.«

»Du hast nur auf seine Mailbox gesprochen?«

»Ja.«

»Du hast auch in der Kantine im Krankenhaus Itzehoe angerufen.«

»Ich habe versucht, ihn dort zu erreichen. Als er nicht an sein Handy ging, habe ich mir Sorgen gemacht. In der Klinik wusste man allerdings auch nicht, wo er war.«

»Aber gestern hat er dich angerufen. Was wollte er?«

»Keine Ahnung. Es kam kein Gespräch zustande.«

»Wie meinst du das?«

»Es war Daniels Nummer, doch als ich abhob, hörte ich nur das Atmen von jemandem. Ich habe ihn angesprochen und gewartet, aber es kam nichts. Irgendwann habe ich einfach aufgelegt.«

Für einen Augenblick war Goldberg sprachlos. Es erwischte ihn hinterrücks, wie aus dem Nichts. »Warum hast du uns das nicht erzählt?«

»Ich wollte ihn nicht unnötig belasten.«

»Sohanraj, du behinderst unsere Ermittlungen. Das ist strafbar. Ganz abgesehen davon, dass es hier um das Leben von drei Menschen geht.«

»Er hat damit nichts zu tun. Ich muss ihn beschützen. Er hat doch sonst niemanden.«

Goldberg hatte Mühe, sich zusammenzureißen. Färbte da tatsächlich etwas von Haukes Jähzorn auf ihn ab?

»Ehrlich, Philip, ich meditiere jeden Tag und bete zu den Göttern, sie mögen wieder zu uns zurückkehren.«

Nun passierte etwas, womit Goldberg nicht gerechnet hatte. Sohanraj stand abrupt vom Tisch auf. Er suchte Abstand, musste sich Freiraum schaffen. Der Guru ging zum Tresen und stützte sich darauf ab. Seine Schultern bebten. Er begann zu schluchzen.

»Du liebst ihn. Auch nach all den Jahren, habe ich recht?« Die Stimme des Kommissars war sanft.

Das Schluchzen wurde lauter.

»Sohanraj, du beschützt ihn nicht damit, indem du uns belügst. Wenn du weißt, wo er ist, dann sag es mir.«

Der Yogi drehte sich zu ihm um. Seine Augen waren mit Tränen gefüllt. Traurig blickte er den Polizisten an. »Ich weiß es doch nicht. Ich mache mir große Sorgen. Das ist nicht seine Art, einfach zu verschwinden. Genau wie ich damals. Jetzt erlebe ich, wie sich das anfühlt. Alles kehrt zu einem zurück, Philip. Alles.«

»Wer könnte ein Interesse an Daniels Verschwinden haben?«

»Ich weiß es nicht.«

»Könnte es jemand von früher sein? Jemand, den ihr beide verletzt habt?«

Sohanraj zuckte mit den Schultern.

»Was ist mit diesem Mädchen, Viola? War sie vielleicht eifersüchtig auf dich?«

»Sie wusste von unserer Beziehung. Es gab deswegen nie ein böses Wort.«

Goldberg seufzte. Sie traten auf der Stelle.

»Philip«, flüsterte Sohanraj, »Daniel war das nicht. Ich habe mit ihm gesprochen. Er hat sich verändert.«

»Seine Fingerabdrücke sind auf deinen Ölkanistern«, warf Goldberg ein.

»Dafür gibt es eine Erklärung. Ich habe ihm das Namasté gezeigt, als er bei mir war. Er wollte wissen, was ich aus dem Haus gemacht habe. Wir waren dabei auch im Schuppen.«

»In deinem Öl befand sich Schlafbeere. Kannst du mir auch erklären, wie das da hineingekommen ist?«

»Das kannst du überall im Internet kaufen. Es ist ein bewährtes Mittel.«

»Hast du das hier?«

»Im Moment nicht, ich habe es gerade nachbestellt.«

Goldberg atmete geräuschvoll ein. Es war zum Verrücktwerden. Nichts ergab einen Sinn. Er schwieg einen Augenblick.

Sohanraj sah ihn an. »Du musst mir glauben.«

Noch vor drei Tagen hatte Goldberg sich nicht vorstellen können, diesen Mann einmal weinen zu sehen. Es tat ihm in der Seele weh. Liebe war grausam, dachte er, als er ihm behutsam die Hand auf die Schulter legte. Ihm fielen keine passenden Worte ein, die nicht abgedroschen oder banal geklungen hätten. Stattdessen drückte er schweigend die Schulter des Mannes. »Ich würde gerne Jens' Sachen aus dem Bungalow holen.«

»Ja, geh nur. Ich bleibe hier.«

Der Kommissar trat ins Freie. Sohanraj war nicht nur ein guter Yoga-Lehrer, sondern auch ein ebenso guter Schauspieler. Er hatte sie die ganze Zeit an der Nase herumgeführt. Aber er konnte dem Mann trotzdem nicht böse sein. Frierend stapfte er durch den hohen Schnee. Die Tür war unverschlossen. Es hatte sich nichts verändert. Jens' Koffer lag immer noch vor dem Bett und wartete darauf, fertig gepackt zu werden. Im Schrank befanden sich die letzten Kleidungsstücke. Er griff nach dem blauen Tweedjacket und zog es vom Bügel. Es fühlte sich weich an. Als er es sich über den Arm legte, hörte er ein leises Rascheln. Mit einem Blick auf den Boden stellte Goldberg fest, dass ein Stück Papier aus einer der beiden Jackentaschen gefallen war. Mit schmerzenden Knien bückte er sich und hob es auf.

Sein eigenes Zögern überraschte ihn. Eigentlich hatte er es unbesehen wieder zurücklegen wollen, aber es war einer dieser Augenblicke, in denen man Ja sagen musste.

Vorsichtig faltete er den Zettel auseinander. Die Handschrift kannte er nicht, aber die Adresse, die jemand darauf notiert hatte, war ihm wohlbekannt:

Dücker Mühle
Dückermühle 11
25358 Sommerland

Die Gedanken, die ihm unwillkürlich durch den

Kopf schossen, lähmten ihn. Er starrte vor sich hin, während er versuchte zu begreifen, was dieser Fund bedeutete. Wer hatte den Zettel geschrieben? Und wieso befand er sich in Jens' Jackentasche? Er rief auf der Wache an. Peter meldete sich nach dem ersten Klingeln.

»Peter, kannst du mir einen Gefallen tun?«

»Klar.«

»Könntest du Schriftproben von Daniel Breitner auftreiben?«

»Schriftproben?«

»Ja. Ich erkläre es dir später.«

»Ich rufe Hauke an, ob die im Krankenhaus etwas haben.«

»Gute Idee. Haben wir von Sohanraj eine Schriftprobe?«

Peter überlegte kurz. »Ja, er hat mir ein paar Tipps aufgeschrieben. Der Zettel muss hier irgendwo herumliegen. Ich mache mich gleich auf die Suche.«

»Danke«, sagte Goldberg und unterbrach die Verbindung.

Dann verstaute er den Fund mitsamt seinem Mobiltelefon in der Hosentasche. Dem Impuls, sämtliche Taschen seines Freundes zu durchwühlen, widerstand er nicht, und er fühlte sich dabei wie ein mieser Verräter. Er würde es Jens gestehen müssen, aber das hatte Zeit. Eilig packte er den Rest zusammen und verließ den Bungalow.

Der Anruf erreichte Hauke in der Kantine. Er sprach gerade mit Klaus Teschner, dem Küchenchef. Peter berichtete kurz, was Philip ihm aufgetragen hatte, und sie legten wieder auf. Hauke hatte keine Ahnung, was seinen Chef da wieder reiten mochte, aber er fragte den Koch sofort, ob er eine Schriftprobe von Daniel Breitner habe. Herr Teschner sah ihn erwartungsgemäß etwas irritiert an, nahm dann aber eine Einkaufsliste aus einer Schublade und reichte sie ihm.

»Er machte manchmal einige Besorgungen, Produkte aus der Region, die wir nicht vom Großhandel beziehen.«

Hauke warf einen Blick auf den Zettel, Kaffee aus Glückstadt gehörte zu diesen Dingen oder Marzipan vom Elbbäcker. Er grinste. Sicher waren das private Besorgungen. »Danke«, sagte er und steckte das Papier in seine Innentasche.

»So, und jetzt noch einmal zurück, wo wir stehen geblieben waren. Sie sagten, dass Daniel in letzter Zeit oft unkonzentriert wirkte.«

Klaus Teschner nickte. »Ja, er war gar nicht mehr richtig bei der Sache, unkonzentriert, als würde er sich ständig die Nächte um die Ohren schlagen. Kein Wunder, dass er sich krankgemeldet hat.«

»Tat er das öfter, ich meine, sich die Nächte um die Ohren schlagen?«

»Nicht, dass ich wüsste. Er hat viel mit seiner Freundin in seiner Bude gehockt.«

Hauke stutzte. »Mit seiner Freundin?«

»Ja. Viola oder Veronika heißt sie. Die war ein paarmal hier und hat ihn abgeholt.«

»Kennen Sie ihren Nachnamen?«

»Nein.«

»Wissen Sie, wie sie aussieht?«

»Ja. Groß, schlank, rotes Haar.«

Wieder stutzte er. Hauke hatte eine Vorliebe für Rothaarige, daher hatte er sich gemerkt, dass die Frau, die der Nachbar auf dem Grundstück der Breitners gesehen hatte, auch rotes Haar besaß. Er machte sich eine Notiz und unterstrich sie mehrfach.

Teschner schien nicht viel über seine Mitarbeiter zu wissen. Über Daniel Breitner konnte er ihm nur sagen, dass er freundlich und pünktlich war und Vögel mochte. Von einem Sohanraj oder Ralf Mommsen hatte er noch nie gehört, und private Telefonate waren in der Küche nicht gestattet. Aber immerhin wusste Hauke jetzt, dass Daniel offenbar eine Freundin hatte und die im Haus der Breitners ein und aus ging. Vielleicht war das auch die zweite Person, von der sie DNA-Proben in der Wohnung sichergestellt hatten.

Hauke reichte dem Küchenchef eine Visitenkarte. »Wenn Ihnen noch etwas einfällt oder Herr Breitner sich bei Ihnen melden sollte, dann rufen Sie mich an.«

Teschner nickte und steckte die Karte in die Brusttasche seiner fleckigen Küchenjacke. »Mach ich, Herr Wachtmeister.«

Hauke hatte sich inzwischen abgewöhnt, sich über solcherlei Diffamierungen seines Berufs aufzuregen. »Fällt Ihnen sonst noch jemand ein, den ich zu Herrn Breitner befragen könnte?«

»Versuchen Sie es mal mit Marius vom Empfang. Ich glaube, die haben öfters anderswo zusammen Mittag gemacht.«

Hauke ließ den Blick über die Töpfe schweifen, aber er enthielt sich jeglichen Kommentars. Dem Geruch nach zu urteilen, konnte er die beiden Männer verstehen, dass sie nicht in der Kantine gegessen hatten. Höflich verabschiedete er sich von dem pummeligen Koch und trat den Weg ins Foyer an.

Marius hieß mit Nachnamen Müller, was Hauke ein belustigtes Schnauben entlockte. Was wiederum die Dame in der Personalabteilung nicht verstand. Sie verriet ihm trotzdem, dass Marius heute freihatte und wie er ihn telefonisch erreichen konnte. Draußen vor der Klinik tippte Hauke die Nummer in sein Smartphone ein und ließ es klingeln.

»Marius Müller.«

Das breite Grinsen des Polizisten sahen zum Glück nur die Möwen, die sich auf den Parkplatz des Krankenhauses verirrt hatten. Bereitwillig beantwortete Marius die Fragen. Hauke erfuhr, dass Daniel Breitner und er tatsächlich manchmal ihre Mittagspause gemeinsam verbracht hatten. Doch sie hatten nicht viel über Persönliches gesprochen. Das Thema Vögel beziehungsweise Krähen sei allgegenwärtig gewesen, von der Freundin wusste er allerdings auch nur den Vornamen: Viola. Auch ihm war Daniel in letzter Zeit verändert vorgekommen. Marius nannte es nicht unkonzentriert, sondern zerstreut. Dann machte der Mann allerdings eine Bemerkung, die Hauke aufhorchen ließ.

»Beim letzten Mal fragte Daniel mich, ob er mal mein Handy benutzen kann.«

»Wozu?«

»Er hatte vergessen, seines aufzuladen, hat er zumindest behauptet.«

»Haben Sie das Gespräch mitgehört?«

»Nicht alles, Daniel ist in den Nebenraum gegangen. Aber eine Sache habe ich genau gehört, Daniel wurde nämlich ziemlich laut.«

»Und was war das?«

»Er sagte, dass er nichts dafür könne. Und dass das alles nicht seine Schuld sei.«

»Wissen Sie, mit wem er gesprochen hat?«

»Nein. Aber mich hat der Typ noch ein paar Mal angerufen und wollte mit Daniel sprechen, hat aber keinen Namen genannt.«

»Wann war das?«

»Vor zwei Wochen. Kurz bevor Daniel sich krankgemeldet hat.«

»Haben Sie die Anrufliste in Ihrem Handy noch?«

»Unbekannte Nummer.«

16

»Wir hätten gleich ins Krankenhaus fahren sollen«, gab Goldberg zu.

»Hätte, hätte, Fahrradkette«, sagte Hauke. »Jetzt waren wir ja dort.«

Die beiden Polizisten standen über Peters Schreibtisch gebeugt. Vor ihnen die zwei Schriftproben und der Zettel, der aus Steirers Tasche gefallen war.

»Und was sagt unser Schriftexperte?«, fragte Hauke und spielte dabei auf das grafologische Seminar an, das Peter vor Jahren einmal belegt hatte.

Peter antwortete nicht. Er blickte nicht einmal auf. Konzentriert verglich er mittels einer Lupe sämtliche Buchstaben miteinander.

»Du hast Jens nicht gefragt, wie die Adresse in seine Tasche gekommen ist, oder?«, fragte Hauke indessen.

Goldberg schüttelte den Kopf.

»Wirst wohl nicht drum rumkommen.«

»Ja, ich weiß.« Die Frage nach dem Warum lag ihm auf der Seele wie ein riesiger Schatten. Erst verschwand

Jens für mehrere Stunden ohne ein Lebenszeichen und jetzt das.

»Ich bin zwar kein ausgewiesener Experte, wie Hauke meint«, begann Peter, »aber meines Erachtens ist das weder die Schrift von Sohanraj noch von Daniel Breitner.«

»So, so, und woran erkennst du das?«, fragte Hauke.

»Seht euch das ›ü‹ an.« Peter hielt die beiden Schriftproben so nebeneinander, dass sie die Buchstaben im direkten Vergleich vor sich hatten. Hauke und Goldberg beugten sich tiefer hinab, sodass ihre Köpfe fast auf Peters Schultern lagen.

»Hier, seht ihr die Punkte?« Mithilfe der Lupe vergrößerte Peter die besagte Stelle.

»Dieser Schwung nach rechts ist nicht identisch. Ebenso beim ›D‹ und beim ›S‹. Das muss jemand anderes geschrieben haben.«

Hauke richtete sich wieder auf und ließ sich frustriert auf seinen Schreibtischstuhl fallen. Goldberg zog sich auf seinen Stammplatz auf dem Besuchertresen zurück. Seine Beine baumelten herab. Wenigstens war es nicht die Schrift seines Freundes. Jemand musste ihm also den Zettel in die Tasche geschoben haben, während er auf dem Weg ins Krankenhaus war.

»Wir müssen herauskriegen, wie diese Viola mit Nachnamen heißt«, bemerkte Goldberg.

»Glaubst du, sie ist der Schlüssel?«, fragte Peter.

»Ja. Im Haus der Breitners scheint sie ein und aus gegangen zu sein, als wäre es ihr eigenes.«

»Und mit wem könnte Daniel telefoniert haben? Mit Sohanratsch?«, fragte Hauke.

»Dann wäre die Nummer auf der Anrufliste. Ist sie aber nicht.«

»Also, nur damit ich das richtig kapiere«, begann Hauke und rekapitulierte die Ergebnisse. »Sohanratsch hatte nach langen Jahren erstmals wieder Kontakt mit Daniel. Dabei merkt er, dass er den Knaben immer noch liebt. Und als der Verdacht auf Daniel fällt, versucht unser Yogafritze aus Liebe, ihn mit allen Mitteln zu beschützen. Sprich, er lügt uns eiskalt an. Aber wie hängt das mit den Entführungen zusammen?«

»Vielleicht gar nicht. Viola ist die einzige Verbindung zwischen Sohanraj und Daniel«, sagte Goldberg.

»Also ist Daniel als Verdächtiger jetzt raus oder was?«, fragte Hauke.

»Es ist möglich, dass er bedroht wurde und ebenfalls Opfer einer Entführung geworden ist. Das würde jedenfalls erklären, warum wir ihn nicht finden«, sagte Peter.

»Wieso denn das, verdammt?«

»Es könnte doch sein, dass es sich um die beiden Männer zusammen dreht. Gar nicht um Sohanraj alleine«, erklärte Peter.

Das war ein guter Gedanke, dachte Goldberg. Mit wem Daniel auch immer telefoniert haben mochte, diese Person hatte ihm Vorwürfe gemacht, ihn zur Rechtfertigung genötigt. Es gab etwas, für das er Daniel verantwortlich machte.

»Fangen wir von vorne an.«

Wenn es um eine Ermittlung ging, brauchte Goldberg Ordnung und Struktur. Je öfter sie verschiedene Theorien erörterten, desto klarer wurden sie für ihn, und dann konnten sie sie entweder weiterverfolgen oder getrost fallen lassen.

»Sohanraj kehrt nach Kophusen zurück, um sich um den Nachlass seiner Eltern zu kümmern. Plötzlich taucht Daniel Breitner bei ihm auf, seine Jugendliebe. Sohanraj erkennt, dass er ihn immer noch liebt. Doch Daniel hat kein Interesse daran, diese alte Geschichte wiederaufleben zu lassen. Offenbar hat er jetzt eine Freundin. Viola. Wenn sie tatsächlich das Mädchen von früher ist, hatte sie vielleicht Angst, Daniel noch einmal an Ralf Mommsen zu verlieren. Sicher hat ihr Daniel vom plötzlichen Auftauchen seines Ex-Liebhabers erzählt.« Goldberg machte eine Pause und schaute in die Runde.

»Dann könnte auch unser Yogafritze Daniel entführt haben. Wenn er von Viola wusste, könnte er ebenso eifersüchtig auf sie gewesen sein.«

»Aber warum sollte er dann seine Patienten entführen?«, fragte Peter verwirrt.

»Auch wieder wahr.«

»Selbst wenn Sohanraj eifersüchtig oder gar gekränkt war, ruiniert er nicht seine eigene Existenz, in die er gerade ein Vermögen investiert hat«, mutmaßte Goldberg.

»Aber wer soll es dann sein?« Peter wurmte ihre Unwissenheit.

»Ich denke, dass es jemanden in diesem Reigen gibt, den wir bisher nicht auf dem Radar haben. Jemanden, der sich an beiden Männern rächen will.«

»Viola?«, schlug Peter vor.

Goldberg nickte. »Hauke, wir fahren noch einmal zu Sarah Klein.«

»Warum das denn?«

»Weil sie die Einzige ist, die beide von früher kennt. Es könnte doch sein, dass sie weiß, wer diese Viola ist.«

»Fahrt nach Neuendorf, ihre Praxis ist heute geöffnet«, warf Peter ein, der schon die Webseite der Ayurveda-Therapeutin aufgerufen hatte.

Auf dem Weg nach Neuendorf kamen sie an dem Fischrestaurant vorbei, wo Magda und er ihr erstes richtiges Date hatten. Sie hatte ihn eingeladen, mit der Ankündigung, dass es dort den besten Matjes der ganzen Gegend gebe. Er selbst war kein allzu großer Fisch-Fan, hatte aber ihr zuliebe zugestimmt. Es war ein schöner Abend gewesen. Wenn heute alles gut lief, würde er sie am Wochenende dorthin ausführen. Auf seine Rechnung. Wieder spürte er die wachsende Nervosität, wenn er an sie dachte. Dass ihm das nach der Sache mit Judith noch einmal passieren würde, hatte er nicht für möglich gehalten. Er war davon überzeugt gewesen, dass solche Kapitel in seinem Leben endgültig vorbei waren. Es hatte ihn nicht sonderlich gestört. Er kam sehr gut allein zurecht. Besonders nach Muriels Tod hatte er keine Notwendigkeit gesehen, sein Herz erneut zu verschenken. Aber einer Frau wie Magda war er noch nie begegnet. Er wäre ein Idiot, ließe er sie so einfach gehen.

»Hier ist es.«

Goldberg erwachte aus seinen Überlegungen. Der Jetta stand einige Meter von der Praxis entfernt. Er mochte es nicht, wenn man so mitten auf der Straße parkte, er empfand es als unnötige Behinderung des

Verkehrs, aber er schwieg. Der Kommissar wollte seinen Kollegen nicht verärgern. Die kommende Befragung war schon heikel genug, da konnte er keinen über das übliche Maß gereizten Hauke gebrauchen.

Das Haus war mehr eine Kate. Klein, aber urig. Am unteren Ende des Dachs konnte man das Reet sehen. Goldberg klingelte. Es dauerte einen Augenblick, bis die Tür aufging.

»Oh«, entfuhr es Sarah Klein, als sie die beiden Polizisten erblickte. Sie war nicht überrascht, sondern eher schockiert.

»Stören wir?«, fragte Goldberg.

»Ja. Ich bin mitten in einer Behandlung.« Sie lachte, aber es klang nicht fröhlich.

»Es dauert nicht lange«, versicherte der Kommissar ihr, dem das hektische Flackern in ihren Augen nicht entgangen war.

»Na gut. Aber wirklich nur kurz.« Sie blieb im Türrahmen stehen und machte keine Anstalten, sie hineinzubitten.

»Wir würden uns gerne drinnen mit Ihnen unterhalten«, sagte Hauke, während er die zwei Stufen nahm und sie nicht gerade sanft beiseitedrängte.

Der schmale Flur war in den Orangetönen gestrichen, die für solche Praxen typisch waren. Es sollte Wärme und Geborgenheit suggerieren, aber Goldberg fand diese Farbe immer schon penetrant und aufdringlich. Für ihn hatte sie nichts mit wohliger Wärme zu tun.

»Was kann ich für Sie tun?«, fragte sie und verschränkte die Arme vor der Brust.

Ihre Stimme war eine Spur höher als sonst. Der

plötzliche Überfall missfiel ihr gründlich, und sie konnte dies kaum kaschieren. Ihre Ausstrahlung hatte nicht mehr viel von der inneren Ruhe, die sie beim letzten Mal an den Tag gelegt hatte. Selbst ihr blondes Haar war heute nicht lockig, sondern ähnelte eher einer Explosion.

»Frau Klein, wir brauchen noch einige Informationen von Ihnen«, sagte Goldberg.

»Ich habe Ihnen alles gesagt, was ich weiß. Sie müssen mich wirklich entschuldigen, ich kann meine Patientin nicht länger warten lassen.« Sarah Klein rang sich ein gequältes Lächeln ab.

»Sie haben gesagt, Sie waren mit Sohanraj befreundet. Wussten Sie von seiner Liebesbeziehung zu Daniel Breitner?« Goldberg hatte sich entschlossen, keine Zeit zu verschwenden, weder ihre noch seine.

Ihr Blick wurde hart. Irgendetwas hatte bei ihr eine Veränderung hervorgerufen. In nur einem Tag schien sie sich um hundertachtzig Grad gedreht zu haben. Goldberg ließ das Gefühl nicht los, dass hier irgendetwas vor sich ging. Es lag eine Spannung in der Luft, als versuchte sie, etwas zu verbergen.

»Liebesbeziehung?« Sie lachte. Aber das Lachen war weder froh noch unbeschwert. Es klang bitter. »Nein. Wer hat Ihnen denn den Unsinn erzählt?«

»Sohanraj selbst«, erwiderte Goldberg.

»Ich bin sicher, dass Sie da etwas falsch verstanden haben.«

»Warum hat es mit Sohanratsch und Ihnen denn nicht geklappt, wenn Ihre Seelen doch im gleichen Takt schwangen?«, fragte Hauke.

»Wir hegten keine derartigen Gefühle füreinander.«

»Vielleicht lag es aber auch daran, dass er sich gar nicht für Frauen interessiert.« Eigentlich wollte Goldberg sie nur zu Viola befragen und sie nicht selbst in die Mangel nehmen. Doch ihre ablehnende Haltung ihnen gegenüber war mehr als verdächtig.

Sie kniff die Augen zusammen. »Über so etwas haben wir nicht gesprochen.«

Es war deutlich zu spüren, dass sie auf der Hut war. Wenn sie Glück hatten, brauchte es gar nicht viel, damit sie ihre Fassung endgültig verlor.

»Sie wussten also nichts von seiner Vorliebe für kleine Jungs?«, fragte Goldberg.

Aus dem Augenwinkel registrierte er den verwunderten Blick, den Hauke ihm zuwarf, und ignorierte ihn. Seine gesamte Aufmerksamkeit richtete sich auf die Frau. In ihrem Gesicht stand der pure Ekel.

»Warum behaupten Sie das? Sohanraj hat Daniel nie angefasst! Ich kenne ihn, so etwas würde er nie tun.«

»Ich schwöre Ihnen, er hat es uns persönlich mitgeteilt. Warum sollte er lügen und sich damit selbst ins Rampenlicht unserer Ermittlungen befördern? Mein Kollege kann das bestätigen.«

Angewidert sah sie zu Hauke, der etwas unbeholfen nickte.

»Was wollen Sie dann von mir? Ich habe Ihnen gesagt, dass mir etwas Derartiges nicht aufgefallen ist.«

»Hat Daniel Breitner Sie damals nicht um Hilfe gebeten?«

Es fehlte nicht mehr viel und sie würde explodieren, genau wie ihre Frisur.

»Nein. Natürlich nicht. Dann hätte ich auf der Stelle alles getan, um ihn aus der Familie herauszuholen.«

»Vielleicht befanden Sie sich ja auch in einer Zwickmühle.« Goldberg ging einen Schritt auf sie zu. Obwohl es ihr Unbehagen bereitete, blieb sie stehen. Goldberg machte noch einen Schritt. »Sie liebten Sohanraj und wollten ihn nicht verlieren. Und der Junge hatte doch selbst Schuld, er war ein Krimineller, der es ohnehin nicht weiter als bis in den Knast bringen würde.« Er bewegte sich auf sehr dünnem Eis, das wusste er. Sarah Klein war kurz davor, ihrer aufwallenden Wut freien Lauf zu lassen. Es würde ihn nicht wundern, wenn er in den nächsten Sekunden eine Ohrfeige kassierte. »Frau Klein, ich denke, Sie haben von Sohanrajs Vorliebe gewusst und ihn gedeckt. Was hat er Ihnen dafür gegeben, dass Sie Ihre Sorgepflicht verletzt und den wehrlosen Jungen sich selbst überlassen haben?«

»Hören Sie doch auf!« Sie wandte sich von ihnen ab und machte einen großen Schritt nach hinten. »Wehrlos, dass ich nicht lache! Das Früchtchen hatte es faustdick hinter den Ohren. Er hat uns alle an der Nase herumgeführt. Ja, Sohanraj mochte ihn, aber nicht so, wie Sie denken. Daniel war es, der sich an ihn rangeschmissen hat.« Sarah Klein fuhr sich mit der Hand durch die zerwühlten Haare.

»Sagt Ihnen der Name Viola etwas?«, fragte Goldberg ruhig.

Abrupt hielt sie in der Bewegung inne. Ihr Gesicht veränderte sich. Sie funkelte Goldberg an.

»Wer ist das Mädchen?«, fragte er.

»Ich weiß es nicht. Ich kannte sie nicht. Woher wissen Sie überhaupt von ihr?«

»Ist Ihnen bekannt, dass Daniel und Sohanraj wieder Kontakt hatten, nachdem er aus Indien zurückgekehrt war?«

»Nein, davon weiß ich nichts.«

»Wie nah stehen Sie und Sohanraj sich wirklich?«

Sie hielt seinem Blick stand. »Nicht so nah, wie Sie vermuten.«

Plötzlich hörten sie ein Geräusch. Panisch fuhr Sarah Klein herum. Spätestens in diesem Moment begriff Goldberg, dass in ihr ein Dämon gelauert hatte. Sie hatte versucht, ihn durch Yoga und Meditation zu besänftigen, aber irgendetwas hatte ihn offenbar in den letzten Tagen aufgeweckt. Die beiden Polizisten warfen sich einen schnellen Blick zu, und Hauke griff instinktiv nach seiner Dienstwaffe.

»Was war das?«, fragte er.

Sarah Klein drehte sich wieder zu ihnen um. Ihr Gesicht war gerötet. »Bitte stecken Sie dieses Ding weg. Das war meine Patientin. Wenn Sie mich jetzt bitte entschuldigen, ich habe Ihnen alles gesagt, was ich weiß.«

Kein Zweifel, sie wollte die beiden Männer so schnell wie möglich loswerden. Widerwillig steckte Hauke die Waffe zurück ins Holster.

»Sarah?« Die fremde weibliche Stimme kam aus der Tür hinter ihr. »Wo bleibst du?«

»Wer ist das?«, fragte Goldberg.

»Ich sagte Ihnen doch, ich stecke mitten in einer Anwendung. Meine Patientin wartet schon die ganze Zeit auf mich.« Sie wandte den Kopf Richtung Tür und rief: »Ich bin gleich da.«

Sarah Klein hatte sich wieder unter Kontrolle. Lächelnd ging sie zur Haustür und komplimentierte sie hinaus. Goldberg hatte ein mulmiges Gefühl. Aber eine Anzeige wegen unbefugten Betretens einer Praxis wollte er nicht auch noch riskieren. Wenn Rolf von seinem kleinen Einsatz in Krempe erfuhr, würde ein weiterer Verstoß gegen das Gesetz ihn nicht gerade in einem guten Licht dastehen lassen.

Zurück im Wagen öffnete Hauke das Handschuhfach, wo er immer eine Notfallschachtel Zigaretten aufbewahrte. »Ich gehe jede Wette ein, die weiß genau, wer Viola ist.«

»Ja, das glaube ich auch«, meinte Goldberg und hielt die Hand seines Kollegen auf, die gerade nach dem kleinen Päckchen greifen wollte. »Denk immer an die widerlichste Kippe, die du jemals geraucht hast.«

»Bist du jetzt meine Mutter, oder was?«

»Wenn es sein muss.«

Hauke warf ihm einen verkniffenen Blick zu, legte seine Hand jedoch brav auf das Lenkrad, und Goldberg schloss das Fach wieder.

»Und wie nervös die gute Frau war. Ich sage dir, das stinkt zum Himmel.«

»Warum lügt sie?«, fragte Goldberg.

»Weil sie Viola kennt und nicht will, dass wir erfahren, wer sie ist.«

»Ja. Aber warum?«

»Sie weiß, dass Viola da mit drinhängt.«

»Möglich.«

»Warum sah sie so fertig aus? Wohl kaum, weil die Behandlung so anstrengend ist.«

»Wir haben sie bei etwas gestört.«

»Vielleicht steckt sie sogar mit Viola unter einer Decke?«

»Du meinst, die beiden verschmähten Frauen rächen sich gemeinsam an ihren Ex-Liebhabern?«

»Warum nicht?«, fragte Hauke. »Ich verwette meinen …Arm darauf, dass die sich von früher kennen. Stell dir doch mal vor: Sarah Klein rechnet sich Chancen aus, als Sohanratsch aus Indien wiederkommt. Auf ihren Job beim Jugendamt muss sie jetzt keine Rücksicht mehr nehmen. Viola und Daniel sind zwar ein Paar, aber Daniel macht Schluss, weil sein Lover zurückkommt. Das muss die Frauen doch auf die Palme gebracht haben.«

Goldberg nickte. »Aber wo ist Daniel?«

Sie saßen noch immer im Wagen vor dem Haus. Beide verspürten nicht den geringsten Impuls wegzufahren. Die Stimme der Patientin hallte in Goldbergs Kopf wider. Er versuchte, sie sich genau einzuprägen, doch sie verblasste bereits. Der dringende Wunsch nach einem Espresso machte sich in ihm breit.

»Siehst du das?«, fragte Hauke und deutete auf das einzige Fenster der Praxis, das zur Straße zeigte. Der Vorhang bewegte sich. »Wir bleiben schön hier.«

Peter brütete über seinen Recherchen zu Viola und kaute auf einem Haferkeks, als das Telefon klingelte. Es war Selma, die angehende Rechtsmedizinerin aus Kiel. Ihre Kollegen hatten die Dücker Mühle untersucht und dort zwei unterschiedliche Fingerabdrücke gefunden. Die einen stammten von Daniel Breitner, die anderen stimmten mit denen überein, die sie von einer weiteren Person zusätzlich in Daniels Wohnung sichergestellt hatten. Für Letztere hatten sie jedoch keinen Match in der Datenbank. Die verkrusteten Essensreste vom Campinggeschirr waren bereits sehr alt. Wie alt, konnte sie noch nicht sagen. Die Wandmalerei, wie sie es nannte, war mit Ölfarben angefertigt worden. Eine vorläufige Analyse besagte, dass es sich nicht um handelsübliche Farben handelte, sondern sie vermutlich aus natürlichen Farbstoffen und Öl selbst hergestellt worden waren. Die Farbe war im Vergleich zu den anderen Spuren frisch. Das Bild konnte höchstens einige Tage alt sein.

»Also müssen der Maler und die früheren Bewohner nicht zwingend übereinstimmen.«

»Ist gut möglich.«

»Habt ihr noch etwas?«

»Die Farbe, die ihr auf dem Spiegel in diesem Ayurveda-Haus gefunden habt, ist ebenfalls sehr ölhaltig.«

»Ist das spezielles Öl?«

»So eine Analyse ist ziemlich aufwendig. Bisher hatte ich noch keine Zeit. Sobald ich Genaueres weiß, sage ich euch Bescheid.«

»Danke, Selma.«

Die zweite Person in Daniels Wohnung war also dieselbe, mit der er offenbar in der alten Mühle gehaust hatte. Aber warum hatten sie das getan? Mussten sie sich verstecken? Mit rauchendem Kopf wandte Peter sich wieder seinem Dossier über Viola zu. Er vermutete, dass Daniel das Mädchen schon vor Sohanraj gekannt hatte.

Geschwister hatte Daniel keine, das hatte Peter bereits überprüft. Eine Mitschülerin hielt er für unwahrscheinlich; bei seinen immensen Fehlzeiten dürfte er kaum Schulfreunde gehabt haben. Daniel war aus seinem Elternhaus direkt ins Heim gekommen, vielleicht hatte er Viola dort kennengelernt?

Er wählte die Nummer des Heims und erfuhr, dass die alten Akten noch nicht digitalisiert worden waren. Sie lagerten im Keller, und es konnte dauern, bis es jemand da hinunterschaffte und nachsehen konnte.

»Chronisch unterbesetzt«, erklärte die Frau am Telefon.

Peter bedankte sich und legte auf. Dann nahm er sich die Jugendamt-Akte von Daniel Breitner vor, die Friedrich per Post geschickt hatte. Der Mann war einfach ein Genie. Einen Amtsleiter als Freund zu haben war Gold wert. Er schlug die erste Seite auf und überflog die üblichen Daten. Die Einrichtung in Itzehoe war die letzte Station, bevor er seine Ausbildung begann. Drei Pflegefamilien hatten ihn aufgenommen. Sohanrajs Familie war die zweite gewesen. Die ersten Pflegeeltern hießen Krohn. Elvira und Wolfgang Krohn. Sie kamen aus Krempe. Weiter unten befand sich ein Kommentar, der Peter aufhorchen ließ. Das Ehepaar Krohn hatte eine Tochter. Seine Nackenmuskeln spannten sich. Hastig blätterte er weiter. Als er ihren Namen las, spannte nicht nur sein Nacken.

»Sie heißt Viola Krohn!« Vor Aufregung brüllte er fast ins Telefon. Hauke hatte sein Handy auf laut gestellt, und während Peter von seiner Entdeckung berichtete, ließen Goldberg und er Sarah Kleins Praxis nicht aus den Augen.

»Sie ist die Tochter der ersten Pflegefamilie, in die Daniel Breitner nach dem Heim kam. Die wohnten in Krempe und waren fast Nachbarn. Leider gibt das Netz nichts über sie her. Nicht mal ein Foto habe ich auftreiben können.«

»Hast du die Nummer der Eltern?«, fragte Goldberg.

»Ja. Ich habe eben schon angerufen, aber da meldet sich niemand.«

»Wir sollten da vorbeifahren«, schlug Hauke vor.

»Ja, das denke ich auch«, meinte Peter.

»O.k.«, sagte Goldberg. »Es ist besser, wenn wir uns aufteilen.«

»Ich übernehme das«, entgegnete Peter.

»Gut, vergiss nicht, das Telefon umzustellen. Hauke und ich bleiben noch eine Weile hier.«

»Ich melde mich, wenn ich dort gewesen bin.«

Beim zweiten Mal war es schon beinahe normal, die Wache vor dem offiziellen Dienstschluss verwaist zu lassen. So viele Außeneinsätze hatte er schon lange nicht mehr gehabt. Daran konnte er sich gewöhnen, dachte Peter. Als er Krempe erreichte, war es fast dunkel. Im Haus der Familie Krohn brannte kein Licht. Peter stieg trotzdem aus und öffnete die Pforte, die in den schneebedeckten Garten führte. Ein Bewegungsmelder reagierte, und eine Außenleuchte sprang an. Der schmale Gehweg zur Haustür war nicht geräumt worden. Nicht einmal gestreut. Verwundert warf er einen Blick zurück. Der Bürgersteig war sauber freigeschaufelt worden, bis auf das Stück vor dem Haus der Krohns. Entweder war ihnen die Verpflichtung zur Schneeräumung egal, oder sie waren verreist. Letzteres musste wohl der Fall sein. Das Haus machte einen sehr gepflegten Eindruck.

Er klingelte. Wie zu erwarten, rührte sich nichts. Er versuchte es noch ein zweites und drittes Mal. Vergeblich, das Haus blieb stumm. Kurz überlegte er, die Nachbarn zu befragen, aber was würde es bringen, wenn er erfuhr, dass sie im Weihnachtsurlaub waren. Und ein aktuelles Foto von Viola Krohn hatten die Nachbarn bestimmt auch nicht zur Hand. Immerhin war sie jetzt Mitte dreißig. Vermutlich wohnte sie gar nicht mehr hier. Außerdem wollte er Rolfs Nerven nicht noch mehr strapazieren, als sie es ohnehin schon getan hatten. Unschlüssig blieb er einige Minuten vor der Tür stehen. Die Breitners wohnten nur wenige Straßen weiter. Es war gut möglich, dass Daniel und Viola sich schon vorher gekannt hatten. Sie waren ungefähr in einem Alter, vielleicht hatten sie denselben Kindergarten oder dieselbe Schule besucht. Sein Handy vibrierte in der Jackentasche. Er zog es heraus und warf einen Blick auf das Display. Die Nummer kannte er nicht. Trotzdem nahm er das Gespräch an.

»Guten Tag, Herr Brandt. Entschuldigen Sie die Störung, aber ich sollte Sie doch anrufen, wenn ich etwas Verdächtiges beobachte.«

Peter brauchte einen Augenblick, um zu begreifen, wer da am anderen Ende sprach. Es war Herr Thies, der direkte Nachbar der Breitners.

»Was gibt's denn?«

»Diese Frau ist wieder hier.«

»Die Rothaarige?«

»Ja. Hat vor zwei Minuten das Haus betreten.«

Peters Herz begann zu rasen; wenn er nicht aufpasste, würde es ihm gleich um die Ohren fliegen. »Ist sie allein?«

»Nein. Ein Mann ist bei ihr.«

»Kennen Sie ihn?«

»Nee, den habe ich noch nie gesehen. Ehrlich gesagt kann ich auch nicht gerade viel erkennen. Ist zu dunkel.«

»Sagen Sie, kennen Sie eine Frau namens Viola Krohn?«

Der Mann schien einen Moment zu überlegen. Peter hatte Mühe, seine Aufregung zu zähmen.

»Nee, tut mir leid«, erwiderte Herr Thies schließlich.

Peter ließ sich seine Enttäuschung nicht anmerken. »Ich bin gerade in der Nähe und sehe gleich mal nach dem Rechten.«

»Ja, ist gut.«

»Vielen Dank, dass Sie so aufmerksam waren«, sagte Peter und verabschiedete sich zügig. Dann schlug er den Weg zum Haus der Breitners ein.

17

»Die kennen sich also auch von früher«, sagte Hauke. »Ob das dicke Busenfreundinnen sind?«

Goldberg schüttelte den Kopf. »Dazu sind sie vom Alter zu weit auseinander. In der Zeit, als sie sich kennengelernt haben, dürfte Viola ganz anderes im Kopf gehabt haben.«

»Hatte Daniel denn was mit beiden parallel? Ich meine, mit Viola und Sohanratsch?«

Das hatte sich Goldberg auch schon gefragt. Er hatte aber keine befriedigende Antwort darauf gefunden. Ein Bild von Daniel Breitner stellte sich in seinem Kopf noch immer nicht so recht ein. Deshalb zuckte er zur Antwort nur mit den Schultern. Wohingegen er es inzwischen als gesichert ansah, dass Sarah Klein eine Drahtzieherin der Geschichte war. Ihre extreme Verwandlung war mehr als verdächtig. Und deshalb hatten sie ihren Beobachtungsposten vor der Praxis noch immer nicht verlassen.

»Was, wenn sie nichts unternimmt? Wir können hier schlecht die ganze Nacht sitzen.«

Nein, das konnten sie nicht. Schließlich hatte er heute Abend noch etwas vor, und diese Verabredung konnte und wollte er unter keinen Umständen absagen. »Sie ist dabei, die Nerven zu verlieren. Es kann nicht mehr lange dauern.«

Als hätte Goldberg das Stichwort gegeben, verlosch das Licht in der Praxis.

»Es geht los.« Goldberg straffte seinen Körper.

Hauke griff nach dem Autoschlüssel im Zündschloss. Zwei Minuten später verließ Sarah Klein das Haus, stieg in den gelben Peugeot, der direkt vor der Praxis parkte, und fuhr los.

»Lass genügend Abstand. Sie soll uns nicht bemerken.«

»Keine Sorge, ich habe so was schon gemacht, da warst du noch auf deinem Berliner Wohlfühlgymnasium.«

Goldberg wandte sich seinem Kollegen zu. »Frauenjagd?«

Hauke schüttelte den Kopf. »Nein. Ich wollte schon früh Polizist werden. Und habe irgendwelche Leute genervt, bis ich so gut im Beschatten wurde, dass sie mich gar nicht mehr wahrnahmen.«

»Etwa mit deinem ampelgrünen Jetta, der so unauffällig ist wie ein Schlitten mit neun Rentieren?«

»Damals habe ich mir immer den VW Passat meines Vaters ausgeliehen. Silber. Unauffälliger geht es nicht.« Er lachte.

Goldberg sah das Bild genau vor sich: Hauke, der

spätpubertierende großmäulige Held hinter dem Steuer, der alles und jeden observierte.

»Was glaubst du, wohin fährt sie?«

Bevor der Kommissar antworten konnte, vibrierte Haukes Handy. Goldberg griff nach dem Mobiltelefon auf der Ablage.

»Stell es laut«, bat Hauke, und Goldberg drückte auf die Schaltfläche auf dem Display.

»Peter, was gibt es?«

»Hier ist niemand zu Hause. Offenbar schon länger nicht. Der Schnee türmt sich.«

Ihr Kollege sprach schnell. Er klang sehr aufgeregt. Die beiden Polizisten im Auto warfen sich einen fragenden Blick zu.

»Aber das ist nicht alles«, begann Peter. »Der Nachbar der Breitners hat mich gerade angerufen. Die rothaarige Frau ist wieder da. Diesmal ist ein Mann dabei.«

»Ach, nee.«

»Ich bin schon auf dem Weg. Die Adressen liegen sehr dicht beieinander. Würde mich nicht wundern, wenn Daniel und Viola sich schon aus der Kindheit kennen.«

»Peter, sei vorsichtig. Wir wissen nichts über diese Frau.«

»Ja, Chef, bin ich.«

»Aber wer ist der Kerl bei ihr? Daniel?«, überlegte Hauke laut.

»Keine Ahnung. Der Thies konnte nicht viel erkennen, ist schon zu dunkel. Wie sieht es bei euch aus?«

»Sarah Klein hat die Praxis verlassen, und wir folgen ihr.«

»Wo seid ihr jetzt?«

»Höhe Kollmar«, erwiderte Hauke.

»Peter, wir fordern vorsichtshalber Verstärkung an. Geh da nicht allein rein.« Goldberg ahnte zwar, dass seine Warnung missachtet werden würde, aber er sprach sie trotzdem aus. »Hast du mich verstanden? Mach keine unüberlegten Manöver. Diese Leute können gefährlich sein.«

»Ich muss jetzt auflegen. Bin fast da.«

Und schon brach die Verbindung ab. Goldberg forderte sofort Verstärkung bei den Kollegen in Itzehoe an.

»Er geht allein rein, oder?«, sprach er seine Sorge aus.

»Peter ist kein Feigling, auch wenn er gerne auf dem Revier hockt und die Strippen im Hintergrund zieht.«

Goldberg überlegte laut, ob sie nicht besser nach Krempe fahren sollten, um Peter zu unterstützen. Bei den Wetterverhältnissen konnte es dauern, bis die Kollegen eintrafen.

»Keine Sorge, Philip, der Mann kann sehr gut allein auf sich aufpassen.«

Auch wenn Hauke Peter länger und besser kannte, zweifelte Goldberg daran. Sie hatten noch immer keine Ahnung, wie gefährlich diese Leute wirklich waren. Er blickte auf den einzigen Wagen, der mit genügend Abstand vor ihnen war. Auf der Straße war nicht viel los, und der Peugeot fuhr für diese Witterung viel zu schnell. Dann setzte Sarah Klein den Blinker.

»Sie biegt ab, Richtung Herzhorn.« Hauke überlegte nicht lange. »Die will auch nach Krempe!«

Wenn das stimmte, hatte sie sich vermutlich mit Viola dort verabredet. Er fragte sich, wer der Mann in ihrer Runde war. Eigentlich konnte es nur Daniel Breitner sein.

Die Bremslichter leuchteten auf. Der gelbe Peugeot nahm den Abzweig viel zu schnell, sodass er gefährlich ins Rutschen kam. Hauke beschleunigte behutsam. Als sie an die Kreuzung kamen, erkannten sie an den Spuren im Schnee, dass Sarahs Wagen ganz schön ins Schleudern geraten war. Der Peugeot fuhr nun deutlich langsamer. Offenbar hatte Sarah sich erschreckt und ihre Fahrweise den Straßenverhältnissen angepasst.

»Das hätte ganz schön ins Auge gehen können«, sagte Hauke und drosselte ebenfalls das Tempo.

Goldberg sah zum Seitenfenster hinaus. Es dauerte nicht lange, und sie kamen an Sörens Werkstatt vorbei.

»Was wollen die ausgerechnet im Haus der Breitners?«, fragte Hauke plötzlich, der mit seinen Gedanken bereits in Krempe war. »Vielleicht sind die drei aus dem Namasté doch dort. Wir hätten das Haus genauer unter die Lupe nehmen sollen.«

»Weißt du, was ich glaube?«, begann Goldberg. »Wenn der Mann bei Viola Daniel Breitner ist, dann heißt das, dass er mit den beiden Frauen zusammenarbeitet. Er ist also gar nicht das Opfer, sondern einer der Täter.«

»Aber die Ayurveda-Tante war nicht besonders gut auf ihn zu sprechen. Die hasst den Mann. Du hast doch gesehen, wie wütend die war. Warum sollte sie sich mit ihm zusammentun?«

»Vielleicht weiß sie davon gar nichts«, schlug Goldberg vor. »Vielleicht war sie nur Mittel zum Zweck, um an Sohanraj ranzukommen.«

Hauke warf ihm einen undefinierbaren Blick zu und beschleunigte den Wagen wieder.

Peter hatte sich trotz Goldbergs Warnung vorgenommen, das Haus zu stürmen und die drei vermissten Personen zu befreien. Wenn nötig auch allein. Aber jetzt, je näher er dem Haus kam, schwand ihm der Mut.

Die Straße, in der Daniel als Kind gewohnt hatte, war kaum beleuchtet. Es war niemand zu sehen. Nur der knirschende Schnee unter seinen Sohlen war zu hören. Kurz vor der Nummer fünfundsechzig blieb er stehen. In dem Haus brannte kein einziges Licht. Fenster für Fenster suchte er mit den Augen ab. Hatte er sie verpasst?

Langsam ging er auf das Haus zu. Als er die Pforte erreichte, lauschte er in die Stille. Dann zog er seine Waffe aus dem Holster und begann in Gedanken zu zählen. Bei fünf hatte er seine Angst so weit unter Kontrolle, dass er sich durch das kleine Türchen in den Vorgarten wagte. Der schmale Aufgang war mit einer halbhohen Hecke gesäumt. Selbst unter dem Schnee sah es so aus, als wäre sie schon lange nicht mehr geschnitten worden. Er pirschte an der Eingangstür vorbei in Richtung Garten. Am Ende der Hauswand hielt er inne und warf einen kurzen Blick um die Ecke. Reflexartig ging sein Atem schneller. Ein schwacher Lichtschein fiel auf die zugeschneite Terrasse. Offenbar befand sich jemand im Wohnzimmer. Das Licht konnte von Kerzen stammen. Es wirkte, als herrschte im Wohnzimmer eine romantische Stimmung.

Peter ging wieder in sichere Deckung und dachte nach. Schätzte er die Situation etwa völlig falsch ein? Ging es hier etwa um ein heimliches Tête-à-Tête? Rasch schob er den Gedanken beiseite und zählte erneut. Bei drei trat er um die Hausecke. Nun sah er das Licht deutlicher. Es schien zu flackern, wie offenes Feuer. Philip hatte von einem Kamin gesprochen. Dabei fiel ihm sein Date mit Greta ein. Entschlossen verscheuchte er das Bild von ihr in der Schürze.

Die Waffe im Anschlag, tastete er sich langsam vor. Mit zwei Schritten erklomm er die etwas erhöhte Terrasse. Sie war uneben, und fast stolperte er, gewann sein Gleichgewicht aber sofort zurück. Er senkte den Blick auf das Unkraut, das aus dem Schnee ragte, und widerstand dem spontanen Impuls, die Hand nach einem besonders großen Büschel auszustrecken. Stattdessen hob er den Kopf und schlich über die schneebedeckten Steinfliesen. An der Hauswand blieb er stehen und lauschte. Es war still. Peter atmete noch einmal tief ein. Dann schob er den Oberkörper vor und spähte durch die Terrassentür. Nicht nur sein Blick erstarrte, auch sein ganzer Körper, und er blieb wie angewurzelt stehen.

Goldberg nahm das Telefon in die Hand und suchte die Nummer des Namasté.

»Was hast du vor?«

»Ich rufe Sohanraj an.«

Nach dem dritten Klingeln hörten sie die Stimme des Yogis. Über Lautsprecher klang er viel weniger spirituell.

»Hör zu, du verlässt jetzt auf der Stelle das Namasté.« Goldbergs Ton war unmissverständlich. »Du gehst zu Rosi rüber und bleibst dort, bis wir Entwarnung geben.«

»Philip, ich habe dir schon gesagt ...« Weiter kam er nicht, denn Goldberg fuhr ihm ins Wort.

»Sohanraj, wenn du nicht freiwillig meine Anweisung befolgst, lasse ich dich in Gewahrsam nehmen. Hast du mich verstanden?«

»Ihr irrt euch, Daniel will mir nichts tun.«

»Das muss sich erst noch zeigen. Sagt dir der Name Viola Krohn etwas?«

Einen Augenblick blieb es still, dann sagte der Yogi: »Krohn, ist das nicht die Familie, in der man Daniel vor uns untergebracht hatte?«

»Kennst du sie?«

»Nein, ich bin ihnen nie begegnet. Daniel hat allerdings viel über sie gesprochen.«

»Du wusstest also nicht, dass das Mädchen Viola Krohn war?«

»Nein.«

»Wie ist Sarah Klein zu dir gekommen?«

»Was hat das mit Sarah zu tun?«

»Beantworte meine Frage.«

»Sie hat mich besucht.«

»Sie hat also mit dir Kontakt aufgenommen, nicht andersherum?«

»Ja.«

»Wann?«

»Vor zwei Wochen.«

Die beiden Männer im Auto warfen sich einen schnellen Blick zu.

»Bist du dir sicher?«

»Ja, sie stand ganz überraschend vor meiner Tür. Wenn ich jetzt darüber nachdenke, war es schon eigenartig. Einen Tag zuvor war Daniel bei mir gewesen.«

»Und was wollte sie genau?«

»Sie fragte mich, ob ich nicht Unterstützung brauchen könnte. Es war eine göttliche Fügung, dachte ich, und schon am nächsten Tag übernahm sie einen Teil der Behandlungen.«

»Hat sie auch Annette Prinz behandelt?«

»Ja, sogar zweimal bei sich in ihrer eigenen Praxis. Sarah sagte, dass Annette besonders viel Aufmerksamkeit und Konzentration erfordere. Ich hatte keine Bedenken. Im Gegenteil, die Anwendungen schienen Annette gut zu bekommen.«

Goldberg ging ein Licht auf. Annette Prinz war gar nicht entführt worden. Vermutlich war sie freiwillig mitgegangen und hatte nicht einmal die leiseste Ahnung, dass sie ein Entführungsopfer war. Deswegen war Sarah Klein so panisch gewesen. Die Patientin musste Annette Prinz gewesen sein. Wirklich clever, dachte er.

»Hat sie auch das Ehepaar Huber behandelt?«

»Marlies, ja. Deswegen war ich ja so froh über die Zusammenarbeit mit ihr. Im ayurvedischen Sinne konnte Sarah die Frauen behandeln und ich die Männer.«

»Du hast gesagt, dass du keine Schlafbeere mehr vorrätig hast. Könnte Sarah Klein das Mittel besitzen?«

»Natürlich, sie hat mir sogar damit ausgeholfen. Aber ihr verdächtigt doch nicht Sarah? Sie ist eine anerkannte Therapeutin.«

»Danke, Sohanraj. Und jetzt verlasse auf der Stelle das Zentrum.« Goldberg beendete das Gespräch.

»Meinst du, er tut es?«, fragte Hauke, der den Blick nicht von der Fahrbahn nahm.

»Vermutlich nicht. Aber so, wie es aussieht, ist er nicht unmittelbar in Gefahr.«

»Wenn das stimmt, was Sohanratsch gesagt hat, dann brauchte Sarah Klein Annette nur in ihre Praxis locken.«

»Ja. Ich bin mir sicher, dass sie die Patientin ist, deren Stimme wir vorhin gehört haben.«

»Sollen wir zurück?«

»Nein. Ich glaube, Peter braucht uns dringender.«

In dem Wohnzimmer brannte keine einzige Kerze. Das Flackern hatte keinen romantischen Ursprung, sondern rührte schlicht und ergreifend von der Stehlampe neben dem Sofa her, die offenbar einen Wackelkontakt hatte. Daniel Breitner saß auf dem Sofa. Die Beine ausgestreckt, seine Arme ruhten auf der Rückenlehne. Der Kopf lag im Nacken, den Blick zur Decke gerichtet, als überlegte er oder lauschte andächtig einer Musik, die nur er hörte. Peter löste sich aus seiner Starre und beugte sich herunter. Der steinerne Frosch blickte gleichmütig an ihm vorbei. Vorsichtig hob er das Ding an. Aber der Schlüssel war weg. Er sah zurück zur Tür und griff langsam durch das Loch, das Goldberg hinterlassen hatte. Die Klinke gab nach, und Peter schlüpfte in den Raum. Lautlos umrundete Peter das Sofa. Das flackernde Licht nahm er gar nicht mehr wahr. Daniel hatte sich schick gemacht. Der junge Mann trug einen dunklen Anzug und ein weißes Hemd. Die Schuhe waren auf Hochglanz poliert. Bereit, um auszugehen.

Doch Daniel Breitner ging nirgendwo mehr hin. Daniel Breitner war tot. Das Blut an seiner Stirn war bereits verkrustet. Peter tippte auf einen stumpfen Gegenstand. Die Wunde war groß und schien tief zu gehen. Da musste jemand mit voller Wucht zugeschlagen haben. Augenscheinlich hatte dieser Jemand ihn post mortem auf dem Sofa drapiert. Warum er den Anzug trug, war Peter nicht klar. Er sah sich um, aber er entdeckte nichts, was auf einen Kampf hindeutete. Als er Philip benachrichtigen wollte, hörte er ein Geräusch. Ruckartig ging er vor der Leiche in Deckung. Peter war nicht zimperlich, aber mit dem Kopf zwischen den Beinen eines Toten fühlte er sich alles andere als behaglich. Diskret wandte er den Blick ab, als würde Daniel Breitner noch in der Lage sein, diese Geste zu honorieren. Er lauschte. Das Geräusch kam aus dem Flur. Dann hörte er Schritte. Seine Nackenmuskeln spannten sich. Das Klackern der Absätze kam näher.

»Bist du so weit? Sarah ist gleich hier.«

Ein zweites Paar Schuhe setzte sich in Bewegung. Peter rutschte etwas tiefer und zog den Kopf ein. Die hohe Sofalehne aus den Achtzigern bot ihm genügend Schutz. Sein Herz schlug schneller. Hatten diese Leute Daniel Breitner erschlagen, oder war es ein Unfall gewesen?

»Einen Augenblick noch.«

In seinem Kopf rotierten die Gedanken. Er musste eine Entscheidung treffen. Die Schritte kamen näher. Peter entschied sich zu handeln. Er versuchte, eine Position einzunehmen, aus der er sich leichter aufrichten konnte. Schließlich kam er auf die Knie. Die Waffe in den Händen, schnellte sein Körper in die Höhe.

»Stehen bleiben! Keine Bewegung!«

Der Mann vor ihm trug einen langen Mantel und einen Hut. Die Tasche in seiner rechten Hand ließ er vor Schreck fallen und starrte Peter ungläubig an.

»Was machen Sie hier?«, fragte er, die Hände langsam in die Höhe nehmend.

Bevor Peter antworten konnte, kam eine Frau ins Zimmer. Sie hatte die beiden Männer offenbar nicht gehört, denn sie war damit beschäftigt, ihr rotes Haar zu einem Zopf zu binden. Als sie den Kopf hob, erstarrte sie mitten in der Bewegung.

»Wer sind Sie?«

Unwillkürlich fiel Peter das Sprichwort mit den zwei Dummen und dem gemeinsamen Gedanken ein, aber er schob es beiseite.

»Heben Sie die Hände. Wer sind Sie beide?«

Trotz Peters leicht zitternder Stimme streckte sie die Arme über den Kopf. Er sah die Frau genauer an. Das konnte unmöglich Viola Krohn sein. Es sei denn, die Drogen hatten ihr Gesicht auf grausame Art und Weise altern lassen.

»Wir sind Nachbarn und hüten das Haus ein. Daniel hat uns gebeten, ab und zu nach dem Rechten zu sehen«, sagte die Frau, die mindestens sechzig Jahre alt war.

»Und warum ist er jetzt tot?«

»Das wissen wir nicht. Wir haben ihn hier gefunden und wollten gerade die Polizei rufen«, erklärte sie.

»Und wer ist Sarah?«, fragte Peter.

Die Frau sah zu dem Mann, der unablässig auf den Toten starrte und sie beide ignorierte.

»Lass, es hat keinen Sinn«, sagte er plötzlich.

Sie räusperte sich. »Unser Auto ist kaputt, und Sarah ist eine Freundin, sie holt uns ab, wir wollten zusammen essen gehen …«

Der Mann unterbrach sie. »Hör auf.«

»Sei still.« Ihr Ton wurde scharf.

»Sie halten jetzt beide den Mund!« Wenn er wollte, konnte Peter sehr bestimmend sein. Er zog die Handschellen aus der Tasche. Widerstandslos ließen sie sich an den Heizkörper ketten. »So, und jetzt verraten Sie mir, was Sie hier wirklich zu suchen haben.«

Die beiden warfen sich einen Blick zu. Während die Augen der Frau aufblitzten, bereit, den Kampf aufzunehmen, schüttelte der Mann mutlos den Kopf.

»Ich sagte Ihnen doch schon, wir sind Nachbarn«, wiederholte sie.

»Bitte.« Die Stimme des Mannes war kaum mehr als ein Flüstern. »Bitte nicht.«

»Wir sagen nichts ohne unseren Anwalt«, zischte sie.

Doch das sah der Mann offensichtlich ganz anders. »Daniel war mein Sohn«, sagte er.

»Hör auf!« Die Frau schrie fast.

Peter sah ihn irritiert an. Wie konnte das sein? Daniel Breitners Eltern waren tot.

»Wir haben einen Menschen umgebracht. Ist dir das überhaupt klar? Wir sind Mörder!«

»Das hat er sich selbst zuzuschreiben.«

»Er war doch noch ein Kind.«

»Daniel war ein böser Junge. Seinetwegen ist Viola durch die Hölle gegangen. Erinnerst du dich?«

Peter verstand kein Wort. Wer waren diese Leute? Der Mann ließ sich auf den Boden sinken. Der Arm mit der Handschelle blieb in der Luft, als würde er sich zu Wort melden wollen. Die Frau blieb demonstrativ stehen. Sie wollte nicht aufgeben.

»Daniel ist zu uns gekommen.«

»Sei still.«

Langsam dämmerte es Peter. »Sie sind Wolfgang Krohn«, sagte er. »Der Vater von Viola.«

Der Mann nickte. Dann musste das neben ihm seine Frau sein, Violas Mutter, das erklärte die roten Haare. Wolfgang Krohn hob den Kopf und sah Peter aus müden Augen an. »Man hat unsere Tochter vor drei Wochen gefunden. Überdosis.«

»Er hat sie umgebracht.« Mit dem freien Arm zeigte Elvira auf die Leiche von Daniel Breitner.

Wolfgang Krohn ignorierte seine hysterische Frau neben sich. »Wir wohnen nur ein paar Straßen weiter. Daniel kam zu uns, als er dreizehn Jahre alt war. Wir kannten seine Eltern. Man hatte ihnen Daniel weggenommen. Sie schlugen ihn, und auch von Missbrauch war die Rede. Der Junge tat uns leid. Er und Viola hatten dieselbe Grundschule besucht. Also boten wir an, ihn zu uns zu nehmen. Wir wussten nicht, worauf wir uns da einließen.«

Er brach ab. Seine Augen wurden glasig. Peter schaute zu der Frau. Sie stand zwar noch immer, aber ihr Körper sank unter der Last der Erinnerungen zusehends in sich zusammen.

»Viola war gerade fünfzehn Jahre alt geworden«, fuhr Krohn fort. »Sie und Daniel verstanden sich gut und haben viel Zeit zusammen verbracht. Anfangs glaubten wir, sie hätte einen positiven Einfluss auf ihn. Fast zwei Jahre war Daniel bei uns, und in all dieser Zeit haben wir nichts gemerkt.«

Er sah auf. Sein Blick wanderte erst zu Daniel, dann zu Peter. In seinem Gesicht stand die pure Verzweiflung. Peter spürte einen Kloß im Hals.

»Er hat sie uns weggenommen. Er war ein mieses, hinterhältiges Schwein!« Elvira Krohns Stimme zitterte.

Hilflosigkeit machte sich in Peter breit. Diese beiden Menschen hatten nur helfen wollen. Auch wenn Peter und Marion kinderlos geblieben waren, konnte er sich vorstellen, wie schrecklich so ein Verlust sein musste.

»Wo ist Annette Prinz?«, fragte er.

»Bei Sarah in der Praxis. Ihr geht es gut. Sie hat nichts damit zu tun. Wir haben ihr nichts getan.«

»Und das Ehepaar Huber?«

Die beiden sahen sich an. Peter lief es eiskalt den Rücken herunter. »Was haben Sie mit ihnen gemacht?«

»Gar nichts«, sagte Herr Krohn. Ein schwaches Lächeln wanderte über sein Gesicht.

»Wo sind die beiden?«, wiederholte Peter.

»Hier.«

»Wo? Im Keller?«

»Nein.«

»Auf dem Dachboden?«

Wolfgang Krohn schüttelte den Kopf. »Hier vor Ihnen.«

Peter sah den Mann verständnislos an. Hatte er den Verstand verloren?

»Wir sind Marlies und Heinz Huber.«

»Wie bitte?« Peter verstand nicht gleich.

»Wir haben uns bei Sohanraj unter falschem Namen eingeschmuggelt. Die Hubers gibt es nicht.«

»Und Sie haben Ihre eigene Entführung vorgetäuscht?«

Er nickte. Seine Frau war in eine Art Apathie gefallen. Die Tränen rannen ihr lautlos über die Wangen.

»Und warum Annette Prinz?«, fragte er.

»Es war wie eine Fügung. Sie hat eine winzige Tätowierung. Einen Raben. Es erschien uns als gutes Omen.«

»Das heißt, sie hatte überhaupt nichts mit Daniel zu tun?«

»Nein. Das Telefonat haben wir erfunden, um Sie auf die Spur von Daniel zu bringen.«

Elvira rutschte am Heizkörper zu Boden. Wolfgang robbte an sie heran und schlang seinen freien Arm um sie.

»Er wollte es nicht zugeben«, flüsterte sie. »Einfach nicht zugeben. Er behauptete, dass er alles versucht habe, sie aus dem Drogenmilieu wieder rauszuholen. Dass sie sogar bei ihm gewohnt habe, damit er ein Auge auf sie haben konnte. Aber er war es, der sie überhaupt an dieses Teufelszeug gebracht hat.« Ihre Stimme versagte.

»Wir wollten ihn ja nicht töten. Wir wollten ihm nur zu verstehen geben, dass seine Handlungen Konsequenzen haben. Er sollte verstehen, wie viel Schmerz er uns zugefügt hat«, erklärte Wolfgang.

Elvira nickte stumm. Ihr Mann streichelte ihr sanft über den Kopf.

»Und dann?«, fragte Peter.

»Dann hatte er plötzlich den großen Hammer in der Hand aus der Werkzeugkiste. Er lief auf meine Frau zu. Sie konnte sich gerade noch ducken. Daniel stolperte und der Hammer fiel zu Boden. Ich habe ihn aufgehoben, und dann, dann hat es Klick gemacht.«

Elvira krallte sich an ihrem Mann fest, als könnte sie ihn vor dem Abgrund bewahren, der sich vor ihm auftat. Aber das würde nichts nützen, dachte Peter.

»Und wieso Sohanraj? Wieso diese vorgetäuschte Entführung?«

»Das war Sarahs Idee. Sie wollte Ralf Mommsen einen Denkzettel verpassen, weil er sie damals einfach ignoriert hatte. Er hatte nur Augen für Daniel.« Er machte eine Pause und schien Peters nächste Frage zu erraten. »Sarah kam zu Violas Beerdigung. Wir saßen hinterher lange zusammen. Und plötzlich war diese alte Geschichte wieder da. Für uns alle war sie so lebendig. Eine Woche später stand der Artikel über die Eröffnung von Ralfs Yoga-Zentrum in der Zeitung, und Sarah rief uns an.«

Peter warf einen Blick auf den toten Mann auf dem Sofa. Daniel Breitner war das Opfer seiner Vergangenheit geworden.

»Wie haben Sie Daniel ausfindig gemacht?«

»Das war leicht. Er steht im Telefonbuch. Ich habe ihn angerufen und ihm von Violas Tod berichtet. Er behauptete, dass es nicht seine Schuld sei. Er wies jede Verantwortung weit von sich.«

Der Anruf von Marius Müllers Telefon, dachte Peter. »Und was wollten Sie von Jens Steirer?«, fragte er.

Wolfgang Krohn hob den Kopf. »Wir erfuhren, dass er ein Freund des Kommissars ist. Da hatten wir Angst, er könnte uns auf die Schliche kommen. Doch das haben wir gründlich vermasselt …«

Ausführlich berichtete er, was sich damals und jetzt zugetragen hatte. Unablässig streichelte er das rote Haar seiner in sich zusammengesunkenen Frau. Mit dem Geständnis überführte er sich selbst des Totschlags, und paradoxerweise schien es ihn gleichzeitig zu befreien.

Plötzlich hörten sie ein Geräusch. Peter fuhr herum. Sarah Klein stand in der Tür. Mit weit aufgerissenen Augen starrte sie auf das Ehepaar Krohn.

»Ihr sagt gar nichts, verstanden?«, sagte sie, doch sie war zu spät gekommen.

Goldberg und Hauke trafen nur wenige Minuten darauf ein. Peter war erleichtert. Goldberg klopfte ihm anerkennend auf die Schulter, und Hauke stieß ein stolzes Schnauben aus. Es schien zu sagen: »Seht her, das ist mein Kollege.« Peter musste lächeln.

Kurz darauf trafen auch schon die Beamten aus Itzehoe ein. Es dauerte nicht lange, und Sarah Klein wurde zusammen mit Elvira und Wolfgang Krohn in den Streifenwagen gesetzt. Der Leichnam von Daniel Breitner saß noch immer auf dem Sofa. Bruno Leiser, der Rechtsmediziner, war bereits auf dem Weg, aber das konnte dauern.

»Als Daniel zu den Mommsens kam verboten Violas

Eltern ihr den Umgang mit ihm«, begann Peter seinen Bericht für Goldberg und Hauke. »Aber die beiden trafen sich heimlich. Viola glitt immer mehr ab, bis sie ihre Tochter ganz aus den Augen verloren und sie nach Hamburg abhaute. Seitdem hatten sie kaum noch Kontakt.« Peter machte eine kurze Pause. »Sie mieteten sich als Ehepaar Huber im Namasté ein und brachten uns auf die Spur von Daniel. Deshalb auch die Krähen. Sie mussten sichergehen, dass wir an ihm dranbleiben würden. Und ganz nebenbei ruinierten sie die neue Existenz von Sohanraj.«

»Aber wo war Daniel die ganze Zeit?«, fragte Hauke.

»Im Keller der Krohns.«

»Tot?«

»Nein, das passierte erst heute. Danach schafften sie ihn hierher und wollten einen Einbruch vortäuschen.«

»Und warum dieser Aufzug?« Hauke deutete auf die elegante Leiche.

»Sie haben ihn vor einer Woche nach der Weihnachtsfeier der Klinik abgefangen.«

Die drei schauten auf den jungen Mann. Jetzt hatte Goldberg ein Bild von ihm, allerdings vom Tod verzerrt.

»Das heißt, alle Spuren waren getürkt«, bemerkte Hauke. »Die haben uns voll verarscht.«

»Jep. Selbst die Adresse in Jens' Jackentasche. Sie wollten, dass wir das Portrait finden. Als Zeichen für Daniels Wahnsinn. Sarah Klein kannte das geheime Versteck von Daniel und Viola. Daniel wollte ihr wohl tatsächlich helfen. Er holte sie von der Straße zu sich, aber das ging nicht lange gut. Vor vier Wochen ist sie zurück nach Hamburg. Dort hat man sie gefunden. Überdosis.«

»Aber was haben die sich dabei gedacht? Dass Daniel eine Entführung gesteht und wir ihn deswegen einbuchten?«

»Das war das Ziel«, sagte Peter.

»Aber wer, bitte schön, geht freiwillig in den Knast für etwas, was er gar nicht getan hat?«

»Wenn er damit sein Leben und das seines Ex-Lovers retten kann?«

Sie schwiegen eine Weile. Goldberg hing seinen Gedanken nach. Vielleicht hatten die drei den Plan gar nicht zu Ende gedacht oder aber sie fürchteten sich davor, sich einzugestehen, dass sie ihn so oder so umgebracht hätten. Mit Violas Tod hatte sich das Leben der Eltern radikal verändert. Er wusste nur zu gut, wie sich das anfühlte und zu welchen irrationalen Entscheidungen man in so einer Situation fähig war. Alles kam zu einem zurück.

18

Goldberg sah auf die Uhr seines Telefons. Es war kurz vor sieben Uhr. Wenn er pünktlich zu Magda kommen wollte, musste er sich langsam auf die Socken machen. Nervös nahm er den letzten Schluck aus seiner Tasse.

»Wird schon schiefgehen«, sagte Jens und trat zu ihm in die Küche.

»Ja, sicher. Gehst du nicht zu Rosi?«

»Eher nicht, das passt nicht so ganz zu meiner Panchakarma-Kur.«

Goldberg nickte. Er hatte schon befürchtet, dass sein Freund morgen wieder ins Namasté ziehen wollte. Jetzt, wo Sohanraj rehabilitiert war, stand der Fortsetzung seiner Kur nichts mehr im Wege.

»Wird man Sohanraj noch verhören?«

»Er wird sicher noch ein paar Fragen zu Daniel Breitner beantworten müssen. Ich nehme an, er selbst hatte den Verdacht, dass sein ehemaliger Liebhaber hinter den Entführungen steckte, und wollte ihn schützen.«

»Ich hielt das Ehepaar Huber nur für etwas exaltiert. Die haben ihre Rollen sehr gut gespielt.«

»Ja, bis hin zu ihren Kostümen. Der Sari war wirklich originell.«

»Es ist schlimm, die eigene Tochter zu verlieren. Aber wem sage ich das.«

Goldberg nickte.

»Soll ich noch bleiben?«, fragte Jens.

»Das ist lieb von dir, aber ich komme schon klar.«

»Wenn du reden willst, du weißt ja, wo du mich findest.«

»Du hast Urlaub, mein Lieber. Genieße deine Kur. Und ich fahre jetzt.«

»Viel Spaß.«

Sie umarmten sich zum Abschied, und Goldberg stieg in den Saab. Sarah Klein hatte recht, dachte er, alles hängt mit allem zusammen. Und er hoffte, dass sich heute Abend der Zusammenhang zwischen ihm und Magda endlich wieder festigen würde. Die Chancen standen gut, fand er. Wenn er sich nicht wie ein geistig umnachteter Trottel benahm. Aber das hatte er nicht vor. Diese Frau würde ihn so schnell nicht loswerden.

»Ich brauche jetzt ein Bier. Hauke stand am Tresen seiner Schwester, die fleißig dabei war, ein Glas nach dem anderen zu füllen.

»Du kannst dich nützlich machen und die Bestellung an Tisch vier bringen«, sagte Rosi.

»Ich bin hier Gast, schon vergessen?«

»In erster Linie bist du mein Bruder, und Geschwister helfen einander. Mama steht auch schon in der Küche.«

»Apropos, hast du mit ihr geredet?«

Rosi nickte. »Mit Holger ist es aus.«

»Hab ich es mir doch gedacht! Und jetzt?«

»Sie bleibt erst einmal hier.«

»Bei dir?«

»Du siehst ja, ich kann Hilfe gebrauchen. Der Laden läuft gut. Ich schaffe das nicht mehr allein.«

»Du und Mama unter einem Dach?«

Sie zuckte mit den Schultern. »Wir werden sehen.«

Schnaubend nahm Hauke das Tablett vom Tresen und schlurfte zu Tisch vier. Sören und sein Vater saßen dort und spielten Karten. Er stellte das Bier ab.

»Du machst dich gut. Du solltest umschulen«, rief Peter vom Nebentisch.

»Sehr witzig.«

Als die Tür zum Gastraum aufging, sah Hauke von seinem Tablett auf. Friedrich trat ein. Mit einem Kopfnicken begrüßte er Peters ältesten Freund und wollte gerade wieder zum Tresen zurück, als er bemerkte, dass Friedrich nicht allein war. Eine junge Frau kam hinter ihm zum Vorschein. Ihre roten Locken stachen ihm ins Auge. Hauke straffte sich automatisch und versteckte das Tablett hinter seinem Rücken. Mit wenigen Schritten ging er zur Tür, als sei er hier der Chef.

»Guten Abend«, sagte er und reichte ihr die freie Hand.

»Hallo«, erwiderte sie.

»Mein Schatz, das ist Hauke Thomsen, ein Kollege

von Peter. Er wird heute Abend mit uns spielen«, erklärte Friedrich.

»Ich hoffe, du bist ein guter Verlierer«, sagte sie und musterte ihn.

»Besser bin ich im Gewinnen.« Hauke probierte ein Lächeln.

»Na dann.«

Er eilte zum Tresen und warf das Tablett auf den Kühlschrank. »Heute musst du ohne meine Hilfe auskommen, Schwesterherz.«

Er drehte sich um, doch Rosis Stimme hielt ihn zurück. »Hauke?«

»Was ist?«

»Benimm dich, die ist nicht ganz dein Kaliber.«

Hauke grinste. »Was weißt du schon, was mein Kaliber ist«, sagte er und marschierte auf den Tisch zu, an dem Peter, Friedrich und dieses Schmuckstück saßen. Heute Abend würden seine Karten neu gemischt.

Der Roman spielt hauptsächlich in bekannten Regionen, doch bleiben die Geschehnisse reine Fiktion. Sämtliche Handlungen und Charaktere sind frei erfunden.

Danke

An dieser Stelle möchte ich einigen Menschen danken, die mich auf dem Weg bis hier begleitet und in vielerlei Hinsicht unterstützt haben.

Als Erstes natürlich bei meinen Lesern. Ohne Sie würde ich von all dem nur träumen können!

Meinem Lektor Stefan Wendel, der mich immer wieder inspiriert und eine Reise nach Stuttgart zu einem Erlebnis macht. Sonja Hartl für ihre Begeisterung und ihr gründliches Korrigieren und Maurizio Marotta für die Kreativität und Ausdauer bei der Gestaltung meiner Buchcover.

Den Mitarbeiterinnen vom Pinneberger Bücherwurm für ihren großen buchhändlerischen Sachverstand und ihren geradezu übermenschlichen Einsatz beim Verkauf von ELBSCHULD. Namentlich sind das: Monika Frömming, Gabriele Matthies, Gisela Meyer, Lena Rahlff, Antje Schirmer und natürlich alle anderen, die diesen Buchladen so einzigartig machen.

Allen Veranstaltern, die mich in ihre Bücherei oder ihre Buchhandlung einladen, für ihr Vertrauen in mich und meine Lesekünste. So könnte es ewig weitergehen.

Einer speziellen Gruppe, die komischerweise alle eine Gemeinsamkeit aufweisen und doch so verschieden sind. Allen voran ist das Sandra Schlichenmaier, deren Enthusiasmus schlichtweg ansteckend und hochgradig motivierend ist.

Susanne und Dirk Kehrhahn für die zukunftsweisende Öffentlichkeitsarbeit und die Neuentdeckung einer bekannten Kleinstadt. Und nicht zu vergessen Jytte Dössel und Martin Dössel-Gottier für ihren fast titanischen Einsatz in der Glückstädter Kulturszene.

Ganz wichtig: Nelia Koch für die intensive Geburts-Begleitung meines ersten Covers und Eva Cichon, die letzte Hand angelegt und mich dabei auch noch fürsorglich bekocht hat.

Lieschen Müller und Max Mustermann für ihre tägliche Ansprache während meiner einsamen Schreibarbeit und ihre unbeabsichtigte Tatzen-Mitarbeit am Manuskript.

Der ayurvedischen Klinik Greystones-Villa in Sri Lanka, ohne den Aufenthalt dort, würde es diese Geschichte nicht geben.

Natürlich gilt mein Dank auch meinen Freunden und meiner Mutter für ihre ganzjährige Unterstützung und ihr begeistertes Verschenken von ELBSCHULD. Ihr seid großartig!

Last but not least möchte ich mich bei Ina Holst bedanken. Nicht nur für ihre Hilfe bei der Vorbereitung meiner Lesungen, sondern auch für ihren nie versiegenden Optimismus und ihren unerschütterlichen Glauben an mich. Du wirst immer bei mir sein!

Ich verneige mich in Demut: »Das Göttliche in mir grüßt das Göttliche in Euch!« Namasté!

LESEPROBE

Nicole Wollschlaeger

ELBSPIEL

Kriminalroman

Der dritte Fall für Kommissar Philip Goldberg

Prolog

Für einen Augenblick standen sie sich wortlos gegenüber. Der Stich in seiner Rippe schmerzte. Während Goldberg die rechte Hand auf die Wunde presste, um die Blutung zu stillen, hatte er den linken Arm ausgestreckt, um sie auf Distanz zu halten. Zum Glück rührte sie sich nicht. Sie stand einfach da, starrte mit geröteten Augen ins Leere. Von dem Messer in ihrer Hand tropfte sein Blut. Goldberg versuchte die Schmerzen zu ignorieren. Er brauchte einen Arzt. Vielleicht hatte das Messer innere Organe verletzt. Fieberhaft überlegte er, wie er sie überzeugen konnte, von ihm abzulassen, sich zu ergeben. Seine Dienstwaffe lag unerreichbar im Safe, den er im Kleiderschrank aufbewahrte. Ein Schritt von ihm, und sie würde erneut zustechen. Der nächste Stich wäre nicht so glimpflich, davon war er überzeugt. Sein Blick glitt durch den Raum, blieb aber an nichts hängen, was ihm hätte nützen können. Er schaute wieder zu ihr. Ihre Hand krallte sich an dem Messer fest, als wäre es eine Rettungsleine. Ihr Blick noch immer leer und starr. Er musste mit ihr reden, sie zurück in die Realität holen. Nur was, um alles in der Welt, sollte er sagen? Zögernd wagte er einen Versuch.

»Hey.« Sie reagierte nicht. Er spürte den Druck zwischen den Rippen, das Pulsieren des Blutes. Ihm blieb nicht viel Zeit. »Es tut mir leid. Aber mich zu töten bringt sie nicht wieder zurück.«

Ihr Blick flackerte auf. Er hatte ein Déjà-vu. Gott, wie bekannt ihm dieser Irrsinn vorkam. Hörte das denn nie auf?

»Sie fehlt mir. Ich kann sie sehen, wie sie im Garten schaukelt. Wie sie am Tisch sitzt und ihre Nudeln isst, den Mund mit Tomatensoße verschmiert. Und obwohl es mir das Herz zerreißt, muss ich immerzu an sie denken.«

Auch jetzt sah er sie vor sich. Daneben ihre Mutter. Die gleichen Augen, die gleiche Nase. Wie schwer musste es erst für sie sein? Jeder Blick in den Spiegel zeigte nicht nur sie selbst, sondern auch ihr totes Kind. Goldberg unterdrückte die Trauer. Er hielt die Schmerzen kaum noch aus.

»Bitte, Judith, hör auf. Lass sie gehen. Lass nicht zu, dass sie dich auffrisst. Das hätte sie nicht gewollt.«

Ihr Gesicht blieb starr, doch ihre Augen wurden glasig. Sie füllten sich mit Tränen.

»Sie ist immer bei uns, auch jetzt.«

Seine Worte zeigten Wirkung. Ihr Blick veränderte sich. Erst wurde er weicher, dann blinzelte sie und die Tränen liefen ihr ungehindert über die Wangen. Sie biss sich auf die zitternde Unterlippe. Für einen Augenblick hatte er das Bedürfnis, sie in den Arm zu nehmen. Die Frau, die schon einmal versucht hatte, ihn zu töten. Wie verrückt diese Welt doch war und wie verdammt nah die widersprüchlichsten Gefühle beieinanderlagen.

»Glaub mir, ich leide genauso wie du. Jede Nacht durchlebe ich es aufs Neue, immer und immer wieder.«

Ihre Augen weiteten sich. Scheiße, dachte er, als er bemerkte, wie sich ihre Miene verhärtete. Das hätte er nicht sagen sollen. Sie öffnete den Mund. Ein gequälter Laut entfuhr ihm.

»Soll ich auch noch Mitleid mit dir haben?«

Ihre Wut war deutlich zu hören. Er hatte einen Fehler gemacht. Adrenalin pumpte sich durch seinen Körper.

»Du Arschloch hast nicht die leiseste Ahnung von dem, was ich durchmache. Sie war mein Kind, meine Tochter. Und du hast sie auf dem Gewissen.«

Sie hob die Hand mit dem Messer. Absurderweise fragte er sich nun, wie sie aus der Klinik hatte fliehen können. Gerade noch rechtzeitig wich er ihrem Hieb aus. Der Schmerz schnitt sich tief ins Fleisch. Das Messer in ihrer Hand glitt durch die Luft. Goldberg hastete auf die andere Seite des Bettes. Mit einem Satz sprang sie über die Matratze und griff nach seiner Schulter.

»Philip.«

Ihr kräftiger Arm riss ihn herum, sodass er das Gleichgewicht verlor. Das Messer sauste auf ihn nieder. Ununterbrochen schrie sie seinen Namen. Dann spürte er den Stich.

Panisch riss er die Augen auf. Sein Herz schlug ihm bis zum Hals. Instinktiv wanderte seine Hand zu den Rippen, dorthin, wo sie zweimal zugestochen hatte. Nichts. Goldberg hob das Federbett und warf einen schnellen Blick darunter. Kein Blut, keine Schmerzen. Erleichtert sank sein Kopf zurück ins Kissen. Sein Atem beruhigte sich. Er spürte den Schweiß im Gesicht. Seine Narbe am Hals pochte. An die Decke starrend wartete er, bis sich die Bilder des Albtraums verflüchtigten. Dann richtete er sich auf. Der Brief lag auf dem Nachttisch mit dem Absender nach oben: Forensische Psychiatrie Schleswig

Warum hatte er ihn bloß gelesen? Er wusste doch, was es in ihm auslösen würde. Ihre wenigen Zeilen hatten nicht nur alte Gefühle geweckt, sondern auch seinen Beschützerinstinkt. Und das nach allem, was geschehen war. War er so naiv zu glauben, dass es vorbei war? Dass es jemals vorbei sein konnte? Ja, das hatte er geglaubt. Doch nun dämmerte ihm, dass er falschlag.

1

Wie selbstverständlich bewegte er sich über die Bühne, als hätte er nie etwas anderes getan. Die durchtrainierten Arme ragten aus dem weißen Hemd, das er bis zu den Ellenbogen hochgekrempelt hatte. Den geöffneten Kragen säumte eine dunkle Krawatte, die lose umherschwang. Das Sakko seines dunkelblauen Anzugs hatte er sorgfältig über die Stuhllehne gehängt. Beides schien maßgeschneidert. Sein Lächeln zeigte zwei Reihen makelloser Zähne. Ebenso makellos wie seine Haut, straff und leicht gebräunt. Es verlieh ihm das Aussehen eines Vierzigjährigen. Sicher tat er eine Menge dafür, damit das so blieb.

Er wählte seine Worte mit Bedacht, was der Euphorie jedoch keinen Abbruch tat. Im Gegenteil. In den Gesichtern der zahlreichen Besucher spiegelte sich seine Begeisterung wider. Sie verfolgten jede seiner Bewegungen. Er zog sie alle in den Bann. Selbst Kommissar Goldberg fiel es schwer, sich dem zu entziehen. Nach Kräften bemühte er sich, eine distanzierte Haltung zu bewahren, doch immer wieder entglitten ihm die Gesichtszüge. Arno Menzinger hatte auch in ihm das Feuer entfacht. Er riss sich los. Wenigstens einer musste in dieser aufwallenden Hysterie einen klaren Kopf behalten. Denn mit einem Blick auf die Zuschauer wurde deutlich, dass er der Einzige war.

Peter Brandt nickte selig lächelnd bei jedem Satz, den Arno Menzinger von sich gab. Am erstaunlichsten verhielt sich Hauke Thomsen. Sogar der Dauernörgler brachte dem Mann vor ihnen eine Begeisterung entgegen, die ungewöhnlich und, wie Goldberg fand, im höchsten Maße alarmierend war. In letzter Zeit hatte der Kollege die düstere Stimmung gänzlich abgelegt und schien in eine Art Glückstaumel verfallen zu sein. Was nicht zuletzt an der Frau lag, die neben ihm saß: Sophie. Seit einem halben Jahr legte Hauke sich nun schon ins Zeug, die Frau mit den feuerroten Haaren für sich zu gewinnen. Auf der Wache liefen bereits Wetten. Obwohl Sophie nicht abgeneigt schien, ließ sie ihn lange zappeln, was Hauke nur noch mehr anspornte. Er entpuppte sich als Gentleman, der freundlich, höflich und sogar charmant sein konnte. Eine ungeahnte Metamorphose spielte sich vor ihren Augen ab.

Der Rest der Zuschauer war gleichfalls hingerissen. Männer wie Frauen. Arno Menzinger beherrschte eine Mischung, die selbst auf die männliche Bevölkerung Kophusens übergriff. Er verstand es, entschlossen und bescheiden zugleich zu wirken. Goldberg hatte sich seine Pläne genau angehört. Alles schien gut durchdacht und organisiert zu sein. Die Finanzierung war gesichert. Die örtliche Sparkasse übernahm den Löwenanteil, der restliche Betrag speiste sich aus Geld- und Sachspenden ansässiger Firmen und Bewohner. Selbst die Kirchengemeinde, allen voran Pastor Milan Kramer, machte sich für dieses Mammutprojekt stark, was für einige Gerüchte im Dorf sorgte. Peter hatte ihnen erzählt, Milan würde für niemand Geringeres als den Teufel vorsprechen.

Das Casting sollte morgen stattfinden. Jeder Bürger aus dem Kreis Steinburg durfte daran teilnehmen. Dieses Meisterstück, wie Arno es immerzu nannte, band die gesamte Region mit ein. Angeblich liefen bereits Gespräche mit dem NDR über eine Liveübertragung. Goldberg hatte beschlossen, diese Information mit Vorsicht zu genießen. In dieser Branche war es üblich, viel Lärm zu machen, meistens um nichts. Das wusste er von einem Kollegen, der in Berlin bei einigen Dreharbeiten beratend tätig gewesen war.

Die große Aufregung war seit Wochen zu spüren. »Ein Ruck wird durch die ganze Region gehen.« Arno wurde nicht müde, das abgegriffene Zitat zu bemühen. Doch aus seinem Mund klang es verheißungsvoll. Die Beteiligten, mit deren Hilfe dieser Ruck gelingen sollte, standen mit ihm auf der Bühne der Kophusener Grundschule. Zu Arnos Linken Bürgermeisterin Ellen Stanz, eine rundliche Frau mit langen dunklen Haaren. Ihre etwas unterkühlte Art hatte sie vollständig abgelegt. Arno genoss ihre uneingeschränkte Unterstützung. Zu seiner Rechten stand der Bank-Filialleiter Tim Bode. In einem schlecht sitzenden Anzug, die Hände zu einer Raute geformt, war seine Parteizugehörigkeit nicht zu übersehen. Er war es, der Arno für das Projekt engagiert hatte. Die beiden Männer kannten sich angeblich aus ihrer gemeinsamen Schulzeit in Köln und hatten sich nie aus den Augen verloren.

Arno Menzinger war ein Promi, dessen eindrucksvolle Karriere als Schauspieler vor einigen Jahren über die Affäre mit dem Kindermädchen gestolpert war, das sich illegal in Deutschland aufhielt. Prompt ließ sich seine Frau von ihm scheiden und nahm die Kinder mit. Das Gerichtsverfahren hatte sehr viel Aufsehen in der Presse erregt. Nachdem sich die Wogen geglättet hatten, versuchte Arno, sich auf dem Parkett des öffentlichen Lebens als Regisseur neu zu positionieren. Mehr oder weniger erfolgreich. Die Idee, den Kophusener Jedermann zur 125-Jahr-Feier der Gemeinde zu inszenieren, war nicht sonderlich originell. Das Spektakuläre an seinem Jedermann war, dass er ihn mit Laien auf die Bühne bringen wollte, den Bürgern aus dem Kreis Steinburg. Das Stück war ausreichend bekannt und besaß genug Prestige, um medienwirksam aufbereitet zu werden. Eine Aufführung von Arno Menzinger in einem Ort wie Kophusen war an sich schon eine kleine Sensation. Die berühmte Konkurrenz aus Österreich musste er nicht scheuen. Denn Arno selbst war vor etlichen Jahren die Ehre zuteilgeworden, den Jedermann in Salzburg zu spielen. Der Mann war ein Medienprofi und wusste, wie man so ein Event entsprechend in Szene setzte. Eingerahmt von einem »weißen Dinner« sollte die Open-Air-Aufführung vor der Kirche stattfinden. Zugegeben eine perfekte Kulisse. So war jedenfalls Arnos Plan. Kein schlechter, fand Goldberg. Den Jedermann mit Laien aufzuführen stellte er sich zwar sehr schwierig vor, aber es sollte ein Geschenk an die Gemeinde werden und es galt der olympische Gedanke. Deshalb auch dieses unsägliche Vorsprechen. Ganz Kophusen redete seit Wochen von nichts anderem mehr. Goldberg würde sich morgen auf die Wache zurückziehen und hoffen, dass alles reibungslos verlief.

Seine Kollegen indes ließen sich das nicht entgehen.

Hauke, weil Sophie für die Rolle der Buhlschaft vorsprach und er sichergehen wollte, dass Arno niemanden bevorzugte. Und Peter hatte beschlossen, selbst vorzusprechen. Als Jedermann. Dem Kommissar graute es schon jetzt: Er sah seinen Kollegen die nächsten zehn Wochen auf der Wache mit einem Textbuch sitzen, die gereimten Verse von Hofmannsthal rezitierend. Wenn es wenigstens ein Shakespeare gewesen wäre, dachte Goldberg, da wäre sogar er schwach geworden.

Magdas Hand holte ihn zurück. Sie beugte sich zu ihm und flüsterte: »Arno ist ein fantastischer Schauspieler. Er hätte es weit bringen können, wenn er nicht aus Versehen in Samira hineingefallen wäre.«

Ihre Mundwinkel verzogen sich zu einem ironischen Lächeln. Goldberg gab ihr einen Kuss auf die Schläfe. Den ganzen Tumult würde er schon ertragen. Zum Glück stand auch Magda dem Spektakel eher kritisch gegenüber, obwohl sie gerne ins Theater ging. Ihr missfiel das Drumherum, das Gebalze und Gezeter, das offenbar nötig war, um sich in dieser Welt zu behaupten. Er legte den Arm um ihre Schultern.

»Er sieht gut aus, hat Charisma. Die Frauen liegen ihm sicher zu Füßen«, bemerkte er.

»Ja, den Chirurgen sei Dank.«

»Sie sollten es sich doch noch einmal überlegen, Frau Deterding. Andere würden für die Rolle der Buhlschaft töten.«

»Kein Interesse.« Sie sah hinüber zu Hauke. »Glaubst du, aus den beiden wird ein Paar?«, flüsterte sie und nickte in dessen Richtung.

Goldberg war sich sicher, dass Sophie seinen Kollegen nur hinhielt, aber ihm fiel kein triftiger Grund dafür ein. »Ich weiß es nicht.«

»Sie hat etwas Undurchsichtiges an sich.«

»Ja, und genau das scheint es zu sein, was unseren Polizisten so fasziniert.«

Goldberg wandte sich wieder zur Bühne. Arno Menzinger stand in der Mitte und hob die Arme.

»Zum Schluss habe ich noch eine Überraschung für euch: Der NDR wird morgen einen kleinen Beitrag drehen und im Nordmagazin senden.« Ein Raunen ging durch die Stuhlreihen. »Also, meine Lieben, habt keine Scheu! Zeigt uns, was in euch steckt, und gebt alles.« Er ballte die Hände zu Fäusten und rief: »Mein Jedermann, ich gehör' zu dir, um deinetwillen steh' ich hier.« In einer dramatischen Geste ließ er den Oberkörper sinken und verbeugte sich tief vor seinem Publikum. Applaus brandete auf.

Draußen versammelten sich die Sponsoren und Veranstalter, um von der örtlichen Presse fotografiert zu werden. Als Kulisse diente der riesige Magnolienbaum auf dem Schulparkplatz, der in voller Blüte stand. Es hatte sich sogar ein Journalist der überregionalen Presse hierhin verirrt. So wie Arno mit ihm sprach, kannten die beiden sich. Die Bürgermeisterin und der Bankchef genossen den Wirbel um ihre Person sichtlich, sie hätten eine perfekte Buhlschaft abgegeben, fand Goldberg.

»Soll ich dich noch einmal abhören?« Haukes Stimme hatte den Klang eines verliebten Säuselns angenommen. Abrupt drehte sich Goldberg zu ihm um. Er konnte es immer noch nicht fassen. Langsam begann er, das wütende Schnauben seines Kollegen zu vermissen.

»Nein, das ist lieb von dir, Schatz, aber ich fahre nach Hause. Das wird ein anstrengender Tag morgen.« Sophie strich ihm zärtlich über die Wange.

Hauke nickte enttäuscht. »Ja. Klar. Kein Problem«, sagte er tapfer.

»Grüß Friedrich von mir«, mischte sich Peter in das Gespräch ein, was Hauke nicht einmal bemerkte. Dieser Mann hatte nur Augen für die schöne Sophie.

»Mein Vater ist übers Wochenende segeln. Ich sehe ihn erst nächste Woche«, erwiderte sie und gab Hauke einen flüchtigen Kuss auf die Wange. »Wir telefonieren, Schatz.«

»Ja, ist gut.«

Haukes Blick folgte ihr, wie sie in ihren schlammfarbenen Beetle stieg. Es hatte ihn mit Haut und Haar erwischt. Goldberg erkannte seinen Kollegen kaum wieder. Anfangs war Peter begeistert gewesen, dass sein Plan, die beiden zu verkuppeln, so reibungslos verlief. Aber nach einigen Wochen gingen ihm Haukes verträumter Blick und die ständige Telefoniererei schon ein bisschen auf die Nerven. Ihr Kollege hatte sich in ein willenloses Geschöpf verwandelt, dessen Existenz hauptsächlich darin bestand, Sophies Leben so angenehm wie möglich zu gestalten und ihr jeden Wunsch von den Lippen abzulesen.

»Gehst du auch zum Casting?«, fragte Peter an Magda gewandt.

»O Gott, nein. Ich werde in zehn Wochen in meinem weißen Kleid an einem weiß gedeckten Tisch sitzen und die Aufführung bei einem guten Glas Weißburgunder genießen.«

»In Begleitung des weiß gewandeten Dienststellenleiters von Kophusen.« Goldberg nahm ihre Hand und küsste sie.

Das Schnauben links von ihnen blieb aus. Hauke war voll und ganz damit beschäftigt, dem wegfahrenden Beetle hinterherzuwinken.

»Bitte, hör auf damit, sie kann dich doch gar nicht mehr sehen«, bemerkte Peter.

Hauke ignorierte seinen Kollegen und warf dem Wagen einen letzten Handkuss zu.

Peter wandte taktvoll den Blick ab. »Zu Rosi?«

Sie nickten. Gemeinsam schlenderten sie die Hauptstraße entlang. Es war Samstagnachmittag. Rosi, Haukes Schwester, der die Wirtschaft Bei Rosi gehörte, hatte den Biergarten hinter dem Haus eröffnet. Bärbel Thomsen, die Mutter der beiden, stellte gerade die Sonnenschirme auf, als die vier durch die Gartenpforte traten. »Ach, schon wieder da? Das hat ja nicht lange gedauert. Hat der aufgeblasene Gockel keine Lust mehr gehabt?«

Es war nur eine rhetorische Frage gewesen, weshalb niemand etwas erwiderte. Bärbel war einer der wenigen Menschen, die nichts von dem Rummel um Arno hielten, und sie machte keinen Hehl daraus. Nachdem sie Holger endgültig verlassen hatte, war sie zurück nach Kophusen gezogen und kümmerte sich um Rosis Pension, die sie beharrlich aufgepäppelt hatte. Dem neu gestalteten Internet-Auftritt sei Dank: Die Zimmer waren zum ersten Mal mit zahlenden Gästen belegt. Das war das einzig Positive, das sie dem Jedermann-Spektakel zugestand.

»Hauke-Maus, wo hast du denn Sophie gelassen?«, fragte sie.

»Sie ist nach Hause gefahren und übt für morgen.«

»Das arme Ding will da wirklich hin? Ich habe gehört, dass Natascha aus Elskop auch für die Rolle vorspricht. Und ihr wisst ja, so wie die aussieht!« Bärbel formte die Lippen zu einem Schmollmund und stemmte die Hände in die Hüften. Hauke bedachte sie mit einem strafenden Blick. »Ich bin ja schon still. Was wollt ihr haben?«

Sie notierte die Bestellung auf einem altmodischen Block und verschwand im Inneren des Hauses. Die Vierergruppe entschied sich für den Tisch im Schatten einer Kastanie. Gemütlich plauderten sie über die bevorstehenden Ereignisse. Die Proben zum Jedermann sollten am kommenden Montag beginnen.

Rosi servierte die Getränke und setzte sich kurz dazu. Trotz der ausgelassenen Stimmung war Goldberg abgelenkt. Er versuchte, sich nichts anmerken zu lassen. Die ständig wiederkehrenden Gedanken an Judiths Brief verdrängte er, mitsamt dem Albtraum von letzter Nacht. Als spürte sie sein Unbehagen, legte Magda ihm die Hand auf den Oberschenkel. Goldberg durchströmte ein wohliger Schauer. Sanft erwiderte er ihre Geste und gab ihr einen Kuss auf die Wange. Es lief gut zwischen ihnen. Einzig dieser Brief bereitete ihm Kummer. Früher oder später musste er sich damit befassen, so viel stand fest.

Auf dem Tisch klingelte Peters Mobiltelefon. Der

Kollege nahm das Gespräch an, außer einem »Hm« hin und wieder gab er nichts von sich. Zwei Minuten später stand er auf.

»Das war Michael, der Hausmeister der Schule. Er will mir etwas Seltsames zeigen«, erklärte er. »Ich guck mir das eben an. Bin gleich wieder da. Rosi, stell mir den Vogel warm, ja?«

»Mach ich«, entgegnete sie.

Mit wenigen Schritten war Peter am Gartentor. Goldberg sah ihm verwundert nach. Was hatte das zu bedeuten?

»Warte, Peter, ich komme mit.« Er gab Magda einen Kuss und eilte ihm hinterher. Er hatte ohnehin keinen Hunger.

»Du willst dich doch nur vor dem Essen drücken«, bemerkte Peter.

Das stimmte. Goldberg hatte sein Problem immer noch nicht lösen können. Stattdessen schob er es auf seinen Gefühlszustand. Liebe ging ja bekanntlich durch den Magen.

»Warst du endlich beim Arzt?«, fragte Peter, als sie durch die Pforte auf den Bürgersteig traten.

»Nein.«

»Der Mann in Kremperheide wird dir gefallen. Lass dich doch wenigstens mal durchchecken.«

Peter meinte es gut mit ihm. Schon seit Monaten versuchte er, ihn zu einem Arztbesuch zu bewegen. Seine Frau Marion hatte er an Krebs verloren. Der Tumor war viel zu spät entdeckt worden, weil sie sich sämtlichen Untersuchungen verweigert hatte. Mit Ärzten hatte sie auf Kriegsfuß gestanden, nachdem ihre Mutter an

Brustkrebs erkrankt und durch einen Fehler während der Operation gestorben war. Bei Peter hatte dieses einschneidende Erlebnis genau das Gegenteil bewirkt. Er hielt alle Check-ups ein und achtete penibel darauf, sich gesund zu ernähren. Seit letztem Winter besuchte er jede Woche den Yoga-Kurs von Sohanraj im Namaste. Er schwor auf die Kraft der Asanas.

»Dann komm wenigstens mit zum Yoga. Glaub mir, es wirkt.«

»Mal sehen.«

»Von mal sehen wird nichts besser.«

Peter konnte trotz seiner liebenswürdigen Art äußerst energisch sein. Man sollte nicht den Fehler machen, ihn zu unterschätzen. Schweigend legten sie die letzten Meter zur Schule zurück. Der Hausmeister wartete bereits am Eingang auf sie.

»Gut, dass du gleich gekommen bist«, begrüßte er Peter.

»Goldberg. Philip Goldberg.«

»Ja, der Neue, ich weiß. Sehr erfreut.«

Die beiden gaben sich die Hand.

»Was gibt es denn so Dringendes?«, fragte Peter.

»Gerade eben, als ich angefangen habe, die Stühle zusammenzuräumen, habe ich das Ding entdeckt. Es lag auf dem Boden. Kommt, ich zeige es euch.«

Michael Löns führte sie in die Aula. Die vorderen Stuhlreihen standen schon ordentlich aufgestapelt auf rollbaren Untersätzen. Man konnte sehen, wo der Hausmeister seine Arbeit abrupt unterbrochen hatte.

»Da ist es.«

Goldberg blickte zu Boden.

»Jemand muss das Ding während der Versammlung dort abgelegt haben. Als ich die Stühle heute in aller Früh aufgestellt habe, war es noch nicht da.«

»War die Aula abgeschlossen, bevor die Versammlung eröffnet wurde?«, fragte Goldberg.

»Ja, klar.«

Peter ging in die Hocke. »Das ist eine Marionette.«

Von den Gliedmaßen führten vier dicke Fäden zu dem Kreuz, an dem sie befestigt waren. Die Holzpuppe war schätzungsweise zwanzig Zentimeter groß und hatte eine rote Gugel auf dem Kopf, eine zipfelartige Mütze, wie sie einst Narren am Hof getragen hatten. Das Gesicht war aufwendig geschnitzt, und obwohl es keine Ähnlichkeit mit der lebenden Person aufwies, erkannte Goldberg ihn sofort. Denn der Rest des Körpers steckte in einem dunkelblauen Anzug. Jemand hatte dem hölzernen Miniatur-Arno einen Pfeil in die Brust gejagt, an dem ein Zettel mit einer getippten Nachricht hing. Goldberg las sie laut vor: »»Es ist an dem, nun geh hinein, von deinen Sünden wasch dich rein.‹«

»Das ist ein Zitat aus dem Jedermann«, sagte Peter.

»Kennst du das Stück auswendig?«

»Ja. Also, nein. Na ja, fast«, stammelte er. »Ich habe mich eben auf morgen vorbereitet.«

»Indem du gleich den gesamten Text auswendig lernst?«

Peter rollte mit den Augen. »Jedenfalls sagt das der Glaube zum Jedermann. Kurz vor Schluss.«

»Du willst die Rolle wirklich haben, oder?«

Peter ignorierte Goldbergs Bemerkung und zückte das Mobiltelefon. Er schoss einige Fotos und schickte sie an seine E-Mail-Adresse. Goldberg indes zog einen Beweismittelbeutel aus der Innentasche seines Leinensakkos.

»Übertreibst du da nicht ein wenig?«, fragte Peter.

»Das werden wir sehen.« Er hockte sich neben seinen Kollegen. Mit gespreizten Fingern hob er den Holzfuß vom Boden an. Arnos Körper baumelte in der Luft. »Haben Sie so etwas hier in der Schule schon mal gefunden?«, erkundigte sich Goldberg beim Hausmeister.

»So was nicht, nee. Die Kids spielen lieber mit ihren Handys als mit Puppen.«

Goldberg hielt den kleinen Arno vor sich und betrachtete ihn. »Nicht gerade sehr subtil.«

»Da hat sich einer große Mühe gegeben«, bemerkte Michael. »Ich habe selbst mal geschnitzt. Das ist nicht so einfach, wie es aussieht.«

»Derjenige, der das gemacht hat, beherrscht sein Handwerk«, pflichtete ihm Peter bei.

»Auch so ein Beruf, der inzwischen fast ausgestorben ist«, sagte Michael.

»Offensichtlich stößt Arno mit seiner Art nicht auf jedermanns Begeisterung«, bemerkte Goldberg mit einem angedeuteten Lächeln.

»Vielleicht ein Mitglied von den Marschbrettern?«, überlegte Peter laut, der das Wortspiel nicht bemerkt hatte.

»Wer oder was sind die Marschbretter?«

»Das ist die Theatertruppe aus Kophusen. Die führen zweimal im Jahr ein Stück hier in der Aula auf. Ich weiß, dass die nicht so begeistert über die Ankunft von Arno sind.«

»Und warum?«

»Stell dir vor, du machst seit etlichen Jahren Theater und dann kommt da so ein Promi daher, zieht ein riesiges Spektakel auf und niemand fragt dich, was du davon hältst.«

Goldberg nickte. Schauspieler konnten sehr eitel sein, das hatten Amateure und Profis wohl gemeinsam.

»Man hat ihnen ja noch nicht mal angeboten mitzumachen oder ein Extra-Casting anberaumt«, fuhr Peter fort.

»Warum die Marschbretter?«

»Die Bretter, die die Welt bedeuten, stehen in der Marsch.«

»Das klingt eher nach Selbstironie als nach gekränkter Eitelkeit.« Behutsam verstaute Goldberg den kleinen Arno in dem Beutel, musste ihn jedoch offen lassen, da die Füße herausragten. »Sucht Arno noch eine gute Idee fürs Merchandising?«, fragte er.

»Du bist geschmacklos, Philip«, entgegnete Peter und nahm seinem Chef zur Sicherheit den Beutel ab.

»Das ist nicht geschmacklos, sondern genial.«

Peter schüttelte den Kopf und stand auf. »Michael, ich muss dich bitten, mit niemandem darüber zu sprechen.«

»Geht klar.«

Mühsam erhob sich Goldberg. Die Knieschmerzen wurden nicht besser. Magda hatte ihm einen Orthopäden empfohlen, aber seine Phobie gegen jede Art von Ärzten wog schwerer. Wenn er diese Angst schon überwand, dann kümmerte er sich am ehesten um einen Termin beim Gastroenterologen. Doch allein der Gedanke an eine Magenspiegelung hielt ihn davon ab.

»Glaubst du, das hat was zu bedeuten?«, fragte Michael an Peter gewandt.

»Wir kümmern uns darum, sollte dir noch etwas Ungewöhnliches auffallen, gib uns bitte Bescheid. Meine Nummer hast du ja.«

Die beiden Polizisten überquerten den Schulhof Richtung Straße. Arno Menzingers Füße wippten im Takt von Peters Schritten. Goldberg hatte die vage Ahnung, dass sie sich mitten im Prolog eines Theaterstücks befanden, und hoffte, diesem Schauspiel schnell ein Ende setzen zu können. Möglichst noch bevor sie den Höhepunkt im dritten Akt erreichten.

Philip Goldbergs erster Fall!

»Nicole Wollschlaeger gelingt es (...), vielschichtige Charaktere, dichtes atmosphärisches Lokalkolorit und eine durchaus spannende Geschichte zu entwickeln. Man darf gespannt sein, was von der Autorin noch kommt.«
Hamburger Abendblatt

Nicole Wollschlaeger
ELBSCHULD
Der erste Fall für
Philip Goldberg

ISBN: 9783741255526
Auch als eBook erhältlich

Hilde Deterding ist davon überzeugt Morddrohungen aus dem Jenseits zu erhalten. Als an ihrem vergifteten Hund die Spuren menschlicher Asche gefunden werden, nimmt Goldberg die Ermittlungen zum Leidwesen seiner beiden Kollegen auf. Und schon bald stecken sie in einem kuriosen Fall, der auch in ihm alte Geister wecken wird.

Mehr Information unter:
www.nicolewollschlaeger.de

Philip Goldberg ist zurück!

»Goldberg schüttelte den Kopf. Das würde er nicht zulassen. Niemand starb in seinen Armen. Nicht noch einmal.«

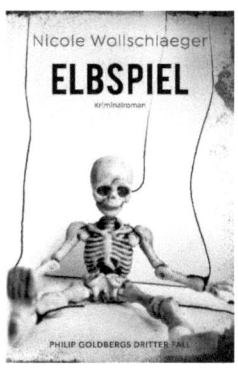

Nicole Wollschlaeger
ELBSPIEL
Der dritte Fall für
Philip Goldberg

ISBN: 9783752895261
Auch als eBook erhältlich

Helle Aufregung in Kophusen. Anlässlich des 125. Bestehens der Gemeinde soll der „Jedermann" aufgeführt werden – unter der Regie des einstigen Starschauspielers Arno Menzinger. Die Kophusener reißen sich um die Rollen und geben alles, mit dabei sein zu dürfen. Doch irgendjemand scheint das Theaterspiel mit allen Mitteln sabotieren zu wollen und schreckt nicht einmal vor einem Leichendiebstahl zurück. Die Jagd nach dem Täter führt das Kophusener Ermittler-Trio um Kommissar Philip Goldberg dieses Mal in eine Welt aus Schein und Sein. Mit tödlichem Ende.

Die ELB-Krimireihe geht weiter!

»Die Erkenntnis traf sie wie ein Schlag auf den Hinterkopf. Sie würde nicht mehr mit ihr sprechen können. Es war zu spät....«

Nicole Wollschlaeger
ELBGIFT
Der vierte Fall für
Philip Goldberg

ISBN: 9783744883139
Auch als eBook erhältlich

Herzversagen, attestiert der medizinische Direktor, als in Kophusens exklusiver Seniorenresidenz eine kerngesunde Bewohnerin zusammenbricht und stirbt. Doch Polizeiobermeister Peter Brandt hegt Zweifel an der natürlichen Todesursache.
Gemeinsam mit seinen Kollegen Philip Goldberg und Hauke Thomsen stellt er heimlich Nachforschungen an. Wenig später wird in dem Seniorenstift eingebrochen, und der Hausarzt der Verstorbenen ist spurlos verschwunden. Spätestens als tatsächlich ein Mord geschieht, liegt auf der Hand: In der noblen Seniorenresidenz ist etwas faul. Die Kripo aus Itzehoe übernimmt, doch die drei Kophusener Polizisten lassen sich den Fall nicht so einfach wegnehmen und ermitteln auf eigene Faust weiter …

Eine Fantasy-Geschichte für Kinder

Schatten über Nargon
Die Kugel des Kummers

Nicole Wollschlaeger
Schatten über Nargon
Die Kugel des Kummers

Kinderbuch
ISBN: 978374487417-5
Auch als eBook erhältlich

Eigentlich wollte sich Daniel auf dem Jungsklo nur vor Matze und seiner Gang verstecken. Als jedoch plötzlich ein kleiner buckliger Mann namens Marvinius in der Toilettenkabine auftaucht, wartet eine ganz andere Herausforderung auf ihn: Marvinius nimmt ihn mit ins Land Nargon, wo Daniel die Kugel des Kummers zurückholen soll, die der teuflische Burbas Bittermund gestohlen hat. Ehe er sichs versieht, steckt Daniel mitten in einem haarsträubenden Abenteuer. Doch zumindest steht ihm mit Herrn Tasso ein ausgewachsener Drache zur Seite. Aber kann Daniel ihm wirklich trauen?